欒城集

四部備要

集部

中華書局據明刻本校刊

桐鄉 陸費逵 總勘

杭縣 高時顯 吳汝霖 輯校

杭縣 丁輔之 監造

欒城集卷第十四

詩八十五首

次韻王荐推官見寄

可憐衰病孰爲媒私喜鄰邦得儁才玉案愧無酬錦繡木瓜却用報瓊瑰風流似欲傳諸謝格律猶應學老梅始信山川出才士扁舟新自宛溪來荐宣人也

郭尉願惇夫以琳上人書詩爲示次韻

勉強冠裳四十餘同官早歲亦山居朝來過我三竿日袖有幽僧數紙書家住一廛何計反官供五斗未應無閙渠秋後來相訪脫粟藜羹只自如

次韻汪琛監簿見贈

連宵暑雨氣如秋過客不來誰與遊賴有澹臺肯相顧坐令彭澤未能休琴疎不辨彈新曲學廢誰令致

束脩慚愧邑人憐病懶共成清淨勸遲留

周昉畫美人歌

深宮美人百不知飲酒食肉事游嬉彈絲吹竹舞羅衣曲終對鏡理鬢眉岌然高髻玉釵垂雙鬟窈窕蕚葉微宛轉躑躅從嬰兒倚楹俯檻皆有姿擁扇執拂知從誰瘦者飛燕肥玉妃俯仰向背樂且悲九重深遠安得窺周生執筆心坐馳流傳人間眩心脾飛瓊小玉雲霧幃長風吹開忽見之夢魂清夜那復追老人衰朽百事非展卷一笑亦胡爲持付少年良所宜

病中郭尉見訪

偶成三日寒兼熱知是多聞力未全卻問藥王求妙劑慙非摩詰已虛圓勞公强說脩行漸顧我方爲病垢纏應是床頭有新酒欲邀佳客故留連

病後

一經寒熱攻骸骨正似兵戎過室廬柱木支撐終未穩筋皮收拾久猶疎芭蕉張王要須朽雲氣浮游畢竟虛賴有衣中珠尙在病中點檢亦如如

復病三首

其一

病作日短至病消秋氣初山深足氛瘴俗儉少肴蔬藥亂曾何補心安當自除朝廷閔流落已是脫遷居

其二

寒作埋冰雪熱攻投火湯今生那有此宿業未應亡委順一無損力爭徒自傷頹然付一榻是處得淸涼

其三

一病五十日復爾當解官不才歸亦樂無食去猶難

黽勉人應笑低徊意已闌舊師摩詰老把卷靜中看

送琳長老還大明山

身老與世疎但有世外緣五年客江西掃軌謝往還依依二三老示我馬祖禪身心忽明曠不受垢污纏偶成江東游欲別空悽然緣散衆亦去飄若風中煙（高安三長老與之甚熟別後文老去洞山聰老去聖壽全老化去）華陽本荒邑緇素明星懸偶然得老尉舊依育王山璉公晉知識不見十九年我昔未聞道問以所入門告我從信入授我普眼篇冉冉百尺松起自一寸根南歸髮盡白尺書今始傳不知鄰邑中乃有門人賢百里走相訪觸熱汗雨翻懷中出詩卷清絕如斷蟬我適病寒熱氣力才緜緜空齋默相向欲語不能宣未暇答佳意歸錫鏘金環空有維摩病愧無維摩言

病退

冷枕單衣小竹床臥聞秋雨滴心涼此間本淨何須洗是病皆空豈有方示疾維摩元自在放身南嶽離思量病根欲去真元在昨夜夢遊何有鄉

病後白髮

枯木自少葉不堪經曉霜病添衰髮白梳落細絲長筋力從凋朽肝心罷激昂勢如秋後雨一度一淒涼

答琳長老寄幽蘭白朮黃精三本二絕

其一

谷深不見蘭生處追逐微風偶得之解脫清香本無染更因一嗅識真知

其二

老僧似識衆生病久在山中養藥苗白朮黃精遠相

寄知非象馬費柔調

次韻侯宣城題疊嶂樓

小邑來時路宣城最近鄰樓臺百年舊花竹一番新登覽春深日凝思病後身何時對樽酒重爲洗埃塵

初聞得校書郎示同官三絕

其一

讀書猶記少年狂萬卷縱橫曬腹囊奔走半生頭欲白今年始得校書郎

其二

百家小邑萬重山慙愧斯民愛長官粳稻如雲梨棗熟暫留聊復爲加湌

其三

病後濁醪都少味老來歡意苦無多臨行寂寞空相

對不作新詩柰客何

續溪二詠

豁然亭

南看城市北看山每到令人意豁然碧瓦千家新過雨青松萬壑正生煙經秋臥病聞斤響此日登臨負酒船徑請諸君作佳句壁間題我此詩先

翠眉亭

誰安雙嶺曲彎彎眉勢低臨戸牖閒斜擁千畦鋪淥水稍分八字放遙山愁霏宿雨峯巒濕笑卷晴雲草木閑忽憶故鄉銀色界舉頭千里見蒼顏

辭靈惠廟歸過新興院書其屋壁

來時稻葉針鋒細去日黃花黍粒麄久病終慚多敝政豐年猶喜慰耕夫青山片片添紅葉淥水星星照

白鬚東觀校讎非老事眼昏那復競鉛朱

郭尉惠古鏡

凜如秋月照虛空遇水留形處處同一瞬自成千億月精神依舊滿胸中俗言以鏡予人損己精神故解之云

歙縣歲寒堂

檻外甘棠錦繡屏長松何者擅亭名浮花過眼無多日勁節凌寒盡此生暗長茯苓根自大旋收金粉氣尤清長官不用求琴譜但聽風吹作弄聲

邵武游氏老人三清堂紫芝

黑龜赤鳳早逢師白髮蒼顏老不衰丹鼎一九深自祕紫芝三葉卻先知煙薰晴日雲容薄色凝秋霜玉性奇何日刀圭救羸病盡芟荊棘種交梨

神宗皇帝挽詞三首

其一

稽古堯無作勤邦禹有功政新天地力事改漢唐風禮樂寰中盛梯航海外通華封徒有誦龍御忽乘空

其二

承平終不處付託重艱難統接神孫正人依聖母安橋山封劍佩原廟見衣冠萬國纒哀處高陽檜柏寒

其三

取士志疎賤量書廢寢興芻言本何益玉殿最先登日角依俙想堯言涕泗稱龍髯遠莫及零淚凍成冰

舟過嚴陵灘將謁祠登臺舟人夜解及明已遠至桐廬望桐君山寺漂渺可愛遂以小舟遊之作二絶

其一

扁舟忽草出山來慚愧嚴公舊釣臺舟子未應知此
恨夢中飛楫定誰催
其二
嚴公釣瀨不容看猶喜桐君有故山多病未須尋藥
錄從今學取衲僧閑
泝潮二首
其一
潮來海若一長呼潮去蕭條一吸餘初見千艘委泥
土忽浮萬斛泝空虛映山少避曾非久借勢前行卻
自如天地尚遭人意料乘時使氣定麤疎
其二
疋練縈回出海門黃泥先變碧波渾初來似欲傾滄
海正滿真能倒百源流枿飛騰竟何在扁舟睥睨久

仍存自慚不作山林計來往終隨萬物奔

贈王復處士

候潮門外王居士平昔交遊遍海涯本種杉松爲老計晚將亭榭付鄰家爲生有道終安隱好事來遊空嘆嗟猶有東坡舊詩卷忻然對客展龍蛇（王君舊有圜亭子瞻兄名之曰種德其亭頭以貧故鬻之矣）

張惕山人卽昔所謂惠思師也余舊識之於京師忽來相訪茫然不復省徐自言其故戲作二小詩贈之

昔日高僧今白衣人生變化定難知故人相見不相識空怪解吟無本詩

聽誦長江近章句喜逢澄觀已冠巾醉吟揮弄清潮水誰信從前戒律人

次韻子瞻送楊傑主客奉詔同高麗僧遊錢塘

人言長安遠如日三韓住處朝日赤飛帆走馬入齊梁卻渡吳江食吳橘玉門萬里唯言九行人淚墮陽關酒佛法西來到此閒遍滿曾如屈伸手出家王子身心虛飄然渡海如過渠遠來忽見傾盆雨屬國眞逢戴角魚至人無心亦無怯一物不見誰爲敵東海東邊定有無拍手笑作中朝客

寄龍井辯才法師三絕并敘

轍自績溪蒙恩召還將自宣城沿大江以歸家兄子瞻以書告曰不如道歙溪過錢塘一觀老兄遺迹轍用其言旣至吳中迫於水涸不能久留十月八日遊上天竺子瞻昔與辯才師相好今隔南山

不得見乃作三小詩以寄之

我兄教我過東吳遺墨山間無處無忽報冬潮催出堰俗緣深重道心麤

山色青冥葉未紅湖光凝碧曉無風行窮上下兩天竺望斷南山龍井龍

井水中藏東海魚側盆翻雨洗凡夫隔山欲共公相見莫道從來一滴無

元絳參政挽詞

吳越朝天功在民當年卿相亦仁人曾孫終與元豐政故老猶知異代因吏治清明閑白日文詞俊發吐青春鄴都從事堂中客瀟灑高原柏子新

過王介同年墓

平生使氣坐生風徐卭方知學有功應奉讀書無復

忌虞翻忤物自甘窮埋根射策久彌奮投老爲邦悍莫攻墳木未須驚已拱少年我亦作衰翁昔與中甫同登制科僕年最少今已老矣

將遊金山寄元長老

麤砂施佛佛欣受怪石供僧僧不嫌空手遠來還要否更無一物可增添

元老見訪留坐具而去戲作一絕調之

石霜舊奪裴休笏坐具只今君自留留放書房還會否受降曾不費戈矛

元老和示小詩自謂非戰之罪復作一絕弁坐具還之

請君卻領彌天具不欲終收陷虎名莫道昏沉非戰罪何如不戰屈人兵

子瞻與長老擇師相遇於竹西石塔之間屢以絕句贈之又留書邀轍同作遂以一絕繼之

遠老陶翁好弟兄虎溪廬阜久逢迎何須更要經平子清議從來貴士衡

高郵贈別杜介供奉

淮南魚米年年賤直便歸休無俸錢錦背圖書何益事塵生弦筦正參禪逢人未廢一樽酒送客長隨百里船世上得如君自在不須開府事開邊幾先去年送家兄子瞻至高郵今年復留此相別

答王定國問疾

五年竄南荒頑質不伏病吸清吐濁穢氣練骨隨勁澹然久忘歸寂寂就退屏國恩念流落牽挽畀鄰境

葉舟泝長江藤鞋過重嶺峽深蔦蘿惡山嶮崖石橫
恢台夏初發氛霧秋愈盛菘雞食有時豚羔詎曾省
門開訟氓入日晏鴂舌競肝脾得寒熱冰炭迫晨暝
俚醫固空踈蠻覡劇麤猛老妻但坐哭遺語未肯聽
長子亦在床一臥昏不醒思歸未可得即死付前定
如如性終在冉冉歲將冷筋骸稍輕安冠服強披整
餘方厭苓朮日食禁醪茗髮衰亂隨櫛骨瘦空看影
簿書勉復親環玦非所請馬老固伏櫪槎流舊安井
凌兢就輕車邂逅出儵綆此生誠夢幻俛仰成弔慶
故人枉新詩萬里慰孤耿賞音我非曠斵鼻君真郢
南遷昔所同臥疾今亦並遠行信由天未死庸非命
歸舟正飄兀齋舍念清淨作書附鴻翼去路瞻斗柄
閘水漸安流吳音未全正一樽對清言及此冬夜永

和子瞻次孫覺諫議韻題郡伯閘上斗野亭見寄

扁舟未遽解坐待兩閘平濁水汙人思野寺爲我清昔遊有遺詠枯墨存高甍故人獨未來一樽誰與傾北風吹微雲莫寒依月生前望邗溝路卻指鐵甕城茅簷卜茲地江水供晨烹試問東坡翁畢老幾此行奔馳力不足隱約性自明早爲歸耕計免慚老僧榮僧榮斗野主人也子瞻將卜居丹陽蒜山下此亭正當歸路故云爾

次韻子瞻題泗州監倉東軒二首

肩輿蝺蝺渡浮梁吏隱知君寄一倉十里遙看飛阜蓋小軒相對有壺漿清宵往往投車轄永日霏霏散篆香留滯淮南久仍樂莫年何意復爲郎

萬斛塵飛日爲霾無心退食自成齋梅生紅粟初迎

臘魚躍銀刀正出淮臥病空看帆度磧誦詩猶記雪
填堦夾河南北俱形勝且借高城作兩崖

答顏復國博

歲晩河水留畫船一軒脩竹喜蕭然詩詞温厚新成
格道論精微近入禪病後不勝淸醑釃別時仍得舊
書傳欲成古史須咨考陋巷何因接尺椽

次韻王定民宣德

彭城寺壁看詩來顏氏瓢樽偶共開茅屋未完先鑿
沼竹林成後想宜梅新詩妙絕難爲繼高論微低得
共陪第一詞人生不識茲行尙喜揖君才

河冰

扁舟多艱虞與我平日類初乘滂洋流旋涉凍淺地
日西陰風作夜半流澌至悄然孤寂枕覺此凝冽氣

河聲噤不喧燈花結復墜忽來觸舟去聲與裂帛似
平明發窗扉吏卒殭未起奔騰陣馬過洶湧晴雲駛
紛紛散環玦卷卷浮席被匯流忽騰蹙曲岸相撐柢
攲危起丘山汗漫接州沚連艘恣凌轢千槌競紛委
剛強初悍頑潰散終披靡掃除就虛曠沿泝弄清泚
我行無疾除乘流得坎止偶然追還期愧此墮千指
陰陽有定數開塞亦常理窮冬治舟行嗟此豈天意

復賦河冰四絶

客心凜凜怯寒冰擁褐無言夜漏深河伯似知歸意
速風號西北故相禁
春來歸夢劇飛鳧夜半流澌擁舳艫似勝去年彭蠡
口雪封廬岳浪翻湖
朝來縣令借長船仍遣千夫上下牽不惜瓊瑤分衆

手貪看雪片滿河壖
輕紈破碎珮環流顛倒鏘鳴亂觸舟解紼投篙曾不
顧不知何處擁汀洲
河冰稍解喜呈王適
留滯江湖白髮生西歸猶苦凍崢嶸春風未到冰先
解河水初深船自輕去國偶然經晝夢逢人稍欲問
都城羈鴻共有成行喜雙鯉應將尺素迎
河冰復結復次前韻
懊惱河冰散復生徂年近已失崢嶸身留短舫厭厭
睡目送飛鴻一一輕引縴低徊疑上坂打凌辛苦甚
攻城東風憐我歸心速稍變楊梢百里迎
題南都留守妙峯亭
我登妙峯亭欲訪德雲師春陽被原野灘渙含流澌

未復桃李色稍增松桂姿孑孑東來檣冉冉將安之
萬物委天運此身免奔馳悵然懷舊遊一丘覆茅茨
清冷久沮洳文雅空頹隳提攜二三子醉倒春風吹
不見妙峯處安知德雲期南遷久忘反有獲空自知
歸來覽新構恍然發深思遠行極南海此地初不移
酌我一斗酒盡公終日嬉德雲非公歟相對欲無詞
次韻發運路昌衡淮南見山堂
疊石初成得賜環未應苔蘚上蒼顏據鞍華岳旌旄
裏回首淮山夢想閒烽火日傳西塞靜丘陵應伴壯
心閑終南太白皆公有肯向庭中更作山
送戴朝議歸蜀中
岷山招我早歸來劍閣橫空未易回北叟忽驚鵾鴂
晚西轅欲及海棠開避仇賦客親耕耒因亂詩翁著

酒杯但愛江山無一事爲言父老莫相猜

後省初成直宿呈子瞻二首

披垣初罷斧斤響棟宇猶聞松桂香江海聚來俱野客雲霄並直愧華堂月明似與人煙遠風細微聞禁漏長諫草未成眠未穩始知天上極清涼

射策當年偶一時對床夜雨失前期廬閭還往無多地夢裏追尋亦自疑螭墨屢乾朝已久囊封希上出猶遲茅簷半破松筠老歸念蕭然欲語誰

次韻子瞻送陳睦龍圖出守潭州

海上石橋餘折棟大舶記君過鐵甕東行萬里若乘空老蠶長鯨應入鞚波摇風卷臥不起免教髀肉鞍磨痛歸來過我話艱苦驚汗津津尚流汞海涯風物畫成圖錯落天吳兼紫鳳至今想象隔人世往往風

濤吹晝夢長沙欲往厭飛楫幸有千兵作迎送文章清逸世少比科第崢嶸聲自重遠行屢屈衆所歎出祖誰攀車欲動明朝皷角背王城莫聽單于吹曉弄

子雍奉使三韓轍時在南都見其往返故此詩言之

送千之姪西歸

京洛東遊歲月深相逢初喜解微吟夢中助我生池草別後同誰飲竹林文字成家憐汝在風流似舊慰人心便將格律傳諸弟王謝諸人無古今

駕幸親賢宅贈隨駕諸公

日日南風夜氣煩一聲鳴蹕萬人看禁溝飛水清黃道涼殿分冰遍從官急雨未成昏觀闕微飆稍覺泛和鑾相看揮汗塵埃裏散髮何人舊不冠

次韻子瞻飲道者院池上

雨氣涼侵殿河流滲入池黃粱淪魚子白酒瀉鵝兒
風細初生袖塵清免汙眉郊行不易得拂壁看題詩
答孔平仲惠蕉布二絶
裘葛終年累已輕薄蕉如霧氣尤清應知浣濯衣稜
敗少助晨趨萃蔡聲
燈籠白葛扇裁紈身似山僧不似官更得雙蕉縫直
掇都人渾作道人看
次韻朱光庭司諫喜雨
焦枯連夏火洗濯待秋霖都邑溝渠淨郊原黍豆深
流膏侵地軸晴意動風琴誰似臣居易先成喜雨箴
次韻光庭省中書事
放浪江湖久惰慵安排誰置從宮中龘疎空與延和
對開納初還正觀風二鄙兵銷真帝力四方雨足自

天功時將一勺傾滄海漫使人知達四聰

送張恕朝奉南京簽判二首

楚蟹吳柑初著霜梁園官酒試羔羊老如計相非無齒清似留侯未却糧杖屨稍通賓客過殽蔬要遣子孫嘗詔書委曲如公意幕府新除朱紱郎

朱紱還家罷倚門留都無事最宜親下車趨走驚鄰舍決獄平反慰老人相見只今多邂逅舊遊他日半埃塵何年重起扁舟興會作東湖十日賓

送賈訥朝奉通判眉州

歸念長依落日邊壺漿今見逆新官聲傳已覺謳歌遍身到前知政令寬民病賢人來已暮時平蜀道本無難明年我欲脩桑梓爲賞庭前荔子丹（眉州倅廳舊有荔支二株甚大）

次韻黄庭堅學士猩毛筆
不悟身邊一斗紅聖賢隨世亦時中何人知有中書
巧縛送能書陳孟公
李誠之待制挽詞二首
脫遺章句事經綸滿腹龍蛇自屈伸南駕威聲傳絶
域西征舊恨失姦臣空留諫疏驚頽靡終託詩詞話
苦辛直氣如雲未應盡一雙嗣子亦騏驎
濟南風物在西湖湖上逢公初下車談笑樽前伏齊
虜旌旗門外聽除書一封未奏先焚草三黜歸來便
種蔬淚落西堂歌酒地杉松空見歲寒餘
司馬温公挽詞四首
白髮三朝舊青山一布衾封章留帝所德澤在人心
未起謳吟切來歸顧託深楊公不久住天意定難忱

又

決策傳賢際危言變法初紛紛看往事一一驗遺書

富貴終何有清貧只自如西州不忍過行哭便回車

又

區區非爲己懇懇欲忘生力盡心終在身亡勢亦成

遺民拋劍戟故老半公卿魏丙生前友俱傳漢相名

又

少年真狷淺射策本龘疎欲廣忠言地先收衆棄餘

流離見更化邂逅捧除書趙孟終知厥他人恐罵予

送表弟程之元知楚州

與君外兄弟初如一池魚中年雲雨散各異澗谷居

客舍復相從語極長欷歔青衫奉朝謁白髮驚晨梳

百年不堪把一樽歡有餘清言我未厭昨夜聞除書

淮南旱已久疲民食田蔬詔發上供米仍疏古邗渠
要須賢使君均此積歲儲徑乘兩漿去不待五馬車
別離難重陳勞徠不可徐政成得召節歲晚當歸歟

送王震給事知蔡州

朝廷入忘返冠蓋如雲屯賢哉貴公子獨以民社言
西臺出命書落筆波濤翻東臺典封駮坐惜日月奔
試劇得上蔡高臥強東藩旱歲獨多麥時雨如傾盆
鈴軒省鞭扑幕府多壺樽逡巡文字樂斥去簿領煩
賜環行當至坐席恐未温三槐日成陰富貴屬曾孫

送王廷老朝散知虢州

滿腹貯精神觸手會衆理一廢十五年直坐才多爾
我昔遊宋城憶始識君子簿書填丘山賓客亂蜂蠆
出尋城下宅屢屣床前履清談如鋸木落屑紛相委

解頤自有樂置酒姑且止逡巡破黃封婉娩歌皓齒
風高熊正白霜落蟹初紫夜闌意未厭河斜客忘起
歸來笑僮僕熟醉未曾爾江湖一流蕩歡意日頹弛
西還經舊遊相逢值新喜詔催西州牧門有朱轓棍
都城挽不住山賊近方侈提刀索崖谷援桴動閭里
居家百無與王事非有已何日卻休官復飲梁王市

送魯有開中大知洛州次子瞻韻

仲連雖不仕而非綺與園逡巡笑談閒屨解戰鬭繁
子敬識二孫長揖鼓鼙喧意氣感周郎振策起江村
二賢繼英風千載爲高門曾孫事仁祖風義夙所敦
臺閣餘故事父老稱遺言白髮識公子十載友元昆
婆娑久不試俛仰色愈溫五馬忽嘶鳴朱輪夾征軒
旌旄隔河至部曲幾人存銅虎不可留芻狗行當燔

秋潦決河防遺黎化驚魂憂心念千里何暇把一樽
西城叩門別南風吹帽翩嗟我限出謁未敢逾短垣
新晴水尚壯想見民驚奔安得萬丈堤止此百里渾
姑爾救一境誰當理其源百聞貴一見尺書爲我論

欒城集卷第十四

欒城集卷第十五

詩八十五首

送陳侗同年知陝府

上書乞江淮得請臨關河所得非所願親友或相訶
丈夫志四方所遇常逶迤況當國西屏形勝古來多
崑渠湧北郭華岳垂東阿羌虜昔未平驛騎如飛梭
閒諜時出沒關梁苦譏訶爾來一清淨西望多麥禾
魏絳方和戎先零正投戈秦人釋重負道路聞行歌
便當臥齋閤次第除網羅時時一嘯咏未用勤催科
諸孤寄吳越食口如鴈鵝時分橐中金何必手自摩

次韻李曼朝散得郡西歸留別二首

風波定後得西歸烏鵲喧呼里巷知未熟黃粱驚破
夢相看白髮信乘危豚肩尚有冬深味鬱器應逢市

合時父老爲公留臘酒不須猶唱式微詩
懷印徒行尙故衣邸中掾史見猶疑千人上冢鄉關動五馬行春雨澤隨醉裏墜車初未覺道中破甑復誰悲西行漫遣親朋喜早賦陶翁歸去詩

送程建用宣德西歸

昔與君同巷參差對柴荆艱難奉老母弦歌教諸生藜藿飽臧獲布褐均弟兄貧賤理則窮禮義日益明我親本知道家有月旦評逡巡戶牖間時聞歎息聲善惡不可誣孝弟神所聽我見此家人處約能和平宅年彼君子豈復地上行爾來三十年遺語空自驚松阡映天末苦淚緣冠纓子親八十五皤然老人星安輿及祿養平反慰中情月俸雖不多足備甘與輕今年復考課得秩眞代耕倚門老鶴望策馬飛鴻征

歸來歲云莫手奉屠蘇餅我詩不徒作以遺鄉黨銘

君昔嘗稅居與敝廬東西相望武昌君見其家事知非貧賤人也此語未嘗語人俛仰三十年矣因君西歸作詩言之不覺流涕

次韻子瞻杜介供奉送魚

天街雪霽初通駟禁籞冰開漸躍魚十尾煩君穿細柳一杯勸我芼青蔬寒樽獨酌偶逢客佳句相酬不用書江海歸來叨禁近空令同巷往來疎

次韻子瞻招王蘧朝請晚飲

矯矯公孫才不貧白駒衝雪喜新春忽過銀闕迷歸路誤認瑤臺尋故人訪我不嫌泥正滑留君深愧酒非醇歸時九陌鋪寒月清絕空教僕御顰

子瞻與李公麟宣德共畫翠石古木老僧謂之憩寂圖題其後

東坡自作蒼蒼石留取長松待伯時只有兩人嫌未足更收前世杜陵詩

王君貺宣徽挽詞三首

妙年收賈傅白首貴王陽志氣文章在功名歲月長遺孫依舊德故吏滿諸方河朔三持節斯民定不忘

又

謫墮神仙侶飛翔鸞鳳姿舊逢黃石老陰許赤松期歷歷僧伽記申申鄧傅詞翻然歸海嶠無復世人知公少年過泗州於僧伽塔中見一老僧謂公歸眎祖墓有白兎者君當第一人及第已而果然既登科見張鄧公為公言吾為射洪令尉捕得一人疑其行劫吾覺其非是釋之問其所從來則山中隱者也以藥遺我日服此藥可以終天年而無病且約我貴極人臣今予方且貴慎勿笞辱道人公終身用其言輒佐公於大名親見公言之

從軍在河上仗鉞喜公來幕府方閑暇歌鐘得縱陪

宅年老賓佐過國泣樓臺猶有墳碑在仍令故客開

今樞密安公厚卿昔與轍同在幕府公家方求厚卿作墓碑

送杜介歸揚州

揚州繁麗非前世城郭蕭條却古風尚有花畦春雨後不妨水調月明中東都甲第非嫌汝北牖羲皇自屬翁清洛放船經月事急先鷗鵜遶芳叢

次韻子瞻與鄧聖求承旨同直翰苑懷武昌

西山舊遊

我遊齊安十日回東坡桃李初未栽扁舟亂流入樊口山雨未止涇黃梅寒溪聞有古精舍相與推挽登崔嵬山深縣令喜客至寺荒蔓草生經臺黃鵝白酒得野餽藤床竹簟無纖埃可憐遷客畏人見共怪青山誰爲堆行驚晚照催出谷中止亂石傾餘罍古今

相望兩令尹（謂元結與鄧君也）文詞灑落千山隈野人豈復
識遺趣過客時爲剜蒼苔五年留滯屐齒禿一朝揮
手船頭開玉堂卻憶昔遊處笑問五柳應彫摧滿朝
文士蚤貴達憑凌霄漢乘風雷入參祕殿出華省何
曾著足空山來漂流邂逅覽遺躅耳中尚有江聲哀

送楊孟容朝奉西歸

三十始去家四十初南遷五十復還朝白髮正紛然
故人從西來鞍馬何聯翩握手得一笑喜我猶生全
別離多憂患夢覺非因緣惟餘歸耕計粗有山下田
久糜太倉粟空愧鄉黨賢老兄富治行令德齊高年
幸此民事清未厭軍壘偏父老攜壺漿稚子迎道邊
應有故相識問我何當旋君恩閔衰病歸駕行將鞭

次韻孔武仲學士見贈

羨君眈讀書日夜論今古雖復在家人不見釋手處
意求五車盡未惜雙目苦蓬萊倚霄漢簡冊充棟宇
學成擅囷倉筆落走風雨破籠閉野鶴短草藏文虎
鬢鬚忽半白兒女無復乳知君不能薦愧我終何補
偶來相就談日落久未去歸鞍得新詩佳句爛如組
古風棄雕琢遺味比樂府且復調塤篪泠然五音舉

送家定國朝奉西歸

我懷同門友勢如曉天星老去髮垂素隱居山更青
退翁聯科第俯仰三十齡仕官守鄉國出入奉家庭
鵠鷺性本靜芷蘭深自馨新詩得高趣衆耳昏未聽
笑我老憂患奔走如流萍冠裳强包裹齒髮坐彫零
晚春首歸路朱轓照長亭縣令迎使君綵服導輜軿
長歎或垂涕平反知有令此樂我已亡雖達終不寧

次韻劉貢父省上示同會二首

流落江湖東復西歸來未洗足間泥偶隨鵬翼培風上時得衙香滿袖攜落筆逡巡看儤直醉吟清絕許分題相望魯衛雖兄弟終畏鄰封大國齊

掖垣不復限東西賓客來衝霧雨泥白酒黃封開瀲灩朱纓青籠落提攜五花愧我連書判三道高君免試題誰遣松蒿同一谷凌雲他日恐難齊

次韻孔武仲三舍人省上

君不見西都校書宗室叟東魯高談鼓瑟手偶然同我西掖垣並立曉班分左右龍文百斛世無價屬二公瓦釜枵然但升斗諸兄落落不可望兩季幸肯分餘光大孔奮飛自南鄉聯翩羣鴈相追翔渠家冠蓋尤堂堂

送顧子敦奉使河朔

去年送君使河東今年送君使河北連年東北少安居慷慨憐君色自得河流西決不入土千里汗漫敗原隰壯夫奔亡老稚死粟麥無苗安取食君憂臣辱自古然自說過門三不入忠誠一發鬼神輔心念旣通謀計集堤防旋立村落定波浪欲收蛟蜃泣二年歸國未爲久故舊相看髮猶黑成功豈在延世下好勇眞令腐儒服此時爲國頌河平當使君名長不沒

席上再送

人言虎頭癡勇作河朔遊黃河六七月不辨馬與牛單車徑北渡橫身障西流虎頭亦不癡志在萬戶侯徜徉歷三邊歸借坐上籌腰垂黃金印不受白髮羞此計雖落落但問有志不臨岐且一醉行役方未休

次韻孔文仲舍人酴醿

蒼虬凍不死輕素暖仍歸落蘂時吹面繁香自撲幃光凝直照夜枝軟或牽衣似厭風霾苦應思霧雨霏開樽迎最盛掃地見初稀賴有清陰在金波肯發揮

送錢承制赴廣東都監

家聲遠繼河西守遊宦多便嶺外官南海無波閑鬭舸北堂多暇得羞蘭忽聞常棣歌離索應寄寒梅報好安宅日扁舟定歸計仍將犀玉付江湍

次韻曾子開舍人四月一二日扈從二首

萬人齊仗足聲勻翠輦徐行不動塵夾道讙呼通老穉從官雜遝數徐陳旌旗稍放龍蛇卷旒冕初看日月新天遣雨師先灑道農夫不復誤占辛（農家常以上辛占麥辛深則麥熟今年正月八日得辛而雨不時應駕未出一日初得雷雨麥始有望）

衣冠雙日款蓬萊簾脫瓊鉤扇不開清曉逮鸞二殿啓翠華遙自九天來晨光稍稍侵黃蓋瑞霧霏霏著禁槐千兩翟車觀禮罷歸時滿載德風迴是日內外命婦皆會景靈仰瞻三宮肅然雍穆不言而化諸公之家有能言之者

再和

病起江南力未勻強將冠劍拂埃塵木雞自笑真無用芻狗何勞收已陳行從鑾旗風日細側聽廟樂管絃新誰知四載勤勞後併舉成功祚泣辛

宸心惻惻念汙萊南鑾西池閉不開長樂鳴鞘千乘出顧成薦巹萬方來從臣暗泣新宮柳父老行依輦路槐雙闕影斜朱戶啓都人留看屬車回

次韻張昌言給事省中直宿

還家未暇拂塵衣攜被重來趁落暉省戶鳴騶久分

散宮槐栖鵲共翻飛周廬見月風霾靜斜漢橫空星斗稀多病心身怯清禁故山依約夢西歸

次韻貢父子開直宿

擲筯搖毫氣吐虹與餘庭藥詠殘紅今宵文字知無幾鼾睡簾中笑二公

去年冬轍以起居郎入侍邇英講不逾時遷中書舍人雖忝冒愈深而瞻望清光與日俱遠追記當時所見作四絶句呈同省諸公

邇英肅肅曉霜清玉宇時聞槁葉零風過都城吹廣內萬人笑語落中庭

銅缾灑遍不勝寒雨點勻圓凍未乾回首曈曨朝日上槐龍對舞覆衣冠（邇英前有雙槐甚高而柯葉拂地狀若龍蛇講官進對其下）

早歲西廂跪直言起迎天步晚臨軒何知老侍曾孫

聖欲泣龍髯吐復呑轍昔舉制策坐於崇政西廊蓋邇英之北也是日晚仁皇自延和步入崇政過所試幄前瞻望天表最爲親近

講罷淵然似不勝詩書默已契天心高宗問答終垂世未信諸儒測淺深

次韻張問給事喜雨

已收蠶麥無多日旋喜山川同一雲禾黍趁時青覆壠池塘流潤淥生文兩宮尙廢清晨集中禁初消永夜薰倉粟半空民望足深耕疾耨肯忘君

次韻宋構朝請歸守彭城

得郡迎親願不違書來無復寄當歸馬馳未覺西南遠烏哺何辭日夜飛湖水欲平官舍好茶征初復訟垠稀平反聞道加飡飯五袴應須換破衣

次韻劉貢父西掖種竹

竹迷誰定知迷否趂取滂沲好雨初栽向鳳池吹律
處斸從芸閣殺青餘迎風一嘯朝回早弄月相差直
宿疎應怪籍咸林下客相看不飲作除書仲馮方作左史必與
貢父並直於此

次韻劉貢父省中獨直

簾深巧爲隔朝曔竹密時能引雀喧朝罷宿酲還續
夢靜中諸妄稍歸根坐曹聞道仍分省出沐誰當與
並軒竹簟茅簷它日事重因遺詠記君恩

得告家居次韻貢父見寄

君恩賜告許歸來雨後中庭有綠苔起閉日高三丈
久臥聞車過九門開泥封連日傳新語腕脫知君有
軼才十八二十二兩日除目猥多待得晴乾追後乘未應塵土熱
如灰

黃幾道郎中同年挽詞二首

温恭天賦此心良惠愛人知政術長井水無波任缾綆牛刀投隙應宮商分符出遍名城守攜被歸從華省郎不到汝陰遺恨遠坐令湖水減清光

早歲相從能幾時淮陽花發正游嬉鳴弓矍相人如堵席地滄浪柳作帷十載舊遊真是夢一時佳客尚存誰遙聞葬日車千兩漬酒緜中寄一悲轍昔與幾道相遇於陳陳守張聖民相與游從甚密逮今將三十年當時賓客在者少矣而幾道復化去言之悽惻無已

和王定國寄劉貢父

度嶺當年惜遠行過淮今日似前生留連秋思江侵海搖蕩春心花滿城欲寄尺書慵把筆偶聞佳句獨含情何時復看清虛會醉聽秦箏促柱聲

故濮陽太守贈光祿大夫王君正路挽詞二

首

落落承平佐英英嗣世風芝蘭託庭戶鸞鵠峙椅桐
結客賢豪際傾財緩急中悲傷聞故老淪謝未衰翁

又

吳中試良守濮上繼嘉聲平賦權家恨蠲租盜俗清
家貧久未葬身去獨留名天報多男子終存好弟兄

韓幹三馬

老馬側立鬃尾垂御者高拱持青絲心知後馬有爭
意兩耳微起如立錐中馬直視翹右足眼光已動心
先馳僕夫旋作奔佚想右手正控黃金羈雄姿駿發
最後馬回身奮鬣真權奇圉人頓轡屹山立未聽決
驟爭雄雌物生先後亦偶爾有心何者能忘之畫師
韓幹豈知道畫馬不獨畫馬皮畫出三馬腹中事似

欲譏世人莫知伯時一見笑不語告我韓幹非畫師

書郭熙橫卷

鳳閣鸞臺十二屏屏上郭熙題姓名崩崖斷壑人不到枯松野葛相欹傾黃散給舍多肉食食罷起愛飛泉清皆言古人不復見不知北門待詔白髮垂冠纓袖中短軸纔半幅慘澹百里山川橫巖頭古寺擁雲木沙尾漁舟浮晚晴遙山可見不知處落霞斷鴈俱微明十年江海興不淺滿帆風雨通宵行投篙椓杙便止宿買魚沽酒相逢迎歸來朝中亦何有包裹觀闕圍重城日高困睡心有適夢中時作東南征眼前欲擬要真物拂拭東絹付與汾陽生

題王生畫三蠶蜻蜓二首

飢蠶未得食宛轉不自持食蠶聲如雨但食無復知

老蠶不復食矯首有所思君畫三蠶意還知使者誰

又

蜻蜓飛翾翾向空無所著忽然逢飛蚊驗爾飢火作

一飽困竹稍凝然反冥寞若無飢渴患何貴一簞樂

贈寫真李道士

君不見景靈六殿圖功臣進賢大羽東西陳能令將

相長在世自古獨有曹將軍嵩高李師掉頭笑自言

弄筆通前身百年遺像誰復識滿朝冠劍多偉人據

鞍一見心有得臨牕相對疑通神十年江海鬢半脫

歸來俛仰慚簪紳一揮七尺倚牆立客來顧我誠似

君金章紫綬本非有綠蓑黃篛甘長貧如何畫作白

衣老置之茅屋全吾真

次韻子瞻題郭熙平遠二絕

亂山無盡水無邊田舍漁家共一川行遍江南識天
巧臨窗開卷兩茫然

斷雲斜日不勝秋付與騷人滿目愁父老如今亦才
思一蓑風雨釣槎頭

次韻錢勰待制秋懷

壯心老自消秋思悲不怨中懷不堪七那用日食萬
朝陽淨塗潦白露霑草蔓夾衣搜故褚酒債積新券
狙猿便林藪冠帶愁檻圈夢追赤松游食我青精飯
歸心久已爾佳句聊復勸近聞洮東將閉出邊馬健
裨王坐受縛右袂行將獻念此愧無功歸歟適吾願

宿滎陽甯氏園

喧卑背城市曠蕩臨溪水車流泝絕壁河潤及桃李
居人有佳思過客得新喜中橋一回顧欲入迷所自

滎陽唐高祖太宗石刻像并敘

滎陽大海院高齋石像二高不數寸而姿製甚妙唐高祖爲鄭州刺史太宗方幼而病甚禱之即愈因各爲一碑刻彌勒佛且記其事至今皆在元祐二年九月祭告永裕陵過而觀焉作小詩以授院僧

誰言膚寸像勝力妙人天欲療衆生病陰扶濟世賢身微須覆護眼淨照幾先豈爲成功報猶應歷劫緣

次韻劉貢父從駕

一經空記弟傳兄舊德終慚比長卿扈駕聯翩來接武登科先後憶題名竹林共集連諸子棣蕚相輝賴友生宅日都門俱引去不應廣受獨華榮

次韻劉貢父和韓康公憶其弟持國二首

霜風瑟瑟卷梧蕉燕處超然夜寂寥羽客信來丹鼎
具石淙夢斷水聲遙赤松作伴誰當見黃鵠高飛未
易招劍履終身定何益勤勞付與沛中蕭
愛君憂世老彌深特操要須得失臨晚歲飛騰推有
德故鄉安穩信無心小邦近似西山隱元氣終當北
斗斟聖主方求三世舊老臣何止一遺簪
聞京東有道人號賀郎中者唐人也其徒有
識之者作詩寄之
賀老稽山去不還鏡湖獨棹釣魚船南來太白尋無
處却作郎官又幾年岱下迎鑾驚典謁蒙山施藥愍
耕田試窮脚力追行迹亦使今生識地仙
送家安國赴成都教授三絶
城西社下老劉君春服舞雩今幾人白髮弟兄驚我

在喜君游宦亦天倫微之先生門人惟僕與子瞻兄復禮與退翁兄皆仕耳
垂白相逢四十年猖狂情味老俱闌論兵頓似前賢
語莫作當年故目看
石室多年款誌平新書久淹里中生遺師今見朝廷
意文律還應似兩京

送歐陽辯

我年十九識君翁鬚髮白盡顴頰紅奇姿雲卷出翠
阜高論河決生清風我時少年豈知道因緣父兄願
承教文章疎略未足云舉止猖狂空自笑公家多士
如牛毛揚眉抵掌氣相高下客逡巡愧知己流枿低
昂隨所遭却來京洛三十載重到公家二君在伯亡
仲逝無由追淚落數行心破碎京城東西正十里兩
落泥深旱塵起衣冠纏繞類春蠶一歲相從知有幾

去年叔爲尚書郎家傳舊業行有望今年季作澶淵吏米鹽騷屑何當起前輩今無一二存後來幸有風流似黄河西行淤没屋桑柘如雲麥禾熟年豐事少似宜君飽讀遺書心亦足

送韓康公歸許州

功成不願居身退有餘勇心安里閭適望益縉紳重朝爲北闕辭莫犯南河凍人知疎公達王命顯父送百壺山泉溢千兩春雷動旋聞二季賢繼以一章控詔書末云可廷論已爭蛺兹行迫寒食歸及掃先壠萬人擁道看一子腰金從爾曹勿驚嗟令德勸勤種

三日上辛祈穀除日宿齋戸部右曹元日賦

三絶句寄呈子瞻兄

七度江南自作年去年初喜奉椒槃冬來誤入文昌

省連日齋居未許還
今歲初辛日正三明朝春氣漸東南還家强作銀幡
會雪底蒿芹欲滿籃
北客南來歲欲除燈山火急萬人扶燈山閣以北使見日立欲
觀翠輦巡游盛深怯南宮鎖鑰拘
次韻王欽臣祕監集英殿井
碧甃涵雲液銅瓶響玉除汲花攢點罷灑霧喚班初
龍餅煎無數蟎研滴有餘從官方醉飽一酌解清虛
集賢殿考試罷二首
振鷺紛紛未著行初從江海覘清光卷聲風雨中庭
起筆勢雲煙累幅長病眼尚能分白黑衆毛空復數
驪黃禁中已許公孫第得失何私物自忙
衰病相侵眼漸昏青燈細字苦勞神遍看大軸知無

力聽誦奇篇賴有人前日鼓旗聞苦戰明朝雷雨出潛鱗殿廬困極唯思睡却憶登科似後身

問蔡肇求李公麟畫觀音德雲

好事桓靈寶多才顧長康何嘗爲人畫但可設奇將久聚要當散能分慰所望清新二大士畀我夜燒香

五月一日同子瞻轉對

羸病不堪金束腰永懷江海舊漁樵對床貪聽連宵雨奏事驚同朔旦朝大耿功名元自異中茅服食舊相要一封同上憐狂直詔許昌言賴有堯

次韻劉貢父題文潞公草書

鷹揚不減少年時墨作龍蛇紙上飛應笑學書心力盡臨池寫遍未裁衣

韓康公挽詩三首

閥閱元高世功名自發身堂堂揖真相矯矯出稠人
許國心先定輕財物自親傳經比韋氏世世得良臣

又

耆年時一二新第闕西南好客心終在忘懷日縱談
規模人共記風味我猶諳誰是羊曇首回車意不堪

又

師曠聞弦日相如作賦年雖慙衆人後貪值主文賢
北道初聞召南江正遠遷平生闕親近遺恨屬新阡

送王宗望郎中赴河東漕

春初戎馬掠河壖屬國倉皇不解鞍未免驅民餽邊
食旋聞奉使輟郎官年高轉覺精神勝慮穩要令事
業安持節近看葱嶺雪擁裘應慣鴈門寒

送高士敦赴成都兵鈐

楊雄老病久思歸家在成都更向西邂逅王孫馳驛騎丁寧父老問耕犂禪房何處不行樂壁像君家有舊題德厚不妨三世將時平空見萬夫齊

盧鴻草堂圖

昔爲太室遊盧巖在東麓直上登封壇一夜蠒生足徑歸不復往巒壑空在目安知有十志舒卷不盈幅一處一盧生裘褐蔭喬木方爲世外人行止何須錄百年入篋笥犬馬同一束嗟予縛世累歸來有茅屋江干百畝田清泉映脩竹尚將逃姓名豈復上圖軸

秦虢夫人走馬圖二絕

秦虢風流本一家豐枝穠葉映雙花欲分姸醜都無處夾道遊人空嘆嗟

朱幩玉勒控飛龍笑語喧譁步驟同馳入九重人不

見金鈿翠羽落泥中

韓幹二馬

玉帶胡奴騎且牽銀鬉白鼻兩爭先八坊龍種知何數乞與岐邠並錦韉

試制舉人呈同舍諸公二首

垣中不減臺端峻池上來從柱下嚴同直舊曾連月久蹔來還喜二公兼僕頃與孫莘老同在諫垣與彭器資同在西掖直言已許侵彈奏新告行闡振滯淹顧我麤官何所與西曹只合論茶鹽

早歲同科止六人中年零落半埃塵却將舊學收新進幾誤今生是後身骯髒別都遺老驥沉埋祕府愧潛鱗制科前輩今獨張公安道一人後來未用惟張去華而已憐君尚勝劉蕡在白首諸侯呼上賓

次韻張去華院中感懷

登朝已老似王陽脫葉何堪霧雨涼案上細書憎蟻黑禁中新酒愛鵝黃臨堦野菊偏能瘦倚檻青松解許長仕宦不由天祿閣坐曹終日漫皇皇轍頃自績溪除校書郎未至京除右司諫竟不入館故以爲恨

送周思道朝議歸守漢州三絕

早緣民事失茶官解印重來十二年美惡一周還自復始知東里解言天

梓漢東西甲乙州同時父子兩諸侯正孺時出守梓州它年我作西歸計兄弟還能得此不

酒壓郫筒憶舊酤花傳丘老出新圖漢州官酒蜀中推第一趙昌畫花摸傚丘文播亦西州所無也此行真勝成都尹直爲房公百頃湖

欒城集卷第十五

欒城集卷第十六

詩一百二十首

程之元表弟奉使江西次前年送赴楚州韻戲別

送君守山陽羡君食淮魚送君使鍾陵羡君江上居憐君喜爲吏臨行不欷歔紛紛出歌舞綠髮照瓊梳歸鞍踏涼月倒盡清樽餘嗟我病且衰兀然守文書齒疎懶食肉一飯甘青蔬愛水亦已乾塵土生空渠清貧雖非病篇易由無儲家使赤脚嫗何煩短轅車君船繫東橋茲行尚徐徐對我竟不飲問君獨何歟

表弟程之邵奉議知泗州

馬有千里足所願百里程馬心自爲計安用終日行何人志四方欲買千金輕吾弟有儁才見事心眼明

二年坐北部萬口傳佳聲談笑頑狡伏何曾用敲榜
艱難得銅虎洗眼長淮清民事不足爲但當食魚烹
貧重貴餘力過飽多傷生不見大路馬垂頭畏縶纓

次韻子瞻書黃庭內景卷後贈蹇道士拱辰

君誦黃庭內外篇本欲洗心不求仙夜䏚片月墮我
前黑氛剝盡朝日妍一暑一寒久自堅體中風行上
通天亭亭孤立孰傍緣至哉道師昔云然既已得之
戒不傳知我此心未虧騫指我嬰兒藏谷淵言未絕
口行已旋我思其言夜不眠

次韻子瞻好頭赤

沿邊壯士生食肉小來騎馬不騎竹翩然赤手挑青
絲捷下巔崖試深谷牽入故關榆葉赤未慣中原暖
風日黃金絡頭依圉人俛聽北風懷所歷

送葆光蹇師游廬山

建城市中有狂人縱酒罵市無與親敲門訪我何逡巡頭蓬面垢氣甚真截河引水登峴崙下洗尺宅骨髓勻告我入室要自門仙翁道師豈遺君歸來插足九陌塵獨遊凝祥芳草春蕭然孤鶴鳴鷄羣子欲不死存谷神海山微明朝日暾丹成寄子勿妄云出入無朕窮無垠相思一笑君乃信

同子瞻次梅聖俞舊韻題鄉舍木山

江槎出沒浮犀牛波濤掀天谷爲洲江寒水落驚霜秋危根瘦節鳴寒流脆朽吹去誰鐫鏤連峯疊嶂立酋酋吾家此山不易得十年棄置空自尤猿號鶴唳豈無意委虵恠我懷羔裘西歸父老拍手笑笑憶翁子躬薪標去時三山今有五不問故園惟一丘

次韻子瞻送千乘千能

少年食糠覈吐去願一官躬耕遇斂穫不知以爲歡
謂言一飛翔要勝終屈蟠朝廷未遑入江海失所安
多憂變華髮照影慙雙鸞恩從萬里歸獨喜大節完
日食太倉米篋中有餘紈奇窮不當爾自信處此難
長女聞孀居將食淚滴槃老妻飽憂患悲咤摧心肝
西飛問黄鵠誰當救飢寒二子憐我老輦致心一寛
別久得會合喜極成辛酸忽聞倚門望有書驚歲闌
深情見緩急欲報非琅玕勸爾勤孝友慎毋慕衣冠
淵渟自成井放瀉當生瀾豈有白雪駒縶足無和鑾

題王詵都尉畫山水横卷三首

摩詰本詞客亦自名畫師平生出入輞川上鳥飛魚
泳嫌人知山光盎盎著眉睫水聲活活流肝脾行吟

坐詠皆自見飄然不作世俗詞高情不盡落縑素連
峯絕澗開重帷百年流落存一二錦囊玉軸酬不訾
誰令食肉貴公子不學父祖驅熊羆細氈淨几讀文
史落筆璀璨傳新詩青山長江豈君事一揮水墨光
淋漓手中五尺小橫卷天末萬里分毫釐謫官南出
止筠潁此心通達無不之歸來纏裹任紈綺天馬性
在終難羈人言摩詰是前世欲比顧老疑不癡桓公
崔公不可與但可與我寬衰遲
憐君將帥雖有種多君智慧初無師篇章俊發已可
駭丹青妙絕當誰知自言五色苦亂目況乃旨酒長
傷脾手狂但可時弄筆口病未免多微詞歌鐘一散
任池館幅巾靜坐空書帷偶從禪老得真趣此身不
足非財訾世間翻覆岸爲谷猛獸相食虎與羆逝將

得意比春夢獨取妙語傳清詩眼看宮釀瀉酥酪未與村酒分醇漓解鞍駿馬空伏櫪寄書黃狗閑生氂江山平日偶有得不自圖寫渾忘之臨窗展卷聊自適磐礴豈復冠裳羈欲乘漁艇發吾興願入野寺嗟兒癡行纏布襪雖已具山中父老應嫌遲

我昔得罪遷南夷性命頃刻存篙師風吹波蕩到官舍號呼誰復相聞知小園畜蟻防橘蠹（橘性甘多蠹南人畜蟻於園中蟻緣木食蠹雖鄰家柯葉相接而蟻不相過亦一異耳）空庭養蜂收蜜脾讀書一生空自笑賣鹽竟日那復詞城中清溪可濯漱城上連峯堪幕帷十千薄俸聊足用魚多米賤憂無訾東坡居士最岑寂岌然深蓁見狐羆坐隅止鵩偶成賦槃中食薑時作詩憐君富貴可炙手一時出走羞啜醨澤傍憔悴凡幾歲胸中芥蔕無一釐江山別

來今久矣不獨能言能畫之同朝執手不容久笑我野馬初受羈紬中短卷墨猶濕傍人笑指吾儕癡方求農圃救貧病宅年未用譏樊遲

次韻子瞻十一月旦日鎖院賜酒及燭

銅鐶玉鎖閉空堂腕脫初驚筆札忙紅燭遙憐風雪暗黄封微瀉桂椒香光明坐覺幽陰破温暖深知覆育長明日白麻傳好語曼聲微繞殿中央

送周正孺自考功郎中歸守梓潼兼簡呂元鈞三絶

白髮熙寧老諍臣凜然心膽大於身吾儕坐看馮唐去誰起雲中廢棄人

十年符竹守吾州故吏相逢嘲土牛毋謂徐公不堪用諸人自與世沉浮

東道如聞近稍安乘驄按部凜生寒忽逢太守能相下俱是從來言事官

雪中訪王定國感舊

昔游都城歲方除飛雪紛紛落花絮徑走城東求故人馬蹄旋沒無尋處翰林詞人呼巨源笑談通夜倒清樽住在城西不能返醉臥吉祥朝日暾相逢却說十年事往事皆非隔生死惟有飛霙似昔時許君一醉那須起蘭亭俛仰迹已陳黃公酒壚愁殺人君知聚散翻覆手莫作吳楚乘朱輪

次韻王定國見贈

枯木無枝不記年寒灰誰遣强吹然南遷不折知非妄未老求閑愈覺賢屢出詩章新管籥偶開畫卷小山川簿書填委慙君甚撥去歸來粗了眠

王子難龍圖挽詞

帝子乘鸞已列仙遺芳留得衆孫賢俊科蚤與寒儒競禁從終償白髮年輦路聯鑣驚往事圃田回首泣新阡舊聞推歷知天命看熟黃粱定灑然

次韻李豸秀才來別子瞻仍謝惠馬

小床臥客笑元龍彈鋏無輿下舍中五馬不辭分後乘輕裘初許敝諸公隨人射虎氣終在徒步白頭心頗同遙想據鞍橫槊處新詩一一建安風

呂司空挽詞三首

少年輕富貴一意在詩書共恨經綸晚纔收老病餘寡言知德勝善應本中虛卒相承平業謳歌元祐初

又

將相家聲近勳名晚歲隆給扶安舊德賜府壓羣公

不見彌縫迹空推翼戴功山公舊多可寒士泣清風

又

罷郡來清潁微官憶宛丘頽垣那可住隱几若將休

復起民欣願全歸天不留世間反覆手有德竟無憂

公罷潁川退居於陳轍爲陳學官時請見焉

范蜀公挽詞三首

能言人盡爾有立世終稀憂國常先衆謀身亦勇歸

見奇初或笑要極未應非僅似西山老終身止食薇

又

賦傳長嘯久書奏鑄鐘新共歎文章手終爲禮樂人

遺風滿臺閣好語落簪紳欲取褒雄比終非骨鯁臣

又

劍外東來日城西却住年高齋留寓宿旅食正蕭然

語愜聞投石詩新看涌泉清樽寄苦淚一洒葉墳前

范百嘉百歲昆仲挽詞二首

少年何敏銳才氣伏諸生展卷五行下揮毫萬字傾百年殊未艾一病竟無成誰謂從夫子同閒鬱鬱城

又

季子尤高爽顏家早哭回白頭生便爾黃壤遽相催舊草誰收拾新松剩插栽悲傷有伯氏諸子尙嬰孩

安厚卿樞密母夫人挽詞二首

家起側微中身兼富貴終慈仁本宜壽勤約自成風大府寧居久名邦賜沐雄共傳生子福仍指讀書功

又

早歲參戎幙開門對粉牆初聞寡兄弟共羨好姑章一別飛騰速全歸福祿長遺芳在子舍宅日望巖廊

題李公麟山莊圖二十首并敘

伯時作龍眠山莊圖由建德館至垂雲沜著錄者十六處自西而東凡數里巖崿隱見泉源相屬山行者路窮於此道南溪山清深秀峙可游者有四曰勝金巖寶華巖陳彭漈鵲源以其不可緒見也故特著於後子瞻既爲之記又屬轍賦小詩凡二十章以繼摩詰輞川之作云

建德館

龍眠淥淨中微吟作雲雨幽人建德居知是清風主

墨禪堂

此心初無住每與物皆禪如何一丸墨舒卷化山川

華嚴堂

佛口如瀾翻初無一正定畫作正定看於何是佛性

雲巘閣

清溪便種稻秋晚連雲熟不待見新春西風巘自足

發眞塢

山開稍有路水放亦成川游人得所息眞意方澹然

巘茅館

山居少華麗牽茅結淨屋此間不受塵幽人亦新沐

瓔珞巖

泉流逢石缺脈散成寶網水作瓔珞看山是如來想

棲雲室

石室空無主浮雲自去來人間春雨足歸意帶風雷

秘全庵

世道自破碎全理未嘗違溪山亦何有永覺平日非

延華洞

共恨春不長逡巡就搖落一見洞中天真知世間惡

澄元谷

石門日不下潭鏡月長臨細細溪風渡相看識此心

雨花巖

巖花不可攀翔蘂久未墮忽下幽人前知子觀空坐

泠泠谷

層崖落飛泉微風泛喬木坐遺谷中人家家有琴筑

玉龍峽

白龍晝飲潭脩尾掛石壁幽人欲下看雨雹晴相射

觀音巖

倚巖開翠屏臨潭置苔石有所獨無人君心得未得

垂雲沜

未見垂雲沜其如歸與何路窮雙足熱爲我洗磐陀

勝金巖

置馬步巖間巖前得平地肴蔬取行簏粗飽有遺味

寶華巖

團團寶華巖重重蔭珍木歸來得商鼎試鬻溪邊綠

陳彭漈

蒼壁立精鐵縣泉瀉天紳山行見已久指與未來人

鵲源

溪深龜魚驕石瘦椿楠勁借子木蘭船寬我芒鞋病

四時皆記伯時所畫

將使契丹九日對酒懷子瞻兄幷示坐中

黄華已向初旬見白酒相攜九日嘗萸少一枝心自覺春同斗粟味終長蘭生庭下香時起玉在人前坐亦涼千里使胡須百日鬢將中子治書囊

題王詵都尉設色山卷後

還君橫卷空長歎問我何年便退休欲借巖阿著茅屋還當溪口泊漁舟經心蜀道雲生足上馬胡天雪滿裘萬里還朝徑歸去江湖浩蕩一輕鷗

次韻子瞻相送使胡

朔雪胡沙試此身青羅便面紫狐巾擁旜代北隨飛鴈頓足江東有臥麟飲酒壺氷將送臘照溪梅蕚定先春漢家五餌今方驗更愧當年歎息人

歐陽文忠公夫人挽詞二首

先生才蓋世家事少經心流落初相偶委虵志益深功名入圖史文字刻璆琳有助知由內騶虞欲重吟

又

好禮志耆老持家歷盛衰謹嚴終致一貧富各從宜

晚歲仍聞道臨終竟不疑外人傳一二猶得載銘詩

歐陽伯和仲純挽詞二首

之人雖蚤病對客每清言不信疾爲累要稱學有原籩篨視名器果蓏指乾坤長短何須問傳家已抱孫

又

仲氏氣無前爲文思湧泉飄然落筆地時出疾邪篇杌𣕊要經雪騂騮待著鞭凄涼悲故客不及見華顛

奉使契丹二十八首

次莫州通判劉涇韻二首

北國亦知岐有夷何嘗烽火報驚危擁𣃁絶漠聞嘉語緩帶臨邊出好詩約我一樽迎嗣歲待君三館已多時從今無事唯須飲文字聲名人自知

平世功名路甚夷不勞談說更騎危早年拭目看成

賦近日收心聞琢詩古錦屢開新得句皦貂方競苦寒時南還欲向春風飲塞柳凋枯恐未知

贈知雄州王崇拯二首

趙北燕南古戰場何年千里作方塘煙波坐覺胡塵遠皮幣遙知國計長勝處舊聞荷覆水此行猶及蟹經霜使君約我南來飲人日河橋柳正黃生辰使回以人日還至雄州

城裏都無一寸閑城頭野水四汗漫與君但對湖光飲久病偏須酒令寬何氏溝塍布棋局李君智略走珠槃應存父老猶能說有意功名未必難

贈右番趙侍郎

霜須顧我十年兄朔漠陪公萬里行駢馬貂裘寒自煖連牀龜息夜無聲同心便可忘苛禮異類猶應服

至誠行役雖勞思慮少會看棃棗及春生

古北口道中呈同事二首前一首呈趙侍郎後一首呈王副使

獨臥繩牀已七年往來殊復少縈纏心游幽闕烏飛處身在中原山盡邊梁市朝回塵滿馬蜀江春近水浮天枉將眼界疑心界不見中宵氣浩然

笑語相從正四人不須嗟歎久離羣及春煮菜過邊郡賜火煎茶約細君日暖山蹊冬未雪寒生胡月夜無雲明朝對飲思鄉嶺夷漢封疆自此分

絕句二首

亂山環合疑無路小徑縈回長傍溪髣髴夢中尋蜀道興州東谷鳳州西

日色映山才到地雪花鋪草不曾消晴寒不及陰寒重攬篋猶存未著貂

過楊無敵廟

行祠寂寞寄關門野草猶知避血痕一敗可憐非戰罪太剛嗟獨畏人言馳驅本爲中原用嘗享能令異域尊我欲比君周子隱誅彤聊足慰忠魂

燕山

燕山如長蛇千里限夷漢首銜西山麓尾掛東海岸中開哆箕畢末路牽一線却顧沙漠平南來獨飛鴈居民異風氣自古習耕戰上論召公奭禮樂比姬旦次稱望諸君術略亞狐管子丹號無策亦數游俠冠割棄何人斯腥臊久不澣哀哉漢唐餘左袵今已半玉帛非足云子女罹蹈踐區區用戎索久爾縻郡縣從來帝王師要在侮亡亂攻堅甚攻玉乘瑕易氷泮中原但常治敵勢要自變會當挽天河洗此生齒萬

趙君偶以微恙乘駞車而行戲贈二絕句

鄰國知公未可風雙駞借與兩輪紅他年出塞三千騎臥畫輜車也要公

高屋寬箱虎豹裀相逢燕市不相親忽聞中有京華語驚喜開簾笑殺人

會仙館二絕句

北嶂南屏恰四周西山微缺放溪流胡人置酒留連客頗識峯巒是勝游

嶺上西行雙石人臨溪照水久逡巡低頭似愧南來使居處雖高已失身

出山

燕疆不過古北闕連山漸少多平田奚人自作草屋住契丹駢車依水泉橐駞羊馬散川谷草枯水盡時

一遷漢人何年被流徙衣服漸變存語言力耕分穫
世爲客賦役希少聊偷安漢奚單弱契丹橫目視漢
使心凄然石瑭竊位不傳子遺患燕薊逾百年仰頭
呼天問何罪自恨遠祖從祿山此皆燕人語也

奚君宅在中京南

奚君五畝宅封戸一成田故壘開都邑遺民雜漢編
不知臣僕賤漫喜殺生權燕俗嗟猶在婚姻未許連

惠州傳聞南朝逃叛者多在其間

孤城千室閉重闉蒼莽平川絶四鄰漢使塵來空極
目沙場雪重欲無春羞歸應有李都尉念舊可憐徐
舍人會逐單于渭橋下歡呼齊拜屬車塵

神水館寄子瞻兄四絶十一月二十六日是日大風

少年病肺不禁寒命出中朝敢避難莫倚皂貂欺朔

雪更催靈火煮鉛丹馬上作李若芝守一法似有功

夜雨從來相對眠兹行萬里隔胡天試依北斗看南斗始覺吳山在目前

誰將家集過幽都逢見胡人問大蘇莫把文章動蠻貊恐妨談笑臥江湖

虜廷一意向中原言語綢繆禮亦虔顧我何功慙陸賈槖裝聊復助歸田

木葉山

奚田可耕鑿遼土直沙漠蓬棘不復生條幹何由作兹山亦沙阜短短見叢薄冰霜葉墮盡鳥獸紛無託乾坤信廣大一氣均美惡胡爲獨窮陋意似鄙夷落民生亦復爾垢汙不知怍君看齊魯閒桑柘皆沃若麥秋載萬箱蠶老簇千箔餘粱及狗彘衣被遍城郭

天工本何心地力不能博遂令堯舜仁獨不施禮樂

虜帳

虜帳冬住沙陀中索羊織葦稱行宮從官星散依冢阜氈廬窟室欺霜風舂粱煮雪安得飽擊兎射鹿夸强雄朝廷經略窮海宇歲遺繒絮消頑凶我來致命適寒苦積雪向日堅不融聯翩歲旦有來使屈指已復過奚封禮成即日卷廬帳釣魚射鵝滄海東秋山既罷復來此往返歲歲如旋蓬彎弓射獵本天性拱手朝會愁心胸甘心五餌墮吾術勢類畜鳥游樊籠祥符聖人會天意至今燕趙常耕農爾曹飲食自謂得豈識圖霸先和戎

十日南歸馬上口占呈同事

南轅初喜去龍庭入塞猶須閱月行漢馬亦知歸意

速朝暘已作故人迎經冬舞雪長相避屈指新春旋
復生想見雄州饋生菜菜盤酪粥任縱横

傷足

少年謬聞道直往寡所疑不知避礙嶮造次逢顛危
中歲飽憂患進退每自持長存鄙夫計未免達士嗤
前日使胡罷晝夜心南馳中塗氷塞川滉漾無津涯
僕夫執轡前我亦忘止之馬眩足不禁拉然臥中坻
異域非所息據鞍幾不支昔嘗誦楞嚴聞有乞食師
行乞遭毒刺痛劇侵肝脾念覺雖覺痛無痛痛覺知
念極旦有見遂與凡夫辭我今亦悟此先佛豈見欺
但爾不即證欲往常遲遲咄哉後來心當與初心期

春日寄内

春到燕山氷亦消歸驂迎日喜嫖姚久行胡地生華

髮初試東風脫緻貂插髻小幡應正爾點槃生菜爲
誰挑附書勤掃東園雪到日青梅未滿條

渡桑乾

北渡桑乾氷欲結心畏穹廬三尺雪南渡桑乾風始
和氷開易水應生波穹廬雪落我未到到時堅白如
磐陀會同出入凡十日腥羶酸薄不可食羊脩乳粥
差便人風隧沙場不宜客相攜走馬渡桑乾旌旆一
返無由還胡人送客不忍去久安和好依中原年年
相送桑乾上欲話白溝一惆悵

送文太師致仕還洛三首

國老無心豈爲身五年朝謁慰簪紳元臣事業通三
世舊將威名服四鄰遍閱後生真有道欲談前事恐
無人比公惟有凌雲檜歲歲何妨雨露新

齊魯元勳古太師寂寥千載恐無之昔歸甦縮經邦手復起還當問道時入謁何曾須掖侍到家依舊擁旌麾孔公靈壽固應在秋晚香山訪佛祠

西都風物漢唐餘天作溪山養退居盈尺好花扶几杖拂天脩竹倚庭除白頭伴侶誰猶健率意壺飧久已疎公昔與司馬公同居洛下常與諸老為真率之會酒肴果蔬隨有而具我欲試求三畝宅從公它日賦歸歟先人昔游洛中有卜築之意不肖常欲成就先志顧未暇耳

李公麟陽關圖二絶

百年摩詰陽關語三疊嘉榮意外聲誰遣伯時開縞素蕭條邊思坐中生

西出陽關萬里行彎弓走馬自忘生不堪未別一盃酒長聽佳人泣渭城

學士院端午帖子二十七首

皇帝閤六首

溽暑避華構清風迎早朝楓槐高自舞氷雪晩初消

又

南訛初應曆五日未生陰靈藥收農錄薰風拂舜琴

又

皇心本夷曠一氣自炎涼不廢荆吳舊民風見未央

又

九門已散秦醫藥百辟初頒凌室氷飲食祈君千萬壽艮辰更上辟兵繒

雨遲麥粒尤堅好日麗蠶絲轉細長入夏民閒初解慍宮中時舉萬年觴

汴上初無招屈亭沅湘近在國南坰太守漫解供新

機諫列猶應記獨醒

太皇太后閣六首

決獄初迎雨開倉旋取陳青黃今接夏飢疫免憂春

又

簾窗風時度宮深日倍長紵羅隨節賜黍麥趁新嘗

又

執熱寧忘濯清心自釋煩東朝聞好語畏日解餘暄

又

出磨玉塵除舊廩捧箱綵縷看新絲一年豐樂今將半兩殿歡聲外得知

舟楫喧呼招屈處禽魚鼓舞放生中百官却拜臯夔賜凶去方知舜有功

玉殿清虛過暑天草廬煩促念民編外家近許還新

宅不遣司農費一錢

皇太后閣六首

壽康朝謁蚤長信燕閑多不有圖書樂其如晝漏何

又

玉宇宜朱夏壺氷生晚涼深心念行賜清夜久焚香

又

蠶宮罷採擷暴室獻朱黄翕呷霜紈動闌班綵縷長

又

六宮無事著嬉游百藥初成及早收蒚歡還羞十二

節椿年自占八千秋

萬壽仍縈長命縷虛心不著赤靈符民間風俗疑當

共天上清高定爾無

楊子江心瀉鏡龍波如細縠不揺風宮中驚捧秋天

月長照人心助至公

皇太妃閣五首

曉起鐘猶凝朝回露欲乾逡巡下清蹕委曲問平安

又

壓蔗出寒漿敲冰簇畫堂人間正袢暑天上絶清涼

又

九夏清齋奉至尊消除癘疫去無痕太醫爭獻天師艾瑞霧長縈堯母門

紈扇新裁氷雪餘清風不隔紵羅疎飛昇漫寫秦公子榮謝應憐漢婕好

渺渺金河入禁垣漸臺雨過碧波翻共傳太液龍舟穩不似南方競渡喧

夫人閣四首

翛廈欺晴日重簾度細風羣仙不煩促長在廣寒宮

又

尋芳空茂木鬭草得幽蘭歌舞纖絺健嬉游玉佩珊

又

新煑青錡稻米香旋抽獨璽薄羅光剩堆雕俎添崖蜜爭作輕衫薦壽觴

御溝遶殿細無聲飛灑彤墀曉氣清開到石榴花欲盡陰陰高柳一蟬鳴

次韻門下劉侍郎直宿寄蘇左丞

雷雨連年起臥龍穆然臺閣有清風一時畫諾雖云舊此日都兪本自公松竹經霜俱不改鹽梅共鼎固非同一篇和遍東西府六律更成十二宮

次韻張來學士病中二首

一臥憐君三十朝呼醫仍苦禁城遙靈根自逐新陽發病枿從經野火燒吻燥未須尋麴糵囊空誰與典絺蕉何時匹馬隨街鼓睡起頻驚髀肉消塵垢汙人朝復朝病中吟嘯夜方遙長空鴈過疑相答虛幌螢飛坐恐燒稍覺新霜試松竹未應寒雨敗梧蕉從來百鍊身如劍火滅重磨未遽銷

次韻張君病起二首

壯年得疾勢能支不廢霜螯左手持漸喜一杯留好客未應五斗似當時口中舌在時聞句雪裏心安不問師去臥淮陽從病守功名他日許君期

老去生經廢不行鏡中白髮見空驚解將冲氣通枯指易甚新陽發舊莖一悟少年難久恃不妨多病却長生文章繆忝推前輩服食從來亦強名

欒城集卷第十六

欒城集卷第十七

賦八首

巫山賦

過瞿唐之長江兮蔚巫山之嵯峨雲孤興其勃勃兮北風慨其揚波山嶔崟而直上兮越至神女之所家峯連屬以十二兮其九可見而三不知蹊遂蕪滅而不可陟兮玄猿黃鵠四顧而鳴悲覽松柏之青青兮紛其若江上之菰蒲維其大之不可知兮有橈雲之脩柯蔓草蒙茸以下翳兮飛泉潔清而無沙亭亭孤峯其下叢木交錯而不明兮若有美人慘然而長嗟歛手危立以右顧兮舒目遠望悅然而有所懷儼峨峨其有禮兮盛服寂寞而無譁臨萬仞之絕嶮兮獨立千載而不下顛追懷楚襄之放意肆志兮泝江千

里而遠來離國去俗兮徘徊而不能歸悲神女之不可以朝求而夕見兮想遊步之逶遲築陽臺於江干兮相氛氣之參差惟神女之不可以求得兮此其所以爲神湛洋洋其無心兮豈其猶有懷乎世之人朝雲蔚其晨興兮暮雨紛以下注變化倏忽不可測兮俄爲鳥而騰去忽然而爲人兮佩玉鏘以琅琅愛江流之清波兮安燕處乎高唐彼蛟龍之多智兮尚不可執以罝罦高丘深其蒼蒼兮怳誰識其有無

屈原廟賦

淒涼兮秭歸寂寞兮屈氏楚之孫兮原之子伉直遠兮復誰似宛有廟兮江之浦予來斯兮酌以酹吁嗟神兮生何喜九疑陰兮湘之涘鼓桂楫兮蘭爲舟橫中流兮風鳴厲忽自溺兮曠何求野莽莽兮舜之丘

舜之牆兮繚九周中有長遂兮可駕以遊揉玉以爲輪兮斵冰以爲之轓伯翳俯以御馬兮皐陶爲予參乘慘然愍予之强死兮泫然涕下而不禁道予以登夫重丘兮紛古人其若林悟伯夷以太息兮焦衍爲予而歔欷古固有是兮予又何怪乎當今獨有謂予之不然兮夫豈柳下之展禽彼其所處之不同兮又安可以謗予抱關而擊柝兮余豈責以必死宗國隕而不救兮夫予舍是安去予將質以重華兮蹇將語而出涕予豈如彼婦兮夫不仁而出訴慘默默予何言兮使重華之自爲處予惟樂夫揖讓兮坦平夷而無憂朝而從之遊兮顧子使予昌言言出而無忌兮暮還寢而燕安嗟平生之所好兮既死而後能然彼鄉之人兮夫孰知予此歡忽反顧以千載兮喟故宮

之頹垣

缸硯賦 幷敘

先蜀之老有姓滕者能以藥煑瓦石使軟可割如土嘗以破釀酒缸爲硯極美蜀人往往得之以爲異物余兄子瞻嘗遊益州有以其一遺之子瞻以授余因爲之賦

有物於此首枕而足履大胸而大膺杯首而箕制其壽百年骨肉破碎而獨化爲是其始也生乎黃泥之中其成也出乎烈火之下尾銳而腹皤長頸而巨口餔糟啜酒終日醉飽外堅中虛膚窋理解偶與物鬬脅漏內槁棄於路隅瓦礫所笑忽然逢人藥石包裹不我謂瑕治以鼎鼐烹煎不辭斧鑿見剖一爲我形沃我以水汙我以煤處我以几子旣博物能識己否

客曰嗟夫物之成也則必固有毁也邪物之毁也則又不可謂棄也邪既成而毁者悲其棄也既棄而復用者又悲其用也是亦大惑而已矣且以予觀之昔子則非開口而受濕茹辛含酸而不得守子之性者邪今子則非坦腹而受汚糢糊瀰漫而不得保子之正者邪且其飲子以水也不若飲子以酒以物汙子也不若使子自保子果以此自悲也則亦不見夫諸毛之捽拔諸楮之爛靡殺身自鬻求效於此吐詞如雲傳示萬里子不自喜而欲其故則吾亦謂子惡名而喜利棄淡而嗜美終身陷溺而不知止者可足悲矣

登真興寺樓賦并敍

季夏六月子瞻與張戸曹琥同遊真興寺晚登寺

後重閣南望連山如畫山前有白鷺十數杳杳飛去東南望五丈原原上有白雲如覆釜慨然思孔明之遺迹作書與轍曰可以賦此賦曰

涉六月之徂暑兮遡秦川而遠望樓馮高而蘧蘧兮日將薄乎西方牛羊相從而下來兮孤煙特起於蒼茫南望連山之參差兮奔走相屬而騰驤桀業峨其雄高兮惟太白與終南林阜蔚以扶拱兮浩合沓而穰穰若羣馬之相追逐兮忽鬱怒而狂章駢交首以磨頸兮紛絕馳於四方日將入而山陰兮天黝黝而茫茫淡平雲之凝碧兮白鷺歸以翺翔羽裊裊其瀰遠兮聲斷絕而復揚眇將沒而猶見兮飄若仙人之不可望曠羣歸於何所兮徂南澗之泱泱回東望夫脩隆兮隱高原曰五丈思古人而不可見兮涕橫流

以浪浪雲坱圠其不起兮若覆釜而在上嗟一日之所見兮蓋千變以異狀忽已去而莫執兮夫豈勝乎追想強馳詞於千里兮增異日之惆悵維古事之亦然兮偶一世之所向非有意於求慕兮徒今世之追賞雖孔明其何益於五丈兮使無原其忘亮覽川原而思古兮悅亡弓之遺韔

超然臺賦 并敘

子瞻既通守餘杭三年不得代以轍之在濟南也求爲東州守既得請高密其地介於淮海之閒風俗朴陋四方賓客不至受命之歲承大旱之餘孽驅除螟蝗逐捕盜賊廩卹飢饉日不遑給幾年而後少安顧居處隱陋無以自放乃因其城上之廢臺而增葺之日與其僚覽其山川而樂之以告轍

曰此將何以名之轍曰今夫山居者知山林居者知林耕者知原漁者知澤安於其所而已其樂不相及也而臺則盡之天下之士奔走於是非之場浮沉於榮辱之海囂然盡力而忘反亦莫自知也而達者哀之二者非以其超然不累於物故邪老子曰雖有榮觀燕處超然嘗試以超然命之可乎因爲之賦以告曰

東海之濱日氣所先巋高臺之陵空兮溢晨景之絜鮮幸氛翳之收霽兮逮朋友之燕閑舒堙鬱以延望兮放遠目於山川設金罍與玉斝兮清醪潔其如泉奏絲竹之憤怨兮聲激越而眇緜下仰望而不聞兮微風過而激天會陟降之幾何兮棄溷濁乎人間倚軒楹以長嘯兮袂輕舉而飛翻極千里於一瞬兮寄

無盡於雲煙前陵阜之洶湧兮後平野之湠漫喬木蔚其蓁蓁兮興亡忽乎滿前懷故國於天末兮限東西之嶮艱飛鴻往而莫及兮落日耿其夕曛嗟人生之漂搖兮寄流枿於海壖苟所遇而皆得兮遑既擇而後安彼世俗之私己兮每自予於曲全中變潰而失故兮有驚悼而汍瀾誠達觀之無不可兮又何有於憂患顧遊宦之迫隘兮常勤苦以終年盍求樂於一醉兮滅膏火之焚煎雖晝日其猶未足兮俟明月乎林端紛既醉而相命兮霜凝磴而跰蹁馬躑躅而號鳴兮左右翼而不能鞍各雲散於城邑兮徂清夜之既闌惟所往而樂易兮此其所以爲超然者邪

服茯苓賦 幷敘

余少而多病夏則脾不勝食秋則肺不勝寒治肺

則病脾治脾則病肺平居服藥殆不復能愈年三十有二官於宛丘或憐而受之以道士服氣法行之朞年二疾良愈蓋自是始有意養生之說晚讀抱朴子書言服氣與草木之藥皆不能致長生古神仙真人皆服金丹以爲草木之性埋之則腐煑之則爛燒之則焦不能自生而況能生人乎余既汩沒世俗意金丹不可得也則試求之草木之類寒暑不能移歲月不能敗者惟松柏爲然古書言松脂流入地下爲茯苓茯苓又千歲則爲琥珀雖非金石而其能自完也亦久矣於是求之名山屑而瀹之去其脈絡而取其精華庶幾可以固形養氣延年而卻老者因爲之賦以道之詞曰

春而榮夏而茂憔悴乎風霜之前摧折乎冰雪之後

閱寒暑以同化委糞壤而兼朽茲固百草之微細與衆木之凡陋雖復效骨革於刀几盡性命於杵臼解急難於俄頃破奇邪於邂逅然皆受命淺薄與時變遷朝菌無日蟪蛄無年苟自救之不暇矧他人之足延乃欲摘根莖之幺末假臭味以登仙是猶託疲牛於千里駕鳴鳩而升天則亦辛勤於澗谷之底槁死於峯崖之顛顧桑榆以竊歎意神仙之不然者矣若夫南澗之松拔地千尺皮厚犀兕心堅鐵石鬚髮不改蒼然獨立流膏液於黃泉乘陰陽而固結象鳥獸之蹲伏類龜鼈之閉蟄外黝黑以鱗皴中絜白而純密上灌莽之不犯下螻蟻之莫賊經歷千歲化爲琥珀受雨露以彌堅與日月而終畢故能安魂魄而定心志卻五味與穀粒追赤松於上古以百歲爲一息

顏如處子綠髮方目神止氣定浮遊自得然後乘天地之正御六氣之辨以遊夫無窮夫又何求而何食

墨竹賦

與可以墨爲竹視之良竹也客見而驚焉曰今夫受命於天賦形於地涵濡雨露振蕩風氣春而萌芽夏而解弛散柯布葉逮冬而遂性剛絜而疎直姿嬋娟以閑媚涉寒暑之徂變傲冰雪之凌厲均一氣於草木嗟壤同而性異信物生之自然雖造化其能使令子研青松之煤運脫兔之毫睥睨牆堵振洒繒綃須臾而成鬱乎蕭騷曲直橫斜穠纖庳高竊造物之潛思賦生意於崇朝子豈誠有道者耶與可听然而笑曰夫予之所好者道也放乎竹矣始予隱乎崇山之陽廬乎脩竹之林視聽漠然無槪乎予心朝與竹乎

爲游莫與竹乎爲朋飲食乎竹間偃息乎竹陰觀竹之變也多矣若夫風止雨霽山空日出猗猗其長森乎滿谷葉如翠羽筠如蒼玉澹乎自持淒兮欲滴蟬鳴鳥噪人響寂歷忽依風而長嘯眇掩冉以終日筍含籜而將墜根得土而橫逸絕澗谷而蔓延散子孫乎千億至若叢薄之餘斤斧所施山石犖埆荊棘生之蹇將抽而莫達紛既折而猶持氣雖傷而益壯身已病而增奇淒風號怒乎隙穴飛雪凝沍乎陂池悲衆木之無賴雖百圍而莫支猶復蒼然於既寒之後凜乎無可憐之姿追松柏以自偶竊仁人之所爲此則竹之所以爲竹也始也余見而悅之今也悅之而不自知也忽乎忘筆之在手與紙之在前勃然而興而倏竹森然雖天造之無朕亦何以異於茲焉客曰

蓋予聞之庖丁解牛者也而養生者取之輪扁斲輪者也而讀書者與之萬物一理也其所從爲之者異爾況夫夫子之託於斯竹也而予以爲有道者則非耶與可曰唯唯

黃樓賦并敘

熙寧十年秋七月乙丑河決於澶淵東流入鉅野北溢于濟南溢于泗八月戊戌水及彭城下余兄子瞻適爲彭城守水未至使民具畚鍤畜土石積芻茭完窒隙穴以爲水備故水至而民不恐自戊戌至九月戊申水及城下有二丈八尺塞東西北門水皆自城際山雨晝夜不止子瞻衣製履屨廬於城上調急夫發禁卒以從事令民無得竊出避水以身帥之與城存亡故水大至而民不潰方水

之淫也汗漫千餘里漂廬舍敗冢墓老弱蔽川而下壯者狂走無所得食槁死於丘陵林木之上子瞻使習水者浮舟檝載糗餌以濟之得脫者無數水既涸朝廷方塞澶淵未暇及徐子瞻曰澶淵誠塞徐則無害塞不塞天也不可使徐人重被其患乃請增築徐城相水之衝以木堤捍之水雖復至不能以病徐也故水既去而民益親於是卽城之東門爲大樓焉堊以黃土曰土實勝水徐人相勸成之轍方從事於宋將登黃樓覽觀山川弔水之遺迹乃作黃樓之賦其詞曰

子瞻與客遊於黃樓之上客仰而望俯而歎曰噫嘻殆哉在漢元光河決瓠子騰蹙鉅野衍溢淮泗梁楚受害二十餘歲下者爲汙澤上者爲沮洳民爲魚鼈

郡縣無所天子封祀太山徜徉東方哀民之無辜流
死不藏使公卿負薪以塞宣房瓠子之歌至今傷之
嗟惟此邦俯仰千載河東傾而南洩蹈漢世之遺害
包原隰而爲一窺吾墉之摧敗呂梁齟齬橫絶乎其
前四山連屬合圍乎其外水洄洑而不進環孤城以
爲海舞魚龍於隍壑閱帆檣於睥睨方飄風之迅發
震鞞鼓之驚駭誠蟻穴之不救分閭閻之橫潰幸冬
日之既迫水泉縮以自退棲流枿於喬木遺枯蚌於
水裔聽澶淵之奏功非天意吾誰賴今我與公冠冕
裳衣設几布筵斗酒相屬飲酣樂作開口而笑夫豈
偶然也哉子瞻曰今夫安於樂者不知樂之爲樂也
必涉於害者而後知之吾嘗與子憑茲樓而四顧覽
天宇之宏大繚青山以爲城引長河而爲帶平皋衍

其如席桑麻蔚乎旆旆畫阡陌之縱橫分園廬之向背放田漁於江浦散牛羊於堙際清風時起微雲霮䨴山川開闔蒼莽千里東望則連山參差與水背馳羣石傾奔絶流而西百步湧波舟楫紛披魚鼈顛沛沒人所嬉聲崩震雷城堞爲危南望則戲馬之臺巨佛之峯巋乎特起下窺城中樓觀翺翔嵬峨相重激水旣平渺莽浮空駢洲接浦下與淮通西望則山斷爲玦傷心極目麥熟禾秀離離滿隰飛鴻羣往白鳥孤沒橫煙澹澹俯見落日北望則泗水㳽漫古汴入焉匯爲濤淵蛟龍所蟠古木蔽空烏鳥號呼賈客連檣聯絡城隅送夕陽之西盡導明月之東出金鉦湧於青嶂陰氛爲之辟易窺人寰而直上委餘彩於沙磧激飛楹而入戶使人體寒而戰栗息洶洶於羣動

聽川流之蕩潏可以起舞相命一飲千石遺棄憂患超然自得且子獨不見夫昔之居此者乎前則項籍劉戊後則光弼建封戰馬成羣猛士成林振臂長嘯風動雲興朱閣青樓舞女歌童勢窮力竭化爲虛空山高水深草生郊墟蓋將問其遺老既已灰滅而無餘矣故吾將與子弔古人之既逝閔河決於疇昔知變化之無在付杯酒以終日於是衆客釋然而笑頹然就醉河傾月墮攜扶而出

欒城集卷第十七

欒城集卷第十八

辭五首

御風辭 題鄭州列子祠

子列子行御風風起蓬蓬朝發於東海之上夕散於西海之中其徐泠然其怒勃然衝擊隙穴震蕩宇宙披拂草木奮厲江海强者必折弱者必從俄而休息天地肅然塵壒皆盡欲執而視之不可得也蓋歸於空今夫夫子晝無以食夜無以寢鄰里忽之弟子疑之則亦鄭東野之窮人也然而徐行不見徒步疾行不見車馬與風皆逝與風皆止旬有五日而後反此亦何功也哉子列子曰嘻子獨不見夫衆人乎貧者葺蒲以爲屨斲柳以爲屐富者伐檀以爲輻豢駟以爲服因物之自然以致千里此與吾初無異也而何

謂不同乎苟非其理屨屐足以折趾車馬足以毀體萬物皆不可御也而何獨風乎昔吾處乎蓬蓽之閒止如枯株動如槁葉居無所留而往無所從也有風瑟然拂吾廬而上攝衣從之一高一下一西一東前有飛鳶後有遊鴻雲行如川奕奕溶溶陰陽變化顛倒橫從下睨海嶽晃蕩青紅蓋雜陳於吾前者不可勝窮也而吾方黜聰明遺心胸足不知所履手不知所馮澹乎與風爲一故風不知有我而吾不知有風也蓋兩無所有譬如風中之飛蓬耳超然而上薄乎雲霄而不以爲喜也拉然而下隕乎坎井而不以爲凶也夫是以風可得而御矣今子以子爲我立乎大風之隧凜乎恐其不能勝也蹷乎恐其不能容也手將執而留之足將騰而踐之目眩耀而憂墜耳洶湧

而知畏紛然自營子不自安而風始不安子躬矣子輕如鴻毛彼將以爲千石之鍾子細如一指彼將以爲十仞之墉非傾而覆之拔而投之不厭也況欲與之逍遙翺翔放於太空乎子雖蹈后土而倚嵩華亦將有時而窮矣古之至人入水而不濡入火而不熱苟爲無心物莫吾攻也而獨疑於風乎於是客起而歎曰廣矣大矣子之道也吾未能充之矣風未可乘姑乘傳而東乎

上清辭宮在太白山同子瞻作

帝蕩蕩其無尊兮居深高乎九閽顧后土之茫昧兮若世人之觀天雲冥冥其無見兮曰其下維神姦山重深而海廣兮憂百鬼之傷人屬神媪以九土兮畀海若以九川時節降以督視兮下斗魁之神君吁嗟

君兮吾不可得而訊也庸使我待之人兮其使我以
爲神也朝求兮山顚夕采兮澗涘取荷華兮菱實拾
芳蘭兮白芷鹿伎伎兮來罝魚揖揖兮趨餌秋風高
而稻熟兮寒泉冽其清泚爲酒醴以跪酌兮斷白茅
而爲委嗟天上其何食兮畏人君之不吾以進屏息
以薦恪兮退俯傴而仰俟爲害得福兮畀惡以死恐
懼受賜兮怠傲獲罪玉食有不享兮曾潢汙蕨薇之
不棄謂神君之不可知兮何好惡之吾似跨脩龍之
百尋兮騰怒髮而上指從千騎之飄忽兮拂長劍其
天倚隕星殃於太極兮霍雲散而風靡還祕殿之清
深兮目流電其不可仰視望威神而股栗兮知其中
之人耳致吾有以薦誠兮庶其可得而祀也

楊樂道龍圖哀辭 并敘

嘉祐五年三月轍始以選人至流內銓是時楊公
樂道以天章閣待制調銓之官吏見予於稠人中
曰聞子求舉直言若必無人敢願得備數轍曰唯
既而至其家一見坐語如舊相識明年予登制科
公以諫官爲考官祕閣又明年四月公薨方其病
也予見於其寢莫然無言曰死矣將以寂滅爲樂
蓋予之識公始三歲矣三歲之中不過數十見公
齒甚長予甚少公已貴予方貧賤見之輒懽樂笑
語終日不厭釋然忘其老且貴也蓋公死士大夫
相與痛惜其不幸而予又竊有以私懷之公本河
東人家世將家有功於國公始以文詞得官其後
將兵南方與蠻戰亦有功其爲將能與士卒均勞
苦飲食比其最下者而軍行常處其先以此得其

死力常學李靖兵法知其出入變化之節其稱曰
今之人才不及古人多將輒爲所昬嘗於南方以
數千卒自試自度可以復益數千人而不亂然公
之與人謹畏循循無所迕平居遇小事若不能決
人皆怪其能將以破賊疑其無以處之不知其中
有甚勇者人不及也蓋其謹畏循循者所以爲勇
而人莫知之卒時年五十有六素病瘦甚羸然平
居讀書勤苦過於少年好爲詩喜大書皆可愛有
子一人生始二歲將卒名之曰祖仁既卒家無遺
財以故衣斂仰於官及其友人以葬以克養其家
將以七月葬于洛陽五月其家以其柩歸作哀辭
以遺其紼者歌之辭曰
嗟夫楊公歸來兮洛之上其土厚且温生年五十六

有子以祭兮何慕而不若人天子憐爾贈金孔多兮家可以不貧平生不爲惡死而有遺愛兮雖亡則存家本將家有功而不墜兮配祖以孫爲人至此非有不足兮可以無憾而人爲悲辛嗟夫楊公歸來兮家有弱子恃爾神

劉凝之屯田哀辭 幷敘

元豐三年九月辛未廬山隱居劉凝之卒于山之陽其孤格書來赴曰君昔知吾兄旣又識吾父今不幸至於大故其爲詩使挽者歌之以厚其葬十月乙酉葬于清泉鄉書不時至緩不及事乃哭而爲之辭始予自蜀遊京師識凝之長子恕道原博學强識能通三墳五典春秋戰國歷代史記下至五代分裂皆能言其治亂得失紀其歲月辨其氏

族而正其同異上下數千歲如指諸左右其爲人
剛中少容是是非非未嘗以語假人人多疾之翰
林學士司馬公方受詔紬書東觀以君爲屬公以
直名當世而君尤甚雖公亦嚴憚之士知君者曰
君非獨然君父凝之始以剛直不容於世俗棄官
而歸老於廬山二十年矣君亦非久於此者也既
而君得請以歸養其親三年得疾不起今年春予
以罪謫高安過君之廬傷君之不復見拜凝之於
牀下其容晬然以溫其言肅然以厲環堵蕭然饘
粥以爲食而遊心塵垢之外超然無慼慼之意凜
乎其非今世之士也然予之見凝之始得道士法
卻五穀煑棗以爲食氣清而色和及其沒也晨起
衣冠言語如平時無疾而終予然後知君父子皆

有道者然道原一斥不用遂往而不能返凝之隱
居絕俗三十餘年神益疆氣益堅盡其天年物莫
能傷其清則同而其曠達自遂道原不及也辭曰
伯夷之清百世而一人兮其生也薇以爲食餓死於
首陽世之士謂清不可爲兮計較得失以和爲臧信
和之可以浮沉而自免兮彼爲和者何三黜之皇皇
曰爲道者不與命謀兮非和實得非清實喪若凝之
爲父與原之爲子兮絜廉不撓冰清而玉剛如世之
言當皆折兮原何獨短凝何獨長要長短之不可以
命人兮適天命之不可常惟溷濁之不可居而狷潔
之難久兮吾將與凝乎同鄉

鮮于子駿諫議哀辭并敘

中山鮮于子駿弱冠而仕老而不得志買田於陽

翟蓋將終焉元祐元年始召爲諫議大夫朝廷以得人相慶而子駿亦不敢以老爲辭意將有所建焉居數月得足疾不能造朝卽自引去得請淮陽未幾以不起聞士之識與不識皆爲之出涕夫死生得喪非子駿之憂而有志不獲爲可悲也子駿於書無所不讀而善屬文晚節爲楚詞得古之遺思其文與蜀郡文與可相上下與可沒將十年而子駿亡蜀人皆悲思之其子頡求予爲挽歌作楚辭以授之以爲子駿之意也

登嵩高兮捫天涉清潁兮波瀾中休息兮故韓有美人兮來居曳佩玉兮長裾內諒直兮外脩車還軫兮莫予留築室兮疏流植榦兮蒔芳雪積兮中谷曰予俟兮春暘春風至兮百鳥鳴升高木兮雨亦晴鳴一

再兮驚人時不予兮徂征奚人兮駕長離來逡巡兮
往奔馳命不可兮柰何號帝閽兮訴予予騫木蘭兮
茹紫芝予飲石泉兮濯流波不妄食兮裴回莫之飽
兮不飢游於斯兮伏斯命有盡兮孰違心不滅兮亭
亭倚嵩少兮長歎

詩六首

太白山祈雨詞同子瞻作

田漫漫耕𢭏𢭏拔陳草生九穀人功盡雨則違苗不
穗莩不米哀將飢兮

山巖巖奠南西嗟我民匪神依伐山木蓺稷黍求既
多訴不已猶我許兮

山爲灰石爲炭水泉沸百草爛神予我旱奪之孰爲
是驕不威尚可弛兮

雷馮空雨騰淵誅孽妖反豐年顧千里瞬三日神在堂龍爲役是何惜兮雨既止百穀復築場壤治囷簏爲酒醴伐豚羔舞長袖擊鳴鼉匪以報兮

舜泉詩 并敘

始余在京師遊宦貧困思歸而不能聞濟南多甘泉流水被道蒲魚之利與東南比東方之人多稱之會其郡從事闕求而得之既至大旱幾歲赤地千里渠存而水亡問之其人曰城南舜祠有二泉今竭矣越明年夏雖雨而泉不作人相與驚曰舜其不復享耶又明年夏大雨霖麥禾荐登泉始復發民讙曰舜其尚顧我哉泉之始發豬爲二池釃爲石渠自東南流於西北無不被焉灌濯播灑蒲

蓮魚鼈其利滋大因爲詩使祠者歌之詩曰
歷山嵩嵩虞舜宅焉虞舜徂矣其神在天其德在人
其物在泉神不可親德用不知有冽斯泉下民是祇
泉流無疆有永我思源發于山施于北河播于中逵
匯爲澄波有鼈與魚有菱與荷蘊毒是洩汙濁以流
埃壒消亡風火滅收蒸木敷榮勞者所休誰爲旱災
靡物不傷天地耗竭泉亦淪亡民咸不寧曰不享耶
時雨既澍百穀既登有流泫然彌坎而升溝洫滿盈
鰕鼃沸騰匪泉實來帝實顧余執其羔豚蘋藻是菹
帝今在堂泉復如初

銘二首

彭城漢祖廟試劍石銘 幷敘

漢高皇帝廟有石高三尺六寸中裂如破竹不盡

者寸父老曰此帝之試劍石也熙寧十年蜀人蘇軾爲彭城守弟轍實從入廟觀石而爲之銘曰

維漢之興三代無有提劍一呼豪傑奔走厥初自試山石爲剖夜斷長蛇旦泣神母指麾東西秦項授首歛然三尺一夫之偶大人將之山嶽頹仆用巨物靈不復凡手武庫焚蕩帝命下取繇然斯石不尚有舊

鳳咮石硯銘 并敘

北苑茶冠天下歲貢龍鳳團不得鳳凰山咮潭水則不成潭中石蒼黑堅緻如玉以爲研與筆墨宜世初莫知也熙寧中太原王頣始發其妙吾兄子瞻始名之然石性薄厚者不及寸最後得此長博豐碩蓋石之傑子瞻方爲易傳日劾於前與有功焉爲之銘曰

陶土塗鑿崖石玄之蠹蘱之賊涵清泉閟重谷聲如銅色如鐵性滑堅䨓凝墨棄不取長歎息招伏羲揖西伯發祕藏與有力非相待誰爲出

頌二首

筠州聰禪師得法頌并敘

禪師聰公昔以講誦爲業晚游淨慈本師之室誦南嶽思大和尚口呑三世諸佛語迷悶不能入一日爲本燒香本曰吾疇昔爲汝作夢甚異汝不悟耶死不可不勉師茫然不知所謂既而禮僧伽像醒然有覺知三世可呑無疑也趨往告本本曰向吾夢汝呑一世界一剃刀汝今日始從迷悟是始出家眞吾子也乃擊鼓升座爲衆說此事聰作禮涕泣而罷聰住高安聖壽禪院予嘗從之問道聰

曰吾師本公未嘗以道告人皆聽其自悟今吾亦
無以告子予從不告門久而入道乃爲頌曰
道不可告告卽不得以不告告是真告敕香嚴辭去
得之瓦礫臨濟不喻至愚而悉非愚非瓦皆汝之力
有不至此是非出家夢吞剃刀髮落如花遊行四方
物莫能遮終亦不告獨障其邪弟子度者如恆河沙

等軒頌

南豐張君家有等軒問我何者是平等法我告張君
物之不齊何所不有長短大小淨穢好醜雜然前陳
參差不等亂我身心耳目鼻口欲求平等了不可得
忽然覺知身心本空萬物亦空諸差別相皆是虛妄
無有實性孰爲不等等爲一空尚無平等何處復有
不平等者遍觀萬物無等不等是謂真實平等法已

欒城集卷第十八

欒城集卷第十九

新論三首

新論上

古之君子因天下之治以安其成功因天下之亂以濟其所不足不誣治以爲亂不援亂以爲治援亂以爲治是愚其君也誣治以爲亂是脅其君也愚君脅君是君子之所不忍而世俗之所徼幸也故莫若言天下之成勢請言當今之勢當今天下之事治而不至於安亂而不至於危紀綱粗立而不舉無急變而有緩病此天下之所共知而不可欺者也然而世之言事者爲大則曰無亂爲異則曰有變以爲無亂則可以無所復爲以爲有變則其勢常至於更制是二者皆非今世之忠言至計也今世之弊患在欲治天

下而不立爲治之地夫有意於爲治而無其地譬猶欲耕而無其田欲賈而無其財雖有鉏耰車馬精心强力而無所施之故古之聖人將治天下常先爲其所無有而補其所不足使天下凡可以無患而後徜徉翺翔惟其所欲爲而無所不可此所謂爲治之地也爲治之地既立然後從其所有而施之植之以禾而生禾播之以菽而生菽藝之以松柏梧檟藂莽樸樕無不盛茂而如意是故施之以仁義動之以禮樂安而受之而爲王齊之以刑法作之以信義安而受之而爲霸督之以勤儉厲之以勇力安而受之而爲强國其下有其地而無以施之而猶得以安存最下者抱其所有倀倀然無地而施之撫左而右動鎮前而後起不得以安全而救患之不給故夫王霸之略

富强之利是爲治之具而非爲治之地也有其地而無其具其弊不過於無功有其具而無其地吾不知其所以用之昔之君子惟其才之不同故其成功不齊然其能有立於世未始不先爲其地也古者伏羲神農黃帝既有天下則建其父子立其君臣正其夫婦聯其兄弟殖之五種服牛乘馬作爲宮室衣服器械以利天下天下之人生有以養死有以葬歡樂有以相愛哀慼有以相弔而後伏羲神農黃帝之道得行於其間凡今世之所謂長幼之節生養之道者是上古爲治之地也至於堯舜三代之君皆因其所闕而時補之故堯命羲和曆日月以授民時舜命禹平水土以定民居命益驅鳥獸以安民生命棄播百穀以濟民飢三代之間治其井田溝洫步畝之法比閭

族黨州鄉之制夫家卒乘車馬之數冠昏喪祭之節歲時交會之禮養生送死之術所以利安其人者凡皆已定而後施其聖人之德是以施之而無所齟齬舉今周官三百六十人之所治者皆其所以爲治之地而聖人之德不與也故周之衰也其詩曰雖無老成人尚有典刑由此言之幽厲之際天下亂矣而文武之法猶在也文武之法猶在而天下不免於亂則幽厲之所以施之者不仁也施之者不仁而遺法尚在故天下雖亂而不至於遂亡及其甚也法度大壞欲爲治者無容足之地泛泛乎如乘舟無楫而浮乎江湖幸而無振風之憂則悠然唯水之所漂東西南北非吾心也不幸而遇風則覆沒而不能止故三季之極乘之以暴君加之以虐政則天下塗地而莫之

救然世之賢人起於亂亡之中將以治其國家亦必於此焉先之齊桓用管仲辨四民之業連五家之兵卒伍整於里軍旅整於郊相地而征山林川澤各致其時陵阜陸墐各均其宜邑鄉縣屬各立其正舉齊國之地如畫一之可數於是北伐山戎南伐楚九合諸侯存邢衛定魯之社稷西尊周室施義於天下天下稱伯晉文反國屬其百官賦職任功輕關易道通商寬農懋穡勸分省財足用利器明德舉善援能政平民阜財用不匱然後入定襄王救宋衛大敗荆人於城濮追齊桓之烈天下稱之曰二伯其後子產用之於鄭大夫種用之於越商鞅用之於秦諸葛孔明用之於蜀王猛用之於符堅而其國皆以富强是數人者雖其所施之不同而其所以爲地者一也夫惟

其所以爲地者一也故其國皆以安存惟其所施之不同故王霸之不齊長短之不一是二者不可不察也當今之世無惑乎天下之不躋於大治而亦不陷於大亂也祖宗之法具存而不舉百姓之患略備而未極賢人君子不知尤其地之不立而罪其所施之不當種之不生而不知其無容種之地也是亦大惑而已矣且夫其不躋於大治與不陷於大亂是在治亂之間也徘徊傍徨於治亂之閒而不能自立雖授之以賢才無所爲用不幸而加之以不肖天下遂敗而不可治故曰莫若先立其地其地立而天下定矣

新論中

治國而爲其地非聖人而後然也古之君子莫不皆然而其不然者則僅存之國也人之治其家也其最

上者爲虞舜其次爲曾閔而其次猶得爲天下之良人其下者乃有不慈不孝置其不慈不孝蓋自其得爲良人以上至於爲舜其所以治其身上以事其父母下以化服其妻子者不同而其所以爲生者子耕于田婦織于室養其雞豚殖其菜茹無失其時以養生送死雖舜與天下之良人均也舜而不然不得以爲舜天下之人不然不得以爲良人何者是亦治家之地焉耳而至於爲國而豈獨無之昔者文王之治岐也耕者九一故周公因之建爲步畝溝洫之制何者其所因者治世之成法也孔子之治魯也魯人獵較孔子亦獵較何者其所因者衰世之餘制也當戰國之强諸侯無道然孟子亦以爲有王者起今之諸侯不可盡誅惟教之不改而後誅之故漢之興也因

秦之故而不害其爲漢唐之興也因隋之故而不害其爲唐由是觀之則夫享國之長短致化之薄厚其地能容之而不能使之也地不能使之長短薄厚然長不得地則無所效其長厚不得地則無所致其厚故夫有地而可以容有所爲者舉而就之可也當今之世祖宗之法或具存而不舉或簡略而不備具存而不舉是有地而不耕也簡略而不備是地有所廢缺而不完也欲築室者先治其基基完以平而後加石木焉故其爲室也堅今之治天下則不然蓋嘗論之自五代以來强臣專國則天下震動而易亂自吾祖宗削而漸磨之則今世可以粗安凡今世之所恃以爲安者惟無强臣而已然恃其一之粗安也而盡忘其餘故嘗以爲當今天下有三不立由三不立故

百患並起而百害並廢何者天下之吏媮墮苟且不治其事事日已敗而上不知使是一不立也天下之兵驕脆無用召募日廣而臨事不獲其力是二不立也天下之財出之有限而用之無極爲國百年而不能以富是三不立也基末平也加之以其所欲爲是故興一事而百弊作動一役而天下困投足而遇陷穽側身而入河海平居猶懼有患而況求以馳騁於其上哉固不可矣今夫夷狄之患是中國之一病也吾欲拒之則有以爲拒之之具和之則有以爲和之之費以天下而待一國其爲有餘力也固亦宜矣而何至使天下皆被其患今也天下幸而無它患難而惟西北之爲畏然天下之力亦已困而不能支矣一歲之入不能供一歲之出是非特納賂之罪也三事

不立之過也故三事立爲治之地旣成賂之則爲漢文帝不賂則爲唐太宗賂與不賂非吾爲國治亂之所在也治亂之所在在乎其地之立與不立而已矣天下之事因循而維持之以至於漸不可舉猶曰是養之未至也乘舟中流釋其檝而聽水之所之旋於洄洑格於洲浦以爲是固然也其爲無具亦已甚矣以今之時天子仁恕士大夫好善天下之風俗不至於朋黨亂正誣罔君子也世之清議凜然在矣公卿之欲有爲以濟斯世誰有言者而曰吾有所待是徒空言非事實也故爲之說曰居之以强力發之以果敢而成之以無私夫惟有私者不可以果敢果於一不果於二天下將以爲言不果者不可以强力力雖强而輒爲多疑之所敗天下之人惟能爲是三者則

足以排天下之堅强而納之於柔懦擾天下之怨怒而投之於不敢惟不能爲是三者則足以敗天下之賢才而卒之以不能有所建是故無私而果敢果敢而强力以是三者治天下之三不立以立爲治之地爲治之地既立然後擇其所以施之天下將無所不可治

新論下

天下之未治也患三事之不立苟其既立則患其無以施之蓋君子爲國正其綱紀治其法度皆可得而知也惟其所以施之則不可得而知周公之治周也修其井田封建百辟可得而知也其所以使天下歸周者不可得而知也孔子之治魯也墮其三都誅其亂政可得而知也其所以使羔豚不飾賈男女別於

道者不可得而知也孟子之所以治邾者正其疆界
五口之家桑麻雞豚必具可得而知也其所以使之
至於王者不可得而知也孔子孟子之所汲汲以教
人者在其不可得而知而其可得而知者不詳論也
曰是有意於治者能之然而亦不可去也故其得爲
是國也必舉之以爲先由是觀之治國之地聖人無
之不得以施其聖然而聖人之道有所高遠而不可
及者矣其於孔子之門所謂政事而冉有子路之所
能者治國之地也子路曰千乘之國攝乎大國之間
加之以師旅因之以飢饉由也爲之可使有勇且知
方也冉有曰方六七十如五六十求也爲之可使足
民如其禮樂以俟君子是亦自以爲能爲其地而未
有以施之云爾然夫子許其能之而不以爲大賢則

夫子之道深矣遠矣夫子平居朝夕孜孜以教人者惟所以自修其身而其所以修其政事者未嘗言也蓋亦嘗言之矣曰謹權量審法度修廢官興滅國繼絕世舉逸民所重民食喪祭是九者凡所以爲政而未足也故繼之曰寬則得衆信則人任焉敏則有功公則說是四者所以成之焉耳其意以爲既成而後以其平居自修之身施之故記曰君子篤恭而天下平爲有此具也君子脩其身無所施之則不立治其政事無以施之則不化當三代之治也天下之事無不畢舉雖後世之君猶得守其法度以爲無過惟無暴君則天下可安故伊尹之訓太甲曰從諫弗咈先民時若以爲如是而可以爲治已矣古之人言治天下若甚易然今之人以爲大言而不信不知其有此

地也悲夫世之君子孜孜以修其身恭儉忠信欲以施之天下終身而不見其成則以爲古之人欺我也夫苟以爲古之人欺我雖有爲之者蓋勉强而爲之也夫苟不欲而强爲之則其心益不自信而道日疎夫以不信之心行日疎之道以治無以爲地之國是以功不可成而患日至故莫若退而立其爲治之地爲治之地既立則身脩而天下可化也

欒城集卷第十九

欒城集卷第二十

殿試武舉策問一首

問王者之兵不貴詐謀奇計至於臨敵制勝良將豈可少哉朕以天下爲度懷柔四夷而西戎背誕腰領未得凡吾接之以恩信懷之以禮義者固有道矣若夫示之以形禁之以勢使之望而不敢犯犯而無所得者其術何由伐其謀散其黨使之退而不得安安而不能久者其道何以夫隱兵於民井田之舊法也材官府兵猶行於後世而保甲之復民以爲勞以車卽戰丘甸之遺制也武剛鹿角猶見於近事而車牛之役世以爲非古者兵有奇正旋相爲用如環之無端其出入之法今幾絕矣敵有陰陽客主異宜易之則敗其先後之節將何施焉淮陰之伐趙勝亦幸耳

使左車之說行則計將安出仲達之卻蜀非其功也使孔明而不死則勝將孰在子大夫講於兵家之利而明於當世之務審矣其以所聞著之于篇朕將覽焉

南省進士策問一首

問三代漢唐之法行於前世而施之於今輒以不效何也昔者蓋嘗取經界之舊法以爲方田采府衞之遺意以爲鄉兵舉黜陟之墜典以爲考課矣然而爲方田則民擾而不安爲鄉兵則民勞而無益爲考課則吏欺而難信三者適所以爲患不若其已也孟子有言爲高必因丘陵爲下必因川澤爲政必因先王之道凡今世之法駸駸近古矣政之近古天下之所以治也然而如彼三者獨何哉豈古之法遂不可施

之於今歟抑亦救之不自其本爲之不得其道以至於此也

河南府進士策問三首

問法立於上則俗成於下故兩漢之間經各有師師各有說異師殊說相攻如仇讎異己者雖善不從同己者雖惡不棄下逮魏晉爭者少止然後學者相與推究衆說從其所長至唐而傳疏之學具由是學者始會于一數百年之間凡所以經世之用君臣父子之義禮樂刑政之本何所不取於此然而窮理不深而講道不切學者因其成文而師之以爲足矣是以間者立取士之法使人通一經而說不必舊法既立矣俗必自此而變蓋將人自爲說而守之耶則兩漢之俗是矣將舉天下而宗一說耶則自唐以來傳疏

之學是矣夫上能立法以救弊而已成其俗者必在於士將使二弊不作其將何處而可哉
問三代之治以禮樂爲本刑政爲末後世反之儒者言禮樂之效與刑政之弊其相去甚遠然較其治亂盛衰其比後世若無以大相過者蓋夏后氏自禹再傳而失國亂者三世商人再衰而復興周人一遷而不振其賢於漢唐其實無幾至於漢文帝唐太宗克己裕人海內安樂雖三代之盛王何以加之夫禮樂刑政其功之異豈特如此而已今自祖宗創業百有餘年法令脩明上下相維四方無虞求之前世未有治安若今之久者然而儒者論其禮樂常以爲不若三代此豈誠不若耶爲習其名而未稽其實也不然世之治安則不在禮樂歟宜一有以斷之

問孟子言五畝之宅植之以桑則五十者可以衣帛雞豚狗彘無失其時則七十者可以食肉數罟不入洿池則魚鼈不可勝食斧斤以時入山林則材木不可勝用誠哉是言也雖然孟子將何以行之豈將立法設禁以驅之歟夫立法設禁而無刑以待之則令而不行有刑以待之則彼亦何罪請言孟子將何以行此

私試進士策問二十八首

問昔者承五代之亂天下學者凋喪而仕者益寡雖有美才良士猶溺於耕田養生之樂不肯棄其鄉閭而効力於官事當此之時至調富民而爲官夫豈不甚病矣哉及天下大定學者漸已尊顯勤勞勸誘數十年之間而後士人方洋繼起則天下之官爲之盡

滿而無所置之是以頃者立任子之限減進士之額繩以苛法抑以細過使之久而不調然後官吏歲以漸減凡今一歲之調蓋不足以償其休老物故者然則數十歲之後無乃將復有向者乏人之患歟夫古之聖人惟能於其未然而預防之故無後憂昔者惟不能於其至少之時而爲其過多之慮是以惟務進之而有今日之弊夫民惟其誘而進之則進而不知休抑而排之則無聊而引去天下要亦有不絜不屑之士不可恃爵祿之利以爲可以必致也故願於其未然而求其所以進之而可以使今無冗員之弊退之而可以使後無乏人之患者此亦天下之深慮也

問學者之論周禮或以爲周公之書或以爲戰國陰謀之書二者孰爲得之今觀其書亦有所不知者二

焉夫公邑爲井田而鄉遂爲溝洫此二者一夫而受田百畝五口而一夫爲役百畝而稅之十一舉無以異也然而井田自一井而上至於一同而方百里其所以通水之利者溝洫澮三溝洫之制至於萬夫爲地三十二里有半其所以通水之利者遂溝洫澮川五夫利害同而法制異爲地少而用力博此其所未知者一也五家爲比比有比長五比爲閭閭有閭胥四閭爲族族有族師五族爲黨黨有黨正五黨爲州州有州長五州爲鄉鄉有一正卿及有軍旅之事則以比長爲伍長閭胥爲兩司馬族師爲卒長黨正爲旅師州長爲師帥卿爲軍將故凡官之在鄉者軍一起而皆在軍矣起軍之法自五口以上家以一人爲兵一人爲役而家之處者甚衆而官吏舉皆在外將

誰使治之此其不可知者二也故願與學者究之問學者莫不求學孔子今考於傳記而觀其行事蓋有所不通者焉語曰佛肸召子欲往又曰子見南子子路不說學者以爲孔子急於行道而爲此夫孔子之於衞靈公語及兵事不說而去於陽貨時其亡而見之蓋亦不欲見也而孟子亦云惡夫枉尺而直尋者然則彼二事者獨何歟至於仕魯爲司寇從而祭膰肉不至不稅冕而行且夫仕而至於司寇君臣之義不爲淺矣膰肉不至而行何其輕君臣之義而重區區之微禮哉此明於輕重者之所不爲也或曰膰肉不至仲尼以爲禮將從此而大壞此所謂知幾者夫爲大臣知禮之將亡不救而去則又安用夫大臣者故此將有微眇難見之意而世或未之思焉學者

所宜辨之
問古之爲國者必有所尙夏忠商質而周文儒者以爲此三者如循環百世而無窮然則今世之所尙者何耶夫不必聖人而後有所尙然則今世之所尙者其以爲忠耶則小民多詐而爭訟並起非所以爲忠也以爲質耶則金玉錦繡不爲之節而文詞熾於天下非所以爲質也以爲文耶則禮樂不備冠昏喪祭之義至爲淺薄非所以爲文也然則今世其無所尙耶蓋亦有之而未之見耶其果有之也則亦可用耶不可用耶其明著其說
問古之學者其爲學必遲而信道必篤蓋非其遲則不能至於篤也故子夏之門人始於洒掃應對進退而孟子亦云君子之於道欲其自得自得之則資之

深資之深則取之左右逢其原夫待其自得也非久而何昔者孔子五十而後學易方今薄才下士之所謂甚遲而可怪者也故夫當今之世無惑乎其無信道之士也古之養士者莫善於太學而今太學之教一日之所爲必若干取方冊之難知者而悉論之不待其問而先告之無先後無少長無賢愚其問同而其功等其上者無以優游翱翔以寬綽其心而其下者勉强困躓不暇於爲善故其學也必速而守道必不篤何者非其自得之也夫人之才譬如草木焉雨以濡之風以動之則其長也可立而待有宋人焉揠之而自以爲喜此孟子所以太息其不知學也然而寬以待之則太學之法將必有所大變而後可變法者不可不預立其說也

問古者禮備而費少今者費愈多而禮愈闕古者七世之廟分而爲七今者七世之廟合而爲一古者一歲大祭天者四五歲大祭宗廟者再今者三歲迭用其一而略其餘古者命士以上皆有廟今至於公卿大夫無之古者天子五載一巡守遠者十二年一巡守今者非郊祀校獵不出於郊以今之至簡省也而財至於不給則古之甚繁者宜其無以供之然以古之甚繁而不至於大費則今之簡省而至於不給者何也凡今之人皆以費故棄先王之禮是以禮日益壞以爲今之世有周公仲尼其將亦畏費而止歟其將亦略備其禮而不至於大費歟然而今之所以至於大費而不可省者或亦有故也其思所以省之而無害之說而著于篇

問茶之有榷與稅非古也特就其便於今者言之有以爲榷便曰凡所以備邊養兵者皆出於榷然江淮之間以私茶死者不可勝計此則仁人之所不忍爲也而何便於榷以稅爲便則夫邊鄙兵革之用將何以供之且夫稅之入其不足以當榷之利亦易見矣而特以不忍驅民而納之陷穽是以去榷而爲稅今欲復反其舊冒行殺人之害而就夫區區養兵之利則何以爲仁求以生民而國用至於困乏則何以爲智蓋將以生民而富國兼收仁智之實而並享之者必將有說也

問君子能盡人之情而不能盡物之變盡物之變惟精者能之古之君子專一而無後心是以益治鳥獸棄治稼穡夔治鐘磬羲和治曆皆以聰明睿智之才

而盡力於一物終其身而不去至於後世官者至以爲氏故當此之時天下之事無不畢舉今者四方既平非有勤勞難治之政而當世之務每每廢墜而不理蓋鐘律之不和河之不循道此一二事者百有餘年而莫有能辦之者是豈非務於速進而恥以一物自盡之過歟夫古之君子往往老於小官終身而不厭則上之所以使之者誠有道也安得斯道而由之以使斯人之復如古也

問今世法唐以爲治上自百官刑法禮儀下至州郡兵民賦役要之以唐爲準譬如商之於夏周之於商事無不考焉者然天下之廣方制萬里夷狄不作兵革不用四方之貢不絶於道路而國用常苦於不足唐自天寶以來府衛之兵廢租庸之法壞收茶鹽榷

酒酤其法與今略等然而天下分裂天子之地至少征伐相繼而起而憲文武宣之世方鎭稍定則財用未嘗有所匱乏與今世無異至於齊蔡三晉各以數州之地養數萬之兵內以抗衡京師外以備禦鄰敵綽然有餘亦不如今之將帥仰給於大農也夫法與唐類地多於唐費用不若唐之多而府庫之蓄無以大相過者何也其必有能辨之

問方今天下患於兵多故銷兵之說人人知之然獨未覩夫兵少之爲患也方今天下患於財少故求財之術人人講之然獨未覩夫多財之爲累也夫銷兵之患有甚於兵多而多財之累有甚於財少衆人知目前之利而不爲歲月之計故儒者非之儒者操根本之論而不救急切之害故衆人遲之今將救目前

之病使兵多財少之患去全歲月之計使兵少財多之弊不見其將何道而可
問舜受天下於堯故郊嚳宗堯不敢廢堯之祀禹受天下於舜而其郊宗皆其祖考夫推舜之心以及於禹則禹必將兼祀堯舜而後可今也不然不獨廢堯而且忘舜何也夫受其成業而黜其祀雖少恩者不爲而謂禹行之乎其故安在
問古之言治者必曰禮樂禮樂之於人譬如飲食未有一日而不相從者故士之閑居無故不去琴瑟行則有佩玉之音登車則有和鸞之節身蹈於禮而耳屬於樂如此而後邪辟不至蓋自秦漢以來士大夫不師古始然其朝廷鄉黨之間起居飲食之際亦未嘗無禮而樂獨盡廢士有終年未嘗聞樂而不知其

非者於是有以疑樂之可去而以古人爲非矣不然
請言樂之不立而士之不如古者安在
問西漢自孝武之後崇尚儒術至於哀平百餘年間
士之以儒生進用功業志氣可紀於世者不過三四
而武夫文吏皆著節當世其業與儒者遠甚及至東
漢雖光武兵革之後而儒者遂顯其後世道凌遲其
所以扶危持顛皆出於學者而他人不與夫兩漢之
用儒其實無以相過而士之優劣相遠如此何也
問古者建國設官分職以爲政本近代因循雜亂無
復統紀朝廷深惟其弊推本宗周旁摭宇文氏以易
其制惟周官分建六職各帥其屬以治百事仰以奉
天地鬼神外以御諸侯四夷下以治士農工商至於
草木鳥獸無不咸在可謂備矣宇文氏雖參考其舊

以命庶工而典籍亡逸不可究知其兵戎之官多設於六卿之外今將遠法宗周則宇文之遺法固將在所去取然則凡官之以武事設者當領於六官耶其亦將特設而後可也

問周官三百六十所以治王之畿內也其畿外諸侯國自有官大國三卿次國二卿小國一卿亦皆有屬以治其事是以六官之屬足以治畿內而止矣今四方郡縣自一介之吏皆命於朝廷則六官之外當得羨吏以典其職以階易官蓋出於此然而設階之法始於散官而散官之興近自魏晉因魏晉之遺俗以閲三代之舊典竊以爲未盡也其將何脩而後可以復三代之故也哉

問古者取士於鄉而養之於學觀其德行道藝而進

之以官故其得人也全今也雖鄉取而學養之然其
試之也獨取其藝而德行之舉不復並立凡今之士
雖有內懷德義而無藝以自將則不免廢於有司故
其得人也偏今將略其藝文而取其行義凡科舉之
法所以杜請謁而絕情故者一切盡廢則奔競朋黨
之風必扇於下豈古之學校遂不可復耶其具論之
于篇
問古者兵出於民而兵戰以車車馬介胄皆民力也
民之於兵可謂勞矣三時務農一時講武鋤耰錢鎛
之人而驅之以干戈之事民之於兵可謂疎矣然而
古者以甚勞之民用至疎之兵而民以爲安四夷賓
服其故何也近世兵民旣分凡兵之器用皆給於官
旦暮教戰不擇四時民可謂逸而兵可謂習矣然其

所以安萬民而威四夷者亦何以遠過於古若夫正兵既練而又兼連伍保之兵民兵既設而不試以征伐之事此又今世之新意其所以勤兵裕民者可謂至矣至於異同得失之辨其詳著于篇

問古者爲貨泉以權物之輕重今所在鑄錢數日益多制日益小可謂錢輕矣然而金帛米粟貫日益賤而錢之行於市者日益少有錢重之弊夫當重者反輕而當輕者反重其說安在將救其失其術何以

問孔子與老子同時孔子以禮樂教人而老子以清淨無爲爲宗孔子蓋嘗問禮於老子未有一言非之者夫孔老豈同道者哉後世孟軻韓愈皆學於孔子然孟子之於楊朱墨翟韓子之於浮屠氏皆訟言攻之嫉之如仇讎夫韓孟之賢不過於孔子而楊朱浮

屠之害無異於老子或釋而不問或排而不置其說安在

問漢武帝攘却四夷拓地千里後世賴以爲强唐太宗誅滅胡虜兵不折北民不告病用兵之利前世無與爲比然而武帝之治安不若文景之多而太宗之功無補中國之治亂是以儒者終莫之善也夫儒者之說勝則帝王之武功沒世而無聞不世之功成則中國先受其害二者不可合并然高宗之伐鬼方文王之征玁狁聖人有所不免則武帝太宗之功業其終不善於儒者何也

問河之爲害遠矣自漢已來東決則盡太山之麓西決則盡西山之趾凡二山之間數千里之地丘陵險阻河皆堙而平之存者無幾矣蓋禹之治水也以爲

河所從來者高水湍悍難以行平地數爲敗乃釃二渠以引其河自二渠之廢而河乃恣行不可備禦夫河決不東則西豫以二渠待之則雖決而有以受之乃不爲害此乃聖人之遺跡也今將訪而復之以待河之暴其可否何說

問韓非明老子而以刑名游說諸侯李斯師孫卿而以詐力事秦至於焚詩書殺儒士其終皆陷於大戮原其所學皆本於聖人而其所施設則鄉黨之士所不忍爲夫豈其學有以致之歟蓋老子孫卿其教之善雖弊不至於敗亂天下然則二子之學其所以失之而至此者何也學之不詳毫釐之差或致千里學士大夫可不辨之乎

問堯舜之德盛矣然孔子稱周監於二代郁郁乎文

哉何者世相近事相若而人情未遠也儒者常稱二帝三代雖其道德之隆世世師之至於禮樂刑政將以施之今世亦已難矣今自五代以上其文物政事之備未有若隋唐之善者自祖宗已來采前世之舊而施之於時亦未有若隋唐之多者也然其或因或革而當否存焉蓋亦有時異事異久遠而不可復者歟其亦有因習俗而重改作可復而未暇者歟其相與講習而著其宜焉

問古者有罪不免於刑失誤有贖親賢有議眚災有赦未聞有赦天下者也自漢以來赦始及天下而言政者病之蓋成周之隆成康之際刑措不用而漢孝文唐太宗之盛天下斷獄歲不過數十當此之時雖有赦何所施之後世法令滋章而姦宄不禁刑之不

能止而赦之不能救數赦則民玩於法而不赦則上所不忍其將何施而可

問三代以田養民而取之以什一其民盡力於耕則足以自養上之人以時平其政令而民受其賜既已厚矣自戰國之禍田制既壞賦法隨弊天下之民仰困於租稅而俯困於兼幷其害不可言矣是以漢自文景以來賜民田租孝弟力田鰥寡孤獨金帛布絮之奉歲時不絕考之於古則所謂惠而不知爲政者也然自漢氏絕而復興其民思之不忘其恩澤之結於民豈不至哉惟三代仁政其紀綱法度既不可遽復而漢室賜予之惠府庫之積力有所不逮然則將以厚民其術安在

問三代聖人以禮樂治天下動容貌出詞氣逡巡廟

堂之上而諸侯承德四夷向風何其盛哉至其後世
稍衰桓文迭興而維持之要之以盟會齊之以征伐
既已卑矣然春秋之後吳越放恣繼之以田常三晉
之亂天下遂爲戰國君臣之閒非詐不言非力不用
相與爲盜跖之行猶恐不勝雖桓文之事且不行矣
而況於文武成康之舊歟及秦幷天下風俗日惡不
可復改雖漢唐之隆格之以商周之盛蓋已愧矣夫
三代之閒其民更桀紂之禍與戰國何異然聖人一
出禮義復興天下和洽不若後世寂寥無聞獨何故
歟豈帝王之道古今一變遂不可復反乎不然何漢
唐之陋如此
問秦滅經籍漢興易詩書禮春秋復存而樂遂喪然
自孔子弟子散亡天下學者爭立異說各尊所聞以

相攻而聖人之道日以湮沒頃者朝廷患之掃除傳疏而著以新說天下庶幾由此以識聖人之遺意然易詩書禮皆立學官春秋雖不用而其書亦不廢惟大樂淪棄漫滅無文無所考信嗚呼士生於今去聖久遠師法不傳幸明天子慨然深愍遺墜而興之而六經不備豈不闕甚矣哉意者求之它書推其端而究其末引而伸之猶可得而觀也請誦其所取焉

問漢收河南地兵不再駕唐復河隴未嘗用兵今朝廷兵甲之精卒伍之練蓋近世所未有也是以收洮泯略蘭會大功既遂四夷震疊有志之士蓋已心馳於燕薊之北矣夫能稼而能穡所以爲良農也能獲而能烹所以爲善獵也故夫拓國而安邊漢唐之間必有良策焉其試言之

私試武學策問二首

問古之善戰者必以兩擊一既爲之正又爲之奇故我之受敵者一而敵之受敵者二我一而敵二則我佚而敵勞以佚擊勞故曰三軍之衆可以使之必受敵而無敗自唐季以來古之陣法遺散而不講今世用兵之將置陣而不知奇正夫置陣而不知奇正猶作樂而不用五聲飪食而不用五味宮竭而商不繼甘窮而酸不輔一變而盡矣不可復用也今將推古法求奇正之意而施之行陣其亦可得歟兵法曰先出合戰爲正後出爲奇又曰奇亦爲正之正而正亦爲奇之奇所謂奇正者將合爲一陣歟將離爲二陣歟學者所宜辨之

問古稱淮陰侯善用兵然觀其所以勝者亦若有天

幸焉淮陰之攻趙也廣武君請以輕兵絕其饟道而堅壁以老其師其攻齊也人或說龍且以相持不戰而陰招齊之亡城此二計者淮陰實難之幸其計之不用是以能克然而使此計誠行淮陰豈坐受縛者耶其必有以待之請言其說

欒城集卷第二十

欒城集卷第二十一

上皇帝書一首

熙寧二年三月日具位臣蘇轍謹冒萬死再拜上書皇帝陛下臣官至疎賤朝廷之事非所得言然竊自惟雖其勢不當進言至於報國之義猶有可得言者昔仁宗親策直言之士臣以不識忌諱得罪於有司仁宗哀其狂愚力排羣議使臣得不遂棄於世臣之感激思有以報爲日久矣今者陛下以聖德臨御天下將大有爲以濟斯世而臣材力駑下無以自效竊聽之道路得其一二思致之左右苟徼創前事不復以聞則其思報之誠沒世而不能自達是以輒發其狂言而不知止臣聞善爲國者必有先後之次自其所當先者爲之則其後必舉自其所當後者爲之則

先後並廢書曰欲登高必自下欲陟遐必自邇世未
有不自下而能高不自近而能遠者然世之人常鄙
其下而厭其近務先從事於高遠不知其不可得也
詩曰無田甫田維莠驕驕無思遠人勞心忉忉以爲
田甫田而力不給則田莠而不治不若不田也思遠
人而德不足則心勞而無獲不若不思也欲田甫田
則必自其小者始小者之有餘而甫田可啓矣欲來
遠人則必自其近者始近者之旣服而遠人自至矣
苟由其道其勢可以自得苟不由其道雖强求而不
獲也臣愚不肖蓋嘗試妄論今世先後之宜而竊觀
陛下設施之萬一以爲所當先者失在於不爲而所
當後者失在於太早然臣非敢以爲信然也特其所
見有近於是者是以因其近似而爲陛下深言之伏

惟陛下卽位以來躬親庶政聰明睿智博達宏辯文足以經治武足以制斷重之以勤勞加之以恭儉凡古之帝王曠世而不能有一焉者陛下一旦兼而有之矣夫以天縱之姿濟之以求治之心施之於事宜無爲而不成無欲而不遂今也爲國歷年於茲而治不加進天下之弊日益於前世天下之人未知所以適治之路災變橫生川原震裂江河湧沸人民流離災火繼作歷月移時而其變不止此臣所以日夜思念而不曉疑其先後之次有所未得者也夫今世之患莫急於無財而已財者爲國之命而萬事之本國之所以存亡事之所以成敗常必由之昔趙充國論備邊之計以爲湟中穀斛八錢糴三百萬斛羌人不敢動矣諸葛亮用兵如神而以糧道不繼屢出無功

由是觀之苟無其財雖有聖賢不能自致於跬步苟有其財雖庸人可以一日而千里陛下頃以西夏不臣赫然發憤建用兵之策招來橫山之民將奪其險阻破壞其國而後已方是之時夏人殘虐失衆橫山之民厭苦思漢而又乘其荐飢苟加之以兵此非計之失者也然而沿邊無數月之粮關中無終歲之儲而所興之役有莫大之費陛下方且泰然不以爲憂以爲萬舉而有萬全之功既而邊臣失律先事輕發亦既入踐其國係虜其民矣然而陛下得其地而不敢收獲其人而不敢臣雖有成功而不敢繼也其終卒致於㕓黠謀臣而講和好夫陛下謀之於朞年之前而罷之於既發之後豈以爲是失當而悔之哉誠無財以善其後爾且夫財之不足是爲國之先務也

至於鞭笞四夷臣服異類是極治之餘功而太平之粉飾也然今且先之此臣所以知其先後之次有所未得者也今者陛下懲前事之失出祕府之財徙內郡之租賦督轉漕之吏使備沿邊三歲之畜臣以此疑陛下之有意乎財矣然猶以爲未也何者祕府之財不可多取而內郡之民不可重困可以紓目前之患而未可以爲長久之計此臣所以求効其區區而不能自已也蓋善爲國者不然知財之最急而萬事賴焉故常使財勝其事而事不勝財然後財不可盡而事無不濟財者車馬也事者其所載物也載物者常使馬輕其車車輕其物馬有餘力車有餘量然後可以涉塗泥而車不僨登坂嶮而馬不躓今也四方之財莫不盡取民力屈矣而上用不足平居惴惴僅

能以自完而事變之生復不可料譬如弊車羸馬而
引丘山之載幸而無虞猶恐不能勝不幸而有陰雨
之變陵谷之嶮其患必有不可知者故臣深思極慮
以爲方今之計莫如豐財然臣所謂豐財者非求財
而益之也去事之所以害財者而已矣夫使事之害
財者未去雖求財而益之財愈不足使事之害財者
盡去雖不求豐財然而求財之不豐亦不可得也故
臣謹爲陛下言事之害財者三一曰冗吏二曰冗兵
三曰冗費冗吏之說曰請原古之所以置吏之意有
是民也而後有是官有是官也而後有是吏量民而
置官量官而求吏其本凡以爲民而已是以古者郎
其官以取人郡縣之職缺而取之於民府寺之屬缺
而取之於郡縣出以爲守令入以爲卿相出入相受

中外相貫一人去之一人補之其勢不容有冗食之吏近世以來取人不由其官士之來者無窮而官有限極於是兼守判知之法生而官法始壞浸淫分散不復其舊是以吏多於上而士多於下上下相窒譬如決水於不流之澤前者未盡來者已至填咽充滿一陷於其中而不能出故布衣之士多方以求官已仕之吏多方以求進下慕其上後慕其前不愧詐僞不恥爭奪禮義消亡風俗敗壞勢之窮極遂至於此夫人情紓則樂易樂易則有所不爲窘則濫亂濫亂則無所不至今使衆人相與皆出於隘足履相躡肩肘相逮彷徨而不得進又將禁其奔走而爭先者苟將禁之則莫如止來者而闢其隘今也驅市人而納之不勝其多也設嶮於中塗而艱難之是以法愈設

而爭愈甚惟陛下以時救之下哀痛之書明告天下以吏多之故與之更立三法其一使進士諸科增年而後舉其額不增累舉多者無推恩其說曰凡今之所以至於不可勝數者以其取之之多也古之人其擇吏也甚精人知吏之不可以妄求故不敢輕爲士爲士者皆其修絜之人也今世之取人誦文書習程課未有不可爲吏者也其求之不難而得之甚樂是以羣起而趨之凡今農工商賈之家未有不捨其舊而爲士者也爲士者日多然而天下益以不治舉今世所謂居家不事生產仰不養父毋俯不恤妻子浮游四方侵擾州縣造作誹謗者農工商賈不與也祖宗之世士之多少其比於今不能一二也然其削平僭亂創制立法功業卓然見於後世今世之士不敢

望其萬一也士之多不及於今世而功則過之無足怪者取之至少則人不敢輕爲士其所取者皆州郡之選人也故爲是法使人知上意之所向十年之後無實之士將不黜而自滅且夫設科以待天下之士蓋將使其才者得之不才者不可得也吾則取之而彼則不能得猶曰雖不能得而累舉多者必取無棄則是以官狗人也且累舉之士類非少年矣耳目昏塞筋力疲勸而後得之數日而計之知其不能有所及也則其爲政無所賴矣今有人畜牛羊而求牧旣取其壯者又取其老者取其壯者曰吾取其力也取其老者曰吾憐其老也如憐其老而已則曷爲以累牛羊哉苟誠以爲有遺才焉則今所謂遺逸之書有以收之矣其二使官至於任子者任其子之爲後者

世世祿仕於朝襲簪紱而守祭祀可以無憾矣然而
爲是法也則必始於二府法行於賤而屈於貴天下
將不服天下不服而求法之行不可得也蓋矯失以
救患者必有所過而後濟臣非不知二府之不可以
齒庶官也其三使百司各損其職掌而多其出職之
歲月其說曰百司臣不得而盡詳也請言其尤甚者
莫如三司三司之吏世以爲多而不可損何也國計
重而簿書衆也臣以爲不然主大計者必執簡以御
繁以簡自處而以繁寄人以簡自處則心不可亂心
不可亂則利至而必知害至而必察以繁寄人則事
有所分事有所分則毫末不遺而情僞必見今則不
然舉四海之大而一毫之用必會於三司故三司者
案牘之委也案牘既積則吏不得不多案牘積而吏

多則欺之者衆雖有大利害不能察也夫天下之財下自郡縣而至於轉運轉相鈎較足以爲不失矣然世常以轉運使爲不可獨信故必至於三司而後巳夫苟轉運使之不可獨信而必三司之可任則三司未有不責成於吏者豈三司之吏則重於轉運使歟故臣以爲天下之財其詳可分於轉運使而使三司歲攬其綱目既使之得優游以治財貨之源又可頗損其吏以絶亂法之弊苟三司猶可損也而百司可見矣然此三法者皆世之所謂拂世戾俗召怨而速謗者也今且將行之臣非敢犯衆人之怒而行此危事也以爲有可行之道焉何者自臺省六品諸司五品一郊而任一人自兩制以上一歲而任一人此祖宗百年之法相承而不變者也而仁宗之世則損之

三載而考績無罪者遷其官自唐以來亦未始有變者也而英宗之世則增之此二者夫豈便於世俗哉然而莫敢怨者以為吏多而欲損者天下之公義其不欲者天下之私計也以私計而怨公義其為怨也不直矣是以善為國者循理而不卹怨非不卹怨知其無能為也且今此三法者固未嘗行也然而天下亦不免於怨何者士之出身為吏者捐其生業棄其田里以盡力於王事而今也以吏多之故積勞者久而不得遷去官者久而不得調又多為條約以沮格之減罷其舉官破壞其次第使之窮窘無聊求進而不遂此其為怨豈減於布衣之士哉鈞之二怨皆將不免然使新進之士日益多國力匱竭而不能支十年之後其患必有不可勝言者故臣願陛下親斷而

力行之苟日增之吏漸以衰少則臣又將有以治其舊吏使諸道職司每歲終任其所部郡守監郡各任其屬曰自今以前未有以私罪至某贓罪正入已至若干者二者皆自上鈞其輕重而裁之已而以他事發則與之同罪雖去官與赦不降也夫以私罪至某贓罪正入已至若干其爲惡也著矣而上不察則上之不明亦可知矣故雖與之同罪而不過今世之法任人者任其終身苟其有罪終身鈞坐之夫任人之終身任其未然之不可知者也任人之歲終而無過任其已然之可知者也臣請得以較之任其未然之不可知雖聖人有所不能任其已然之可知雖衆人能之今也任之以聖人之所不能既不敢辭矣而況任之以衆人之所能顧不可哉且按察之吏則亦不

患其不知也患其知而未必皆按曰是無損於我而
徒以爲怨云爾今使其罪及之其勢將無所不問陛
下誠能擇奉公疾惡之臣而使行之陛下厲精而察
之去民之患如除腹心之疾則其以私罪至某贓罪
正入已至若干者非復過誤適陷於深文者也茍遂
放歸終身不齒使姦吏有所懲則冗吏之弊可去矣
冗兵之說曰臣聞國朝創業之初四方割據中國地
狹兵革至少其後蕩滅諸國拓地既廣兵亦隨衆雍
熙之間天下之兵僅三十萬方此之時屯戍征討百
役並作而兵力不屈未嘗有兵少之患也自咸平景
德以來契丹內侵繼遷叛逆每有警急將帥不問得
失輒請益兵於是召募日增而兵額之多遂倍前世
其後寶元慶曆之間元昊竊發復使諸道點民爲兵

而沿邊所屯至七八十萬自是天下遂以百萬爲額雖復近歲無事而關中之兵至於二十八萬舉雍熙天下之衆適以備方今關中一隅之用兵多之甚於此見矣然臣聞方今宿邊之兵分隸堡障戰兵統於將帥者其實無幾每一見賊賊兵常多我兵常少衆寡不敵每戰輒敗往者將帥失利未有不以此自解者也夫祖宗之兵至少而常若有餘今世之兵至多而常患於不足此二者不可不察也兵法有之曰興師十萬出征千里百姓之費公家之奉日費千金內外騷動怠於道路者七十萬家而愛爵祿百金不能知敵之情者不仁之至也故三軍之事莫親於間賞莫重於間間者三軍之司命也臣竊惟祖宗用兵至於以少爲多而今世用兵至於以多爲少得失之原

皆出於此何以言之臣聞太祖用李漢超馬仁瑀韓令坤賀惟忠何繼筠等五人使備契丹用郭進武宋琪李謙溥李繼勳等四人使備河東用趙贊姚內斌董遵誨王彥升馮繼業等五人使備西羌皆厚之以關市之征饒之以金帛之賜其家屬之在京師者仰給於縣官貿易之在道路者不問其商稅故此十四人者皆富厚有餘其視棄財如棄糞土賙人之急如恐不及是以死力之士貪其金錢捐軀命冒患難深入敵國刺其陰計而效之至於飲食動靜無不畢見每有入寇輒先知之故其所備者寡而兵力不分敵之至者舉皆無得而有喪是以當此之時備邊之兵多者不過萬人少者五六千人以天下之大而三十萬兵足爲之用今則不然一錢以上皆籍於三司有

敢擅用謂之自盜而所謂公使錢多者不過數千緡百須在焉而監司又伺其出入而繩之以法至於用間則曰官給茶綵夫百餅之茶數束之綵其不足以易人之死也明矣是以今之爲間者皆不足恃聽傳聞之言采疑似之事其行不過於出境而所聞不過於熟戶苟有籍口以欺其將帥則止矣非有能知敵之至情者也敵之至情既不可得而知故常多屯兵以備不意之患以百萬之衆而常患於不足由此故也陛下何不權其輕重而計其利害夫關市之征比於茶綵則多而三十萬人之奉比於百萬則約衆人知目前之害而不知歲月之病平居不忍棄關市之征以與人至於百萬則恬而不知怪昔太祖起於布衣百戰以定天下軍旅之事其思之也詳其計之也

熟矣故臣願陛下復脩其成法擇任將帥而厚之以財使多養間諜之士以爲耳目耳目既明雖有強敵而不敢輒近則雖雍熙之兵可以足用於今世陛下誠重難之臣請陳其可減之實何者今世之強兵莫如沿邊之士人而今世之惰兵莫如內郡之禁旅其名愈高其廩愈厚其廩愈厚其材愈薄往者西邊用兵禁軍不堪其役死者不可勝計羌人每出聞多禁軍輒舉手相賀聞多士兵輒相戒不敢輕犯以實較之士兵一人其材力足以當禁軍三人禁軍一人其廩給足以贍士兵三人使禁軍萬人在邊其用不能當三千人而常耗三萬人之畜邊郡之儲比於內郡其價不啻數倍以此權之則士兵可益而禁軍可損雖三尺童子知其無疑也陛下誠聽臣之謀臣請使

禁軍之在內郡者勿復以戍邊因其老死與亡而勿復補使足以爲內郡之備而止去之以漸而行之以十年而冗兵之弊可去矣冗費之說曰世之冗費不可勝計也請言其大與臣之所知者而陛下以類推之臣聞事有所必至恩有所必窮事至而後謀則害於事恩窮而後遷則傷於恩昔者太祖太宗敦睦九族以先天下方此之時宗室之衆無幾也是以合族於京師久而不別世歷五聖而太平百年矣宗室之盛未有過於此時者也祿廩之費多於百官而子孫之衆宮室不能受無親疎之差無貴賤之等自生齒以上皆養於縣官長而爵之嫁娶喪葬無不仰給於上日引月長未有知其所止者此亦事之所必至而恩之所必窮者也然而未聞所以謀而遷之古者天

子七廟三昭三穆與太祖而七以人子之愛其親推而上之至於其祖由祖而上至於百世宜無所不愛無所不愛則宜無所不廟苟推其無窮之心則百世之祖皆廟而後爲稱也聖人知其不可故爲之制七廟之外非有功德則迭毀春秋之祭不與莫貴於天子莫尊於天子之祖而廟不加於七何者恩之所不能及也何獨至於宗室而不然臣聞三代之間公族有以親未絕而列於庶人者兩漢之法帝之子爲王王之庶子猶有爲侯者自侯以降則庶子無復爵土蓋有去而爲民者有自爲民而復仕於朝者至唐亦然故臣以爲凡今宗室宜以親疏貴賤爲差以次出之使得從仕比於異姓擇其可用而試之以漸凡其祿秩之數遷敘之等黜陟之制任子之令與異姓均

臨之以按察持之以寮吏威之以刑禁以時察之使其不才者不至於害民其賢者有以自效而其不任爲吏者則出之於近郡官爲廬舍而廩給之使得占田治生與士庶比今聚而養之厚之以不訾之祿尊之以莫貴之爵使其賢者老死鬱鬱而無所施不賢者居處隘陋戚戚而無以爲樂甚非計之得也昔唐武德之初封從昆弟子自勝衣以上皆爵郡王太宗卽位疑其不便以問大臣封德彝曰爵命崇則力役多以天下爲私奉非至公之法也於是疏屬王者降爲公夫自王而爲公非人情之所樂也而猶且行之今使之爵祿如故而獲治民雖有內外之異宜無有怨者然臣觀朝廷之議未嘗敢有及此何者以宗室之親而布之於四方懼其啓姦人之心而生意外之

變也臣竊以爲不然古之帝王好疑而多防雖父子兄弟不得尺寸之柄幽囚禁錮齒於匹夫者莫如秦魏然秦魏皆數世而亡其所以亡者劉氏項氏與司馬氏而非其宗室也故爲國者苟失其道雖胡越之人皆得謀之苟無其釁雖宗室誰敢覬者惟陛下蕩然與之無疑使得以次居外如漢唐之故此亦去冗費之一端也臣聞漢唐以來重兵分於四方雖有末大之憂而餽運之勞不至於太甚祖宗受命懲其大患而略其細故斂重兵而聚之京師根本既强天下承命而服然而轉漕之費遂倍於古凡今東南之米每歲遡汴而上以石計者至五六百萬山林之木盡於舟楫州郡之卒弊於道路月廩歲給之奉不可勝計往返數千里飢寒困迫每每侵盜雜以宅物米之

至京師者率非完物矣由此觀之今世之法直以其力致之而不計其患非法之艮者也臣願更爲之法舉今每歲所運之數而四分之其二卽用舊法官出舡與兵而漕之凡皆如舊其一募六道之富人使以其舡及人漕之而所過免其商稅能以若干至京師而無所欺盜敗失者以今三司軍大將之賞與之方今濱江之民以其舡爲官運者不求官直蓋取官之所入而不覆較者得其贏以自潤而富民之欲仕者往往求爲軍大將以此推之宜有應募者其一官自置場而買之京師京師之兵當得米而不願者計其直以錢償之夫物有常數取之於南則不足於北捨之於東則有餘於西此數之必然而不可逃者也今官欲買之其始不免於貴貴甚則東南之民傾而赴

之赴之者衆則將反於賤致賤必以貴致貴必以賤
此亦必然之數也故臣願爲此二者與舊法皆立試
其利害而較其可否必將有可用者然後舉而從之
此又去冗費之一端也臣聞富國有道無所不卹者
富之端也不足卹者貧之源也從其可卹而收之無
所不收則其所存者廣矣從其無足卹而棄之無所
不棄則其所亡者多矣然而世人之議者則不然以
爲天下之富而顧區區之用此有司之職而非帝王
之事也此說之行於天下數百年於茲矣故天下之
費其可已者常多於舊臣不敢遠引前世請言近歲
之事自嘉祐以來聖人迭興而天下之吏京秩以上
再遷其官天下郡守職司再補其親戚自治平京師
之大水與去歲河朔之大震百役並作國有至急之

費而郊祀之賞不廢於百官自橫山用兵供億之未定與京西流民勞徠之未息官私乏困日不暇給而宗室之喪不俟歲月而葬臣以此觀之知朝廷有無足卹之義臣誠知事之既往無可爲者然苟自今從其可卹而救之則無益之費猶可漸減此又去冗費之一端也臣不勝拳拳私憂過計爲是三冗之說以獻伏惟陛下思深謀遠聽斷詳盡於天下之事無所不矚臣之所陳何足言者然臣愚以爲苟三冗未去要之十年之後天下將益衰耗難以復治陛下何不講求其原而定其方略擇任賢俊而授之以成法使皆久於其官而後責其成績方今天下之官泛泛乎皆有欲去不久之心侍從之臣逾年而不得代則皇皇而不樂今雖不能使之盡久然至於諸道之職司

三司之官吏沿邊之將佐此皆與天子共成事者也天下之事將責成之而不久其任開其源者不見其流發其謀者不見其成功此事之所以不得成也陛下誠擇人而用之使與二府皆久於其官人知不得苟免而思長久之計君臣同心上下協力磨之以歲月如此而三冗之弊乃可去也然而爲此猶有所患何者今世之士大夫好同而惡異疾成而喜敗事苟不出於己小有齟齬不合則羣起而排之借如今使按察之官任其屬吏歲終而無過此其勢必將無所不按得罪者必將多於其舊然則天下之口紛然非之矣不幸而有一不當衆將羣指以罪法一不當不能動不幸而至於再三雖上之人亦將不免於惑衆人非之於下而朝廷疑之於上攻之者衆而持之者

不堅則法從此敗矣蓋世有耕田而以其耜殺人者
或者因以耕田爲可廢夫殺人之可誅與耕田之不
可廢此二事也安得以彼而害此哉故夫按人而不
以其實者罪之可也而法之是非則不在此茍陛下
誠以爲可行必先能破天下之浮議使良法不廢於
中道如此而後三冗之弊可去也三冗既去天下之
財得以日生而無害百姓充足府庫盈溢陛下所爲
而無不成所欲而無不如意舉天下之衆惟所用之
以攻則取以守則固雖有西戎北狄不臣之國宥之
則爲漢文帝不宥則爲唐太宗伸縮進退無不在我
今陛下不事其本而先舉其末此臣所以大惑也臣
不勝憤懣越次言事雷霆之譴無所逃避臣轍誠惶
誠恐頓首頓首謹書

欒城集卷第二十一

欒城集卷第二十二

書十首

上樞密韓太尉書

太尉執事轍生好爲文思之至深以爲文者氣之所形然文不可以學而能氣可以養而致孟子曰我善養吾浩然之氣今觀其文章寬厚宏博充乎天地之閒稱其氣之小大太史公行天下周覽四海名山大川與燕趙閒豪俊交游故其文疎蕩頗有奇氣此二子者豈嘗執筆學爲如此之文哉其氣充乎其中而溢乎其貌動乎其言而見乎其文而不自知也轍生十有九年矣其居家所與游者不過其鄰里鄉黨之人所見不過數百里之閒無高山大野可登覽以自廣百氏之書雖無所不讀然皆古人之陳迹不足以

激發其志氣恐遂汨沒故決然捨去求天下奇聞壯觀以知天地之廣大過秦漢之故都恣觀終南嵩華之高北顧黃河之奔流慨然想見古之豪傑至京師仰觀天子宮闕之壯與倉廩府庫城池苑囿之富且大也而後知天下之巨麗見翰林歐陽公聽其議論之宏辯觀其容貌之秀偉與其門人賢士大夫遊而後知天下之文章聚乎此也太尉以才略冠天下天下之所恃以無憂四夷之所憚以不敢發入則周公召公出則方叔召虎而轍也未之見焉且夫人之學也不志其大雖多而何爲轍之來也於山見終南嵩華之高於水見黃河之大且深於人見歐陽公而猶以爲未見大尉也故願得觀賢人之光耀聞一言以自壯然後可以盡天下之大觀而無憾者矣轍年少

未能通習吏事嚮之來非有取於斗升之祿偶然得之非其所樂然幸得賜歸待選使得優游數年之間將歸益治其文且學爲政太尉苟以爲可教而辱教之又幸矣

上昭文富丞相書

轍西蜀之人行年二十有二幸得天子一命之爵饑寒窮困之憂不至於心其身又無力役勞苦之患其所任職不過簿書米鹽之間而且未獲從事以得自盡方其閑居不勝思慮之多不忍自棄以爲天子寬惠與天下無所忌諱而轍不於其强壯閑暇之時早有所發明以自致其志而復何事恭惟天子設制策之科將以待天下豪俊魁壘之人是以轍不自量而自與於此蓋天下之事上自三王以來以至於今世

其所論述亦已略備矣而猶有所不釋於心夫古之
帝王豈必多才而自爲之爲之有要而居之有道是
故以漢高皇帝之恢廓慢易而足以吞項氏之强漢
文皇帝之寬厚長者而足以服天下之姦詐何者任
人而人爲之用也是以不勞而功成至於武帝材力
有餘聰明睿智過於高文然而施之天下時有所折
而不遂何者不委之人而自爲用也由此觀之則夫
天子之責亦在任人而已竊惟當今天下之人其所
謂有才而可大用者非明公而誰推之公卿之閒而
最爲有功列之士民之上而最爲有德播之夷狄之
域而最爲有勇是三者亦非明公而誰而明公實爲
宰相則夫吾君之所以爲君之事蓋已畢矣古之聖
人高拱無爲而望夫百世之後以爲明主賢君者蓋

亦如是而可也然而天下之未治則果誰耶下而求之郡縣之吏則曰非我能上而求之朝廷百官則曰非我責明公之立於此也其又將何辭嗟夫蓋亦嘗有以秦越人之事說明公者歟昔者秦越人以醫聞天下天下之人皆以越人爲命越人不在則有病而死者莫不自以爲吾病之非眞病而死之非眞死也它日有病者焉遇越人而屬之曰吾捐身以予子子自爲子之才治之而無爲我治之也越人曰嗟夫難哉夫子之病雖不至於死而難以愈急治之則傷子之四支而緩治之則勞苦而不肯去吾非不能去也而畏是二者夫傷子之四支而後可以除子之病則天下以我爲不工而病之不去則天下以我爲非醫此二者所以交戰於吾心而不釋也既而見其人其

人曰夫子則知醫之醫而未知非醫之醫歟今夫非醫之醫者有所冒行而不顧是以能應變於無窮今子守法密微而用意於萬全者則是子猶知醫之醫而已天下之事急之則喪緩之則得而過緩則無及孔子曰道之難行也我知之矣知者過之不肖者不及也夫天下患於不知而又有知而過之者則是道之果難行也昔者世之賢人患夫世之愛其爵祿而不忍以其身嘗試於艱難也故其上之人奮不顧身以搏天下之公利而忘其私在下者亦不敢自愛叫號紛謷以攻訐其上之短是二者可謂賢於天下之士矣而猶未免爲不知何者不知自安其身之爲安天下之人自重其發之爲重君子之勢而輕用之於尋常之事則是猶匹夫之亮耳伏自明公執政於今

五年天下不聞慷慨激烈之名而日聞敦厚之聲意者明公其知之矣而猶有越人之病也轍讀三國志嘗見曹公與袁紹相持久而不決以問賈詡詡曰公明勝紹勇勝紹用人勝紹決機勝紹紹兵百倍於公公畫地而與之相守半年而紹不得戰則公之勝形已可見矣而久不決意者顧萬全之過耳夫事有不同而其意相似今天下之所以仰首而望明公者豈亦此之故歟明公其略思其說當有以解天下之望者不宣轍再拜

上曾參政書

轍聞之士不更變不可與圖遠新勝之家知得而不知喪知存而不知亡始若可喜而終不可久昔者轍讀書至秦誓而得之曰番番良士旅力旣愆我尚有

之仡仡勇夫射御不違我尚不欲夫昔之爲此言者
蓋亦已知之矣孟明眂西乞術白乙丙此三人者秦
之豪傑有決之士而百里奚蹇叔子此秦之所謂老
耄而不武者也穆公欲襲鄭孟明以爲可而蹇叔以
爲不可則蹇叔之說無乃遠於事情而近於怯哉然
而要其成敗得失之終而責其思慮之長短則蹇叔
不可謂迂而孟明不可謂是也故曰如有一个臣斷
斷兮無它技其心休休焉其如有容焉人之有技若
己有之人之彥聖其心好之不啻如自其口出寔能
容之以保我子孫黎民尚亦有利哉嗟夫穆公至此
而後知蹇叔之非庸人歟今夫立於百官之上而宰
天下之事者亦何以其他技爲哉温良博愛而能容
天下之士斯可矣往者轍之東遊而明公適爲京兆

當此之時明公之聲上震於朝廷而下懾於閭里行道之人爲之不敢妄視盜賊屏息而不作可謂才有餘矣然至於參決大政而日韜其光務爲敦厚不欲以才蓋天下上承二公下拊百官周旋揖讓而士大夫莫不雍容和穆以相與也嗟夫明公何以及此哉轍西蜀之匹夫往年偶以進士得與一命之爵今將爲吏崤黽之閒閑居無事聞天子舉直言之士而世之君子以其山林朴野之人不知朝廷之忌諱其中無所隱蔽故以應詔而轍也復不自度量而言當世之事亦不敢爲莽鹵不詳之說其言語文章雖無以過人而其所論說乃有矯拂切直之過竊獨悲古者深言之人遭時之不祥一有所觸而其言不復見錄於世方今羣公在朝以君子長者自處而優容天下

彥聖有技之士士之有言者可以安意肆志而無患然後知士之生於今者之爲幸而轍亦幸者之一人也素所爲文家貧不能盡致有歷代論十二篇上自三王而下至於五代治亂興衰之際可以概見於此觀其略可也

上兩制諸公書

轍讀書至於諸子百家紛紜同異之辯後世工巧組繡鑽研離析之學蓋嘗喟然大息以爲聖人之道譬如山海藪澤之奥人之入於其中者莫不皆得其所欲充足飽滿各自以爲有餘而無慕乎其外今夫班輸共工旦而操斧斤以遊其叢林取其大者以爲楹小者以爲榱圓者以爲輪挺者以爲軸長者擾雲霓短者蔽牛馬大者擁丘陵小者伏蓁莽芟夷蹶取皆

自以爲盡山林之奇怪矣而獵夫漁師結網聚餌左強弓右毒矢陸攻則麑象犀水伐則執鮫鮀熊羆虎豹之皮毛黿鼉犀兕之骨革上盡飛鳥下及走獸昆蟲之類紛紛籍籍折翅捩足鱗鬣委頓縱橫滿前肉登鼎俎膏潤砧几皮革齒骨披裂四出破於器用求珠之工隨侯夜光間以類玭磊落的皪充滿其家求金之工輝赫晃蕩鏗鏘交戛遍爲天下冠冕佩帶飲食之飾此數者皆自以爲能盡山海之珍然山海之藏終滿而莫見其盡昔者夫子及其生而從之游者蓋三千餘人是三千人者莫不皆有得於其師是以從之周旋奔走逐於宋魯飢餓於陳蔡困厄而莫有去之者是誠有得乎爾也蓋顏淵見於夫子出而告人曰吾能知之子路子貢冉有出而告人亦曰吾知

之下而至於邽巽孔忠公西輿公西箴此數子者門
人之下第者也竊窺於道德之光華而有聞於議論
之末皆以自得於一世其後田子方段干木之徒講
之不詳乃竊以爲虛無淡泊之說而吳起禽滑釐之
類又以猖狂於戰國蓋夫子之道分散四布後之人
得其遺波餘澤者至於如此而楊朱墨翟莊周鄒衍
田駢愼到韓非申不害之徒又不見夫子之大道皇
皇惑亂譬如陷於大澤之陂荆榛棘茨蹊隧滅絕求
以自致於通衢而不可得乃妄冒蒺藜蹈崖谷崎嶇
繚繞而不能自止何者彼亦自以爲己之得之也轍
嘗怪古之聖人既已知之矣而不遂以明告天下而
著之六經六經之說皆微見其端而非所以破天下
之疑惑使之一見而寤者是以世之君子紛紛至此

而不可執也今夫易者聖人之所以盡天下剛柔喜
怒之情勇敢畏懼之性而寓之八物因八物之相遇
吉凶得失之際以教天下之趨利避害蓋亦如是而
已而世之說者王氏韓氏至以老子之虛無京房焦
貢至以陰陽災異之數言詩者不言咏歌勤苦酒食
燕樂之際極歡極戚而不違於道而言五際子午卯
酉之事言書者不言其君臣之歡吁俞嗟歎有以深
感天下而論其費誓秦誓之不當作也夫孔子豈不
知後世之至此極歟其意以爲後之學者無所據依
感發以自盡其才是以設爲六經而使之求之蓋又
欲其深思而得之也是以不爲明著其說使天下各
以其所長而求之故曰仁者見之謂之仁智者見之
謂之智而子貢亦曰在人賢者識其大者不賢者識

其小者夫使仁者効其仁智者効其智大者推明其大而不遺其小小者樂致其小以自附於大各因其才而盡其力以求其至微至密之地則天下將有終身於其說而無勸者矣至於後世不明其意患乎異說之多而學者之難明也於是舉聖人之微言而折之以一人之私意而傳疏之學橫放於天下由是學者愈怠而聖人之說益以不明今夫使天下之人因說者之異同得以縱觀博覽而辨其是非論其可否推其精粗而後至於微密之際則講之當益深守之當益固孟子曰君子深造之以道欲其自得之也自得之則居之安居之安則資之深資之深則取之左右逢其原故君子欲其自得之也昔者轍之始學也得一書伏而讀之不求其博而惟其書之知求之而

莫得則反覆而思之至於終日而莫見而後退而求其得何者懼其入於心之易而守之不堅也及既長乃觀百家之書從横顛倒可喜可愕無所不讀泛然無所適從蓋晚而讀孟子而後徧觀乎百家而不亂也而世世之言者曰學者不可以讀天下之雜說不幸而見之則小道異術將乘閒而入於其中雖楊雄尚然曰吾不觀非聖之書以爲世之賢人所以自養其心者如人之弱子幼弟不當出而置之於紛華雜擾之地此何其不思之甚也古之所謂知道者邪詞入之而不能蕩詖詞犯之而不能詐爵禄不能使之驕貧賤不能使之辱如使深居自閉於閨闥之中兀然頽然而曰知道知道云者此乃所謂腐儒者也古者伯夷隘柳下惠不恭隘與不恭是君子之所不爲也

而孔子曰伯夷叔齊不降其志不辱其身柳下惠少連降志而辱身言中倫行中慮虞仲夷逸隱居放言身中清廢中權而我則異於是無可無不可夫伯夷柳下惠是君子之所不爲而不棄於孔子此孟子所謂孔子集大成者也至於孟子惡鄉原之敗俗而知於陵仲子之不可常也美禹稷之汲汲於天下而知顏氏子自樂之非固也知天下之諸侯其所取之爲盜而知王者之不必盡誅也知賢者之不可召而知召之役之爲義也故士之言學者皆曰孔孟何者以知其道而已今轍山林之匹夫其才術技藝無以大過於中人而何敢自附於孟子然其所以汎觀天下之異說三代以來興亡治亂之際而皎然其有以折之者蓋其學出於孟子而不可誣也今年春天子將

求直言之士而轍適來調官京師舍人楊公不知其不肖取其鄙野之文五十篇而薦之俾與明詔之末伏惟執事方今之偉人而朝之名卿也其德業之所服聲華之所耀孰不欲一見以効薄技於左右夫其五十篇之文從中而下則執事亦旣見之矣是以不敢復以爲獻姑述其所以爲學之道而執事試觀焉

上劉長安書

轍聞之物之所受於天者異則其自處必高自處旣高則必超然有所不合於世俗蓋猛虎處於深山向風長鳴則百獸震恐而不敢出松柏生於高岡散柯布葉而草木爲之不殖非吾則爾拒而爾則不吾抗也故夫才不同則無朋而勢遠絶則失衆才高者身之累也勢異者衆之棄也昔者伯夷叔齊已嘗試之

矣與其鄉人立以其冠之不正也舍而去之夫以其冠之不正也舍之而去則天下無乃無可與共處者耶舉天下而無可與共處則是其勢豈可以久也苟其勢不可以久則吾無乃亦將病之與其病而後反也不若其素與之之爲善也伯夷叔齊惟其往而不反是以爲天下之棄人也以伯夷之不吾屑而棄伯夷者是固天下之罪矣而以吾之絜清而不屑天下是伯夷亦有過耳古語有之曰大辯若訥大巧若拙何者懼天下之以吾辯而以辯乘我以吾巧而以巧困我故以拙養巧以訥養辯此又非獨善保身也亦將以使天下之不吾忌而其道可長久也今夫天下之士轍已略觀之矣於此有所不足則於彼有所長於此有所蔽則於彼有所見其勢然矣仄聞執事之

風明俊雄辯天下無有敵者而高亮剛果士之進於前者莫不振栗而自失退而仰望才業之輝光莫不逡巡而自愧蓋天下之士已大服矣而轍願執事有以少下之使天下樂進於前而無恐而轍亦得進見左右以聽議論之末幸甚幸甚

答徐州陳師仲書二首

轍白陳君足下去年轍從家兄遊徐州君兄弟始以客來見一揖而退漠然不知君之胷中也既而聞之君之鄉人君力學行義不妄交遊既已中心異之及來南京又辱以所爲文爲贈讀之翛然以清追慕古人而無意於世俗心雖愛之然亦憂君之以是困於今世也今年春君西遊謀所以葬先子於朋友既而東歸貧不克舉書來告曰將改卜七月且問所以爲

葬嗟夫轍固知君之至於此也以若所爲行求今之人則其困也固宜雖然子而固子之守盡子之有歛手足形還葬此則曾子之所以葬其親也而何病詩云凡民有喪匍匐救之有欲救之心而力不贍愧實在我而子何病今既七月矣惟自勉以禮不宣轍白

又

蒙惠書論詩許以五百篇爲惠既知所從學詩之人又知所以作詩之意五百篇雖未至然見此書已與見詩無異矣應據言迫於解舟有書不能盡取卽此詩是耶轍少好爲詩與家兄子瞻所爲多少略相若也子瞻既已得罪轍亦不復作詩然今世士大夫亦自不喜爲詩以詩名世者蓋無幾人間有作者尤足貴也故僕每得其所爲輒諷咏終日譬如新病喑人

口不復歌聞有歌者猶能手足舞蹈以自慰釋足下
尙能以五百篇見惠耶苟有以慰我不必矜自口出
也

答黃庭堅書

轍之不肖何足以求交於魯直然家兄子瞻與魯直
往還甚久轍與魯直舅氏公擇相知不踈讀君之文
誦其詩願一見者久矣性拙且懶終不能奉咫尺之
書致慇懃於左右乃使魯直以書先之其爲愧恨可
量也自廢棄以來頹然自放頑鄙愈甚見者往往嗤
笑而魯直猶有以取之觀魯直之書所以見愛者與
轍之愛魯直無異也然則書之先後不君則我未足
以爲恨也比聞魯直吏事之餘獨居而蔬食陶然自
得蓋古之君子不用於世必寄於物以自遣阮籍以

酒嵇康以琴阮無酒嵇無琴則其食草木而友麋鹿有不安者矣獨顏氏子飲水啜菽居於陋巷無假於外而不改其樂此孔子所以嘆其不可及也今魯直目不求色口不求味此其中所有過人遠矣而猶以問人何也聞魯直喜與禪僧語蓋聊以是探其有無耶漸寒比日起居甚安惟以時自重

答徐州教授李昭玘書

轍啓女夫王君適自徐還鎬承賜以長書伏讀愧歎無以爲喻自惟愚拙加以罪廢平時學問捐棄不講譬如荒畦敗圃草棘狼籍雖追惟疇昔耘鉏之勤欲從容遊步其間而亦愀然自嫌不欲置足況夫通都大邑之人遍觀天下之巨麗心目廣大物難稱愜乃欲遊目縱覽究其有無豈有不嘻笑者哉伏惟君侯

壯年篤學才節茂美文章雋發何意過聽如此然聞王君言出入學中逾年稍知旨趣所詣蓋眈悅至道忽忘世味每有超然絕俗之意聞轍破罪以來自知鄙陋歸耕之計慮之已熟不詧其故遽以知道許之夫古之所謂知道者富貴不能淫貧賤不能憂夫豈如轍困躓而謀安者耶若夫收其精以治身而斥其土苴以惠天下此君侯之所當學也而亦何取於轍哉辱賜之厚不知所報謹奉啓陳謝伏惟照察不宣

上洪州孔大夫論徐常侍墳書

轍竊見故散騎常侍徐公鉉墳在公所治郡新建縣西山鸞岡原徐公沒於淳化辛卯迨今九十四年公無子故人奉新胡克順葬之胡氏昔爲大家克順慕公高義春秋時祀墳未嘗廢自克順死胡氏衰公之

墳域荒蕪不治蓋有年矣聞自近歲民間利其林木至訟而爭之公所葬地本其先塋公家既無子孫契券亡失官遂籍沒其地伐其松柏以治屋宇行道知之往往爲之掩泣竊惟南唐舊臣如公之比蓋無一二方陳覺馮延魯愚弄其主擅興甲兵喪師蹙國時無一人敢非之者公獨與韓熙載力陳其姦卒致其罪及王師南討李氏危在朝夕公受命兵間不爲身計義動中國至今稱之蓋公之大節落落如此雖使千載之後猶當推求遺迹以勸後來今沒未百年棄而不錄仁人君子豈其然哉伏惟明公家本先聖先中丞忠義慷慨氣節凜然公之行己亦大方直繼前烈如徐公輩人譬之草木臭味不遠儻蒙矜念使孤墳遺魄不至侵暴祭祀稍存樵采不犯不惟南方士

人拭目傾心將天下義士知有所勸轍言非所職干冒高明不勝戰越

欒城集卷第二十二

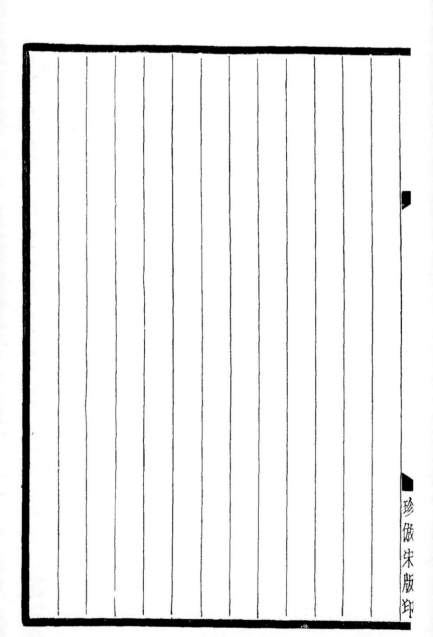

欒城集卷第二十三

記九首

鈞州聖祖殿記

維周制天下邑立后稷祠而唐禮州祀老子蓋二祖之德光配天地充塞海寓凡有社有民不可以弗饗既以爲民祈福俾雨露之施無有遠邇亦以一民之望使知飲食作息皆上之賜粵維我聖祖功緒永遠肇自皇世超絶周唐逾千萬年威神在天靈德在下祥符癸丑實始詔四方萬國咸建祠宮立位設像歲時朝謁因周唐之故以教民順鈞故附庸豫章列爲成國維近匪遠吏民朴陋野不達禮承命不蠲因仍故宮卽其東廂以建神位凡進見之禮稽首東嚮更六十有九年弗革弗新元豐三年二月臣維瞻受命

作守始至伏謁惕然不寧既視事遂以言於朝度其宮之東得隙土南北十有二筵東西九筵伐木於九峯逍遙之山四年八月始庀工九月而告成耽耽其堂殖殖其庭神來顧享民以祇肅臣轍適以譴來睹其終始乃拜手稽首爲詩六章章八句刻之祠廷之石詩曰

高安在南分自豫章重山複江魚鳥之鄉俗野不文吏亦怠荒禮失不知習爲舊常於穆聖祖宅神皇極降鑒在下子孫千億羽衣玉佩旗纛旄節巍巍煌煌秩祀萬國如日在天靡國不臨筠雖小邦其有不歆東廡西嚮誰昔營之民昏不知神以不懷深山之間野水之濱禮樂聲明孰見孰聞祖廟之嚴君臣則存失而不圖民以罔觀毛侯始來其則有意匪民之愚

禮教實墜章聞于朝帝曰俞哉弗改弗營何以示民九峯之杉逍遥之柟易直且修弗斵而堪新堂有嚴四星在南朝廷之儀萬民所祗

齊州閔子祠堂記

歷城之東五里有丘焉曰閔子之墓墳而不廟秩祀不至邦人不寧守土之吏有將舉焉而不克者熙寧七年天章閣待制右諫議大夫濮陽李公來守濟南越明年政修事治邦之耋老相與來告曰此邦之舊有如閔子而不廟食豈不大闕公唯不知苟知之其有不飭公曰噫信其可以緩於是庀工爲祠堂且使春秋修其常事堂成具三獻焉籩豆有列儐相有位百年之廢一日而舉學士大夫觀禮祠下咨嗟涕洟有言者曰惟夫子生於亂世周流齊魯宋衞之間無

所不仕其弟子之高第亦咸仕於諸國宰我仕齊子貢冉有子游仕魯季路仕衞子夏仕魏弟子之仕者亦衆矣然其稱德行者四人獨仲弓嘗爲季氏宰其上三人皆未嘗仕季氏嘗欲以閔子爲費宰閔子辭曰如有復我者則吾必在汶上矣且以夫子之賢猶不以仕爲汙也而三子之不仕獨何歟言未卒有應者曰子獨不見夫適東海者乎望之茫洋不知其邊卽之汗漫不測其深其舟如蔽天之山其帆如浮空之雲然後履風濤而不僨觸蛟蜃而不讋若夫以江河之舟楫而跨東海之灘則亦十里而返百里而溺不足以經萬里之害矣方周之衰禮樂崩弛天下大壞而有欲救之譬如涉海有甚焉者今夫夫子之不顧而仕則其舟楫足恃也諸子之汲汲而志返蓋亦

有陋舟而將試焉則亦隨其力之所及而已矣若夫三子願爲夫子而未能下顧諸子而以爲不足爲也是以止而有待夫子嘗曰世之學柳下惠者未有若魯獨居之男子吾於三子亦云衆曰然退而書之遂刻於石

上高縣學記

古者以學爲政擇其鄉閭之俊而納之膠庠示之以詩書禮樂揉而熟之既成使歸更相告語以及其父子兄弟故三代之間養老饗賓聽訟受成獻馘無不由學習其耳目而和其志氣是以其政不煩其刑不瀆而民之化之也速然考其行事非獨於學然也郊社祖廟山川五祀凡禮樂之事皆所以爲政而教民不犯者也故其稱曰政者君之所以藏身蓋古之君

子正顏色動容貌出詞氣從容禮樂之間未嘗以力加其民民觀而化之以不逆其上其所以藏身之固如此至於後世不然廢禮而任法以鞭朴刀鋸力勝其下有一不順常以身較之民於是始悍然不服而上之人親受其病而古之所以藏身之術亡矣子游爲武城宰以弦歌爲政曰吾聞之夫子君子學道則愛人小人學道則易使也夫使武城之人其君子愛人而不害其小人易使而不違則子游之政豈不綽然有餘裕哉上高筠之小邑介於山林之間民不知學而縣亦無學以詔民縣令李君懷道始至思所以導民乃謀建學宮縣人知其令之將教之也亦相帥出力以繕其事不逾年而學以具奠享有堂講勸有位退習有齋膳浴有舍邑人執經而至者數十百人

於是李君之政不苛而民肅賦役獄訟不諉其府李君喜學之成而樂民之不犯知其爲學之力也求記其事告後以不廢予亦喜李君之爲邑有古之道其所以得於民者非復世俗之吏也故爲書其實且以志上高有學之始元豐五年三月二十日眉山蘇轍記

京西北路轉運使題名記

惟京西於諸路地大且近西舉鞏洛北兼鄭滑南收陳許蔡汝唐鄧申息胡沈浸淫秦楚之交翕引河汴滎阻淮漢出入數千里土廣而民淳鬭訟簡少盜賊希闊外無蠻夷疆埸之虞內無兵屯饋饟之勞爲吏者常閑暇無事然其壤地瘠薄多曠而不耕戶口寡少多惰而不力故租賦之入於他路爲最貧每歲均

南饋北短長相補以給軍吏之奉故轉運使之職於宅路爲最急雖然事止於自治而無外憂財止於自足而無外奉則雖貧而可以爲富雖急而可以爲佚也熙寧之初朝廷始新政令其細布在州縣而其要領轉運使無所不總政新則吏有不知事遽則人有不辦當是時也轉運使奔走於外咨度於內日不遑食由是京西始判而鄭滑幷於畿內自某某若干州爲南自某某若干州爲北南治襄陽北治洛陽殿中丞陳君知儉自始更制而提舉常平既而爲轉運判官復爲副使以領北道始終勞瘁實功最力將刻名於石以貽厥後而顧瞻前人泯焉未紀乃按典籍以求遺放自開寶以來得若干人而君之祖考伯父三人在焉嗚呼盛哉夫若干人者遠矣其詳不可得而

知然其遺風餘澤故老猶有能道之者孟子有言誦其詩讀其書不知其人可乎是以論其世也若夫政之去取地之合離與其人之在是者後世將有考焉是以具載於此熙寧六年十月日記

齊州濼源石橋記

濼水之源發於城之西南山下北流爲堭其淺可揭城之西門跨而爲橋自京師走海上者皆道於其上每歲霖雨南山水潦暴作匯於城下橋不能支輒敗熙寧六年七月不雨明年夏六月乃雨淫潦繼作橋遂大壞知歷城施君辯言於府曰水歲爲橋害請爲石橋以紓其役距城之東十五里有廢河敗堰焉其棄石鐵可取以爲用府用其言以告轉運使得錢二十七萬以具工廩之費取石於山取鐵於府取力於

兵自九月至十一月而橋成民不知焉三跌二門安如丘陵驚流循道不復爲虐方其未成也太守李公日至於城上視其工之良窳與其役之勞佚而勸相之知歷城施君實具其材兵馬都監張君用晦實董其事橋之南五里有大溝焉屬於四澗以殺暴水之怒久廢不治於是疏其堙塞築其缺而完之橋之西二十步有溝焉居民裴氏以石壅之而屋於其上水不得洩則橋受其害亦使去之皆如其舊而止又明年水復至橋遂無患從事蘇轍言曰橋之役雖小也然異時郡縣之役其利與民共者其費得量取於民法令寬簡故其功易成今法嚴於卹民一切仰給於官官不能盡辦郡縣欲有所建其功比舊實難非李公之老於爲政與二君之敏於臨事橋將不就夫橋

之役雖小然其勞且難成於舊則倍不可不記也遂爲之記

光州開元寺重修大殿記

古之循吏因民而施政有餘者損之不足者與之興其所欲而廢其所患苦順其風俗之宜而吾無作焉故文翁治蜀立之學官龔遂治渤海督之耕牛衞颯治桂陽教之嫁娶茨充代颯誨之織屨此四人者非其强民也民之所欲而莫爲之勸眄眄相視不能以自致非得賢長吏以時挈持而振理之使之得其所願以相生養則民至老死不見風俗之備然而蜀之學官施於齊魯之邦則玩渤海之耕牛試於邠郃之野則厭衞之嫁娶茨之織屨行之華夏之國亦未免於非且笑也故爲治者亦觀其俗乘其時使民宜之

蓋無所必爲亦無所必置也弋陽郡居長淮之西地
僻而事少田良而民富朝散大夫彭城曹公受命作
守因俗爲政安而不擾誅其豪强而佑其善良民化
服之始至訪其士民問其所欲爲咸曰吾郡既庶且
富所不足者非財也而浮屠老子之宮室貌象庳陋
廢圮民不信嚮父兄竊議以不若四鄰爲愧而莫或
先也公曰是無難也民所不欲吾不敢爲苟誠欲之
不成非患也乃召其徒而語之故民勸其令相帥從
事不三年而有成天慶道士治三清北極聖祖諸殿
清淨嚴肅朝謁有所而開元僧明偕新其大殿趨功
勤力先告工具棟楹峻峙瓦甓緻密爲佛菩薩衆像
尊嚴盛麗儼若在世士女和會耋孺咸喜稽首祈福
如慰如慕蓋殿始作於至道丙申而復新於元豐癸

亥中間寂寥八十八年然後民獲就其志嗚呼循吏之疎闊而政之難成其久如此明偕知民之悅故以告於公請記其事而刻諸石公以書來屬余余考之循吏傳以爲當書故記之不辭五月初五日記

筠州聖壽院法堂記

高安郡本豫章之屬邑居溪山之間四方舟車之所不由水有蛟蜃野有虎豹其人稼穡漁獵其利粳稻竹箭楩柟茶楮民富而無事然以其嶮且遠也士之行乎當時者不至於其閒元豐三年余以罪遷焉既至幸其風氣之和飲食之良飽食而安居忽焉不知嶮遠之爲患然以有罪故法不得釋官而遊閒獨取郡之圖書考其風俗人物之舊然後信其宜爲余之居也昔東晉太寧之間道士許遜與其徒十有二人

散居山中能以術救民疾苦民尊而化之至今道士比宅州爲多至於婦人孺子亦喜爲道士服唐儀鳳中六祖以佛法化嶺南再傳而馬祖興於江西於是洞山有价黄蘗有運真如有愚九峯有虔五峯有觀高安雖小邦而五道場在焉則諸方遊談之僧接迹於其地至於以禪名精舍者二十有四此二者皆他方之所無予乃以罪故得兼而有之余既少而多病壯而多難行年四十有二而視聽衰耗志氣消竭夫多病則與學道者宜多難則與學禪者宜既與其徒出入相從於是吐故納新引挽屈伸而病以少安照了諸妄還復本性而憂以自去洒然不知網罟之在前與桎梏之在身孰知夫嶮遠之不爲予安而流徙之不爲予幸也哉然郡之諸山近者數十里遠者數

百里皆非余所得往獨聖壽者近在城東南隅每事之閒輒往遊焉其僧省聰本緜竹人少治講說晚得法於浙西本禪師聽其言亹亹不勌郡人有吳智訥者治生有餘輒盡之於佛旣爲僧堂之後室又爲聰治其法堂皆極壯麗凡材甓金漆皆具於智訥堂成聰以余遊之亟也求余爲記余亦喜聰之能以其法助余也遂爲記其略四年六月十七日

廬山棲賢寺新修僧堂記

元豐三年余得罪遷高安夏六月過廬山知其勝而不敢留留二日涉其山之陽入棲賢谷谷中多大石岌嶪相倚水行石閒其聲如雷霆如千乘車行者震掉不能自持雖三峽之嶮不過也故其橋曰三峽渡橋而東依山循水水平如白練橫觸巨石匯爲大車

輪流轉洶湧窮水之變院據其上流右倚石壁左俯
流水石壁之趾僧堂在焉狂峯怪石翔舞於簷上杉
松竹箭橫生倒植葱蒨相糾每大風雨至堂中之人
疑將壓焉問之習廬山者曰雖玆山之勝棲賢蓋以
一二數矣明年長老智遷使其徒惠遷謁余於高安
曰吾僧堂自始建至今六十年矣瓦敗木朽無以待
四方之客惠遷能以其勤力新之完壯邃密非復其
舊願爲文以志之余聞之求道者非有飲食衣服居
處之求然使其飲食得充衣服得完居處得安於以
求道而無外擾則其爲道也輕此古之達者所以必
因山林築室廬蓄蔬米以待四方之遊者而二遷之
所以賓力而不懈也夫士居於塵垢之中紛紜之變
日遘於前而中心未始一日忘道況乎深山之崖野

水之垠有堂以居有食以飽是非榮辱不接於心耳
而忽焉不省也哉孔子曰朝聞道夕死可矣今夫騁
騖乎俗學而不聞大道雖勤勞沒齒余知其無以死
也苟一日聞道雖即死無餘事矣故余因二遷之意
而以告其來者夫豈無人乎哉四年五月初九日眉
陽蘇轍記

杭州龍井院訥齋記 有詞

錢塘有大法師曰辯才初住上天竺山以天台法化
吳越吳越人歸之如佛出世事之如養父母金帛之
施不求而至居天竺十四年有利其富者迫而逐之
師忻然捨去不以爲恨吳越之人涕泣而從之者如
歸市天竺之衆分散四去事聞於朝明年俾復其舊
師黽俛而還如不得已吳越之人爭出其力以成就

廢缺衆復大集無幾何師告其衆曰吾雖未嘗爭也不幸而立於爭地久居而不去使人以已是非彼非沙門也天竺之南山山深而木茂泉甘而石峻汝舍我我將老於是言已策杖而往以茅竹自覆聲動吳越人復致其所有鑱崄堙圮築室而奉之不期年而荒榛巖石之間臺觀飛湧丹堊炳煥如天帝釋宮師自是謝事不復出入高郵秦觀太虛名其所居曰訥齋道潛師參寥屬予爲記予聞之師始以法教人叩之必鳴如千石鐘來不失時如滄海潮故人以辯名之及其退居此山閉門燕坐寂嘿終日葉落根榮如冬枯木風止波定如古澗水故人以訥名之雖然此非師之大全也彼其全者不大不小不長不短不垢不淨不辯不訥而又何以名之雖然樂其出而高其

退喜其辯而貴其訥此衆人意也則其以名齋也亦宜系之以詞曰

以辯見我　既非見我　以訥見我　亦幾於妄

有叩而應　時止而止　非辯非訥　如如不動

諸佛既然　我亦如是

欒城集卷第二十三

欒城集卷第二十四

記九首

東軒記

余既以罪謫監筠州鹽酒稅未至大雨筠水泛溢蔑南市登北岸敗刺史府門鹽酒稅治舍俯江之濱水患尤甚既至敝不可處乃告於郡假部使者府以居郡憐其無歸也許之歲十二月乃克支其欹斜補其圮缺闢聽事堂之東爲軒種杉二本竹百箇以爲宴休之所然鹽酒稅舊以三吏共事余至其二人者適皆罷去事委于一晝則坐市區鬻鹽沽酒稅豚魚與市人爭尋尺以自効莫歸筋力疲廢輒昏然就睡不知夜之既旦旦則復出營職終不能安於所謂東軒者每旦莫出入其旁顧之未嘗不啞然自笑也余昔

少年讀書竊嘗怪顏子以簞食瓢飲居於陋巷人不堪其憂顏子不改其樂私以爲雖不欲仕然抱關擊柝尚可自養而不害於學何至困辱貧窶自苦如此及來筠州勤勞鹽米之間無一日之休雖欲棄塵垢解羈縶自放於道德之場而事每劫而留之然後知顏子之所以甘心貧賤不肯求斗升之祿以自給者良以其害於學故也嗟夫士方其未聞大道沉酣勢利以玉帛子女自厚自以爲樂矣及其循理以求道落其華而收其實從容自得不知夫天地之爲大與生死之爲變而況其下者乎故其樂也足以易窮餓而不怨雖南面之王不能加之蓋非有德不能任也余方區區欲磨洗濁汙睎聖賢之萬一自視缺然而欲庶幾顏氏之樂宜其不可得哉若夫孔子周行天

下高爲魯司寇下爲乘田委吏惟其所遇無所不可彼蓋達者之事而非學者之所望也余旣以讁來此雖知桎梏之害而勢不得去獨幸歲月之久世或哀而憐之使得歸休田里治先人之敝廬爲環堵之室而居之然後追求顏氏之樂懷思東軒優游以忘其老然而非所敢望也元豐三年十二月初八日眉山蘇轍記

武昌九曲亭記

子瞻遷於齊安廬於江上齊安無名山而江之南武昌諸山陂陁蔓延澗谷深密中有浮圖精舍西曰西山東曰寒谿依山臨壑隱蔽松櫪蕭然絕俗車馬之迹不至每風止日出江水伏息子瞻杖策載酒乘漁舟亂流而南山中有二三子好客而喜游聞子瞻至

幅巾迎笑相攜徜徉而上窮山之深力極而息掃葉席草酌酒相勞意適忘反往往留宿於山上以此居齊安三年不知其久也然將適西山行於松柏之間羊腸九曲而獲少平遊者至此必息倚怪石蔭茂木俯視大江仰瞻陵阜旁矚溪谷風雲變化林麓向背皆效於左右有廢亭焉其遺址甚狹不足以席衆客其旁古木數十其大皆百圍千尺不可加以斤斧子瞻每至其下輒睥睨終日一旦大風雷雨拔去其一斥其所據亭得以廣子瞻與客入山視之笑曰茲欲以成吾亭耶遂相與營之亭成而西山之勝始具子瞻於是最樂昔余少年從子瞻遊有山可登有水可浮子瞻未始不褰裳先之有不得至爲之悵然移日至其翩然獨往逍遙泉石之上擷林卉拾澗實酌水

而飲之見者以爲仙也蓋天下之樂無窮而以適意爲悅方其得意萬物無以易之及其既厭未有不洒然自笑者也譬之飲食雜陳於前要之一飽而同委於臭腐夫孰知得失之所在惟其無愧於中無責於外而姑寓焉此子瞻之所以有樂於是也

王氏清虛堂記

王君定國爲堂於其居室之西前有山石瓌奇琬琰之觀後有竹林陰森冰雪之植中置圖史百物而名之曰清虛日與其遊賢士大夫相從於其間嘯歌吟詠舉酒相屬油然不知日之既夕凡遊於其堂者蕭然如入於山林高僧逸人之居而忘其京都塵土之鄉也或曰此其所以爲清虛者耶客曰不然凡物自其濁者視之則清者爲清自其實者視之則虛者爲

虛故清者以濁爲汙而虛者以實爲礙然而皆非物之正也蓋物無不清亦無不虛者雖泥塗之渾而至清存焉雖山石之堅而至虛存焉夫惟清濁一觀而虛實同體然後與物無匹而至淸且虛者出矣今夫王君生於世族棄其綺紈膏粱之習而跌蕩於圖書翰墨之囿沉酣縱恣洒然與衆殊好至於鍾王虞褚顏張之逸迹顧陸吳盧王韓之遺墨雜然前陳贖之傾囊而不厭慨乎思見其人而不得則既與世俗遠矣然及其年日益壯學日益篤經涉世故出入患禍顧疇昔之好知其未離乎累也乃始發其箱篋出其玩好投以與人而不惜將曠焉黜去外累而獨求諸內意其有眞清虛者在焉而未之見也王君浮沉京師多世外之交而又娶於梁張公氏張公超達遠騖

體乎至道而順乎流俗君嘗試以吾言問之其必有得於是矣熙寧十年正月八日記

吳氏浩然堂記

新喻吳君志學而工詩家有山林之樂隱居不仕名其堂曰浩然曰孟子吾師也其稱曰我善養吾浩然之氣吾竊喜焉而不知其說請爲我言其故余應之曰子居於江亦嘗觀於江乎秋雨時至溝澮盈滿衆水既發合而爲一汪濊淫溢充塞坑谷然後滂洋東流蔑洲渚乘邱陵肆行而前遇木而木折觸石而石隕浩然物莫能支子嘗試考之彼何以若此浩然也哉今夫水無求於深無意於行得高而渟得下而流忘己而因物不爲易勇不爲嶮怯故其發也浩然放乎四海古之君子平居以養其心足乎內無待乎外

其中潢漾與天地相終始止則物莫之測行則物莫之禦富貴不能淫貧賤不能憂行乎夷狄患難而不屈臨乎死生得失而不懼蓋亦未有不浩然者也故曰其爲氣也至大至剛以直養而無害則塞乎天地今余將登子之堂舉酒相屬擊槁木而歌徜徉乎萬物之外子信以爲能浩然矣乎元豐四年七月九日眉山蘇轍記

黄州快哉亭記

江出西陵始得平地其流奔放肆大南合沅湘北合漢沔其勢益張至於赤壁之下波流浸灌與海相若清河張君夢得謫居齊安卽其廬之西南爲亭以覽觀江流之勝而余兄子瞻名之曰快哉蓋亭之所見南北百里東西一舍濤瀾洶湧風雲開闔晝則舟楫

出沒於其前夜則魚龍悲嘯於其下變化倏忽動心
駭目不可久視今乃得翫之几席之上舉目而足西
望武昌諸山岡陵起伏草木行列煙消日出漁夫樵
父之舍皆可指數此其所以爲快哉者也至於長州
之濱故城之墟曹孟德孫仲謀之所睥睨周瑜陸遜
之所騁騖其流風遺迹亦足以稱快世俗昔楚襄王
從宋玉景差於蘭臺之宮有風颯然至者王披襟當
之曰快哉此風寡人所與庶人共者耶宋玉曰此獨
大王之雄風耳庶人安得共之玉之言蓋有諷焉夫
風無雌雄之異而人有遇不遇之變楚王之所以爲
樂與庶人之所以爲憂此則人之變也而風何與焉
士生於世使其中不自得將何往而非病使其中坦
然不以物傷性將何適而非快今張君不以謫爲患

竊會計之餘功而自放山水之間此其中宜有以過人者將蓬戶甕牖無所不快而況乎濯長江之清流揖西山之白雲窮耳目之勝以自適也哉不然連山絕壑長林古木振之以清風照之以明月此皆騷人思士之所以悲傷憔悴而不能勝者烏覩其爲快也哉元豐六年十一月朔日趙郡蘇轍記

黃州師中庵記

師中姓任氏諱伋世家眉山吾先君子之友人也故余知其爲人嘗通守齊安去而其人思之不忘故齊安之人知其爲吏師中平生好讀書通達大義而不治章句性任俠喜事故其爲吏通而不流猛而不暴所至吏民畏而安之不能欺也始爲新息令知其民之愛之買田而居新息之人亦曰此吾故君也相與

事之不替及來齊安常遊於定惠院既去郡人名其亭曰任公其後余兄子瞻以讁遷齊安人知其與師中善也復於任公亭之西爲師中庵曰師中必來訪子將館於是明年三月師中沒於遂州郡人聞之相與哭於定惠者凡百餘人飯僧於亭而祭師中於庵蓋師中之去於是十餘年矣夫吏之於民有取而無予有罰而無恩去而民忘之不知所怨蓋已爲善吏矣而師中獨能使民思之於十年之後哭之皆失聲此豈徒然者哉朱仲卿爲桐鄉嗇夫有德於其民死而告其子必葬我桐鄉後世子孫奉嘗我不如桐鄉民既而桐鄉祠之不絕今師中生而家於新息沒而齊安之人爲亭與庵以待之使死而有知師中其將往來於新息齊安之閒乎余不得而知也元豐四年

十二月日眉山蘇轍記

南康直節堂記

南康太守聽事之東有堂曰直節朝請大夫徐君望聖之所作也庭有八杉長短鉅細若一直如引繩高三尋而後枝葉附之岌然如揭太常之旗如建承露之莖凜然如公卿大夫高冠長劍立於王庭有不可犯之色堂始爲軍六曹吏所居杉之陰府史之所蹲伏而簿書之所填委莫知貴也君見而憐之作堂而以直節命焉夫物之生未有不直者也不幸而風雨撓之巖石軋之然後委曲隨物不能自保雖竹箭之良松柏之堅皆不免於此惟杉能遂其性不扶而直其生能傲冰雪而死能利棟宇者與竹柏同而以直過之求之於人蓋所謂不待文王而興者耶徐君溫

炅汎愛所居以循吏稱不爲皦察之政而行不失於
直觀其所說而其爲人可得也詩曰惟其有之是以
似之堂成君以客飲於堂上客醉而歌曰吾欲爲曲
爲曲必屈曲可爲乎吾欲爲直爲直必折直可爲乎
有如此杉特立不倚散柯布葉安而不危乎淸風吹
衣飛雪滿庭顏色不變君來燕嬉乎封植灌漑剪伐
不至杉不自知而人是依乎盧山之民升堂見杉懷
思其人其無已乎歌闋而罷元豐八年正月十四日
眉山蘇轍記

洛陽李氏園池詩記

洛陽古帝都其人習於漢唐衣冠之遺俗居家治園
池築臺榭植草木以爲歲時遊觀之好其山川風氣
淸明盛麗居之可樂平川廣衍東西數百里嵩高少

室天壇王屋岡巒靡迤四顧可挹伊洛瀍澗流出平地故其山林之勝泉流之潔雖其閭閻之人與其公侯共之一畝之宮上矚青山下聽流水奇花脩竹布列左右而其貴家巨室園囿亭觀之盛實甲天下若夫李侯之園洛陽之所以一二數者也李氏家世名將大父濟州於太祖皇帝爲布衣之舊方用兵河東百戰百勝烈考寧州事章聖皇帝守雄州十有四年繕守備撫士卒精於用間其功烈尤奇李侯以將家子結髮從仕歷踐父祖舊職勤勞愼密老而不懈實能世其家既得謝居洛陽引水植竹求山谷之樂士大夫之在洛陽者皆喜從之遊蓋非獨爲其園也凡將以講聞濟寧之餘烈而究觀祖宗用兵任將之遺意其方略遠矣故自朝之公卿皆因其園而贈之以

詩凡若干篇仰以嘉其先人而俯以善其子孫則雖洛陽之多大家世族蓋未易以園囿相高也熙寧甲寅李侯之年既八十有二矣而視聽不衰筋力益强日增治其園而往遊焉將列詩於石其子遵度官於濟南實從予遊以侯命求文以記予不得辭遂爲之書熙寧七年十一月十七日記

太子少保趙公詩石記

高安太守朝請大夫毛公與資政殿大學士太子少保趙公里人也公始以老歸故鄉大夫適方家居與公出入相從爲山林之遊朝夕無間公好爲詩而大夫以詩自名遇其得意輒以詩相屬元豐三年大夫來守高安簿書期會非其意也間與客語有歸歟之歎曰要當從公於松石之間逍遥以忘吾老時又出

公之詩以夸其坐人公詩清新律切筆迹勁麗蕭然
如其爲人蓋老而益精不見衰憊之氣卒然觀之不
知其既老之爲也轍昔少年始見公於成都中見公
於京師其容睟然以温其氣肅然以清十年之閒富
貴煒燁談笑於廊廟而其所以爲公者湛然無毫髮
之異自不見公今又十餘年閒而聞之公之鄉人見
之公之詩書其風力骨格有加而無損亦與始見無
異然後知公之所以過人者遠甚蓋人必有不可變
者然皆汨沒於塵垢與物流轉而不返於是索然茫
然與髮皆白與齒皆落忽然失之而不自知也若夫
公之不可變者轍亦安足識之蓋亦見其見於外者
而已大夫將刻公詩於石而屬轍爲記

欒城集卷第二十四

欒城集卷第二十五

墓表銘四首

伯父墓表

蘇氏自唐始家于眉閱五季皆不出仕蓋非獨蘇氏也凡眉之士大夫修身于家爲政于鄉皆莫肯仕者天禧中孫君堪始以進士舉未顯而亡士猶安其故莫利進取公於是時獨勤奮問學旣冠中進士乙科及其爲吏能據法以左右民所至號稱循良一鄉之人欣而慕之學者自是相繼輩出至于今仕者常數十百人處者常千數百人皆以公爲稱首公諱渙始字公羣晚字文父曾大父諱祜妣李氏大父諱杲妣宋氏考諱序以公登朝授大理評事累贈尚書職方員外郎妣史氏追封仙游蓬萊縣太君公少穎悟職

方君自總以家事使公得篤志于學其勤至手書司
馬氏史記班氏漢書公雖少年而所與交遊皆一時
長老文詞與之相上下天聖元年始就鄉試通判州
事蔣公堂就閱所爲文嘆其工曰子第一人矣公曰
有父兄在楊異宋輔與吾遊不願先之蔣公益以此
賢公曰以子爲第三人以成子美名明年登科鄉人
皆喜之迓者百里不絕爲鳳翔寶雞主簿以能選開
寶監未幾移鳳州司法王蒙正爲鳳州以章獻太后
姻家怙勢驕橫知公之賢屈意禮之以郡委公公雖
以職事之而鄙其爲人蒙正嘗薦公于朝復以書抵
要官論公可用公喻郡邸吏屏其奏而藏其私書未
幾蒙正敗士以此多公罷爲永康錄事參軍歲饑掌
發廩粟民稱其均以太夫人憂去官起爲開封士曹

雍丘民有獄死者縣畏罪以疾苦告府遣吏治之閱數人不能究及公往遂直其寃夏人犯邊府當市民馬以益騎士尹以諉公馬盡得而民不擾以薦知鄢陵始至散鹽鹽吏不敢爲姦遂得其民歲大荒賊盜蜂起剽略父老驚怖相率請公自救公慰諭遣之而陰督吏士數日盡獲有兄殺弟而取其衣者弟偶不死與父皆訴之捕得公閱其窮而爲姦問之曰汝殺而弟知其不死而捨之者何兄喻公意曰弟死復生適有見者不敢再也由此得不死父子皆感泣及公去負任從之數千里通判閬州州苦衙前法壞爭者日至公爲立規約訟遂止雖爲政極寬而用法必當吏民畏而安之閬人鮮于侁少而好學篤行公禮之甚厚以備鄉舉侁以獲仕進其始爲吏公復以循吏

許之侁仕至諫議大夫號爲名臣職方君自眉視公
治喜其能留數月而歸會金洋兵亂閬人恟懼時方
闕守公領州事陰爲之備而時率寮吏登城縱酒民
遂以安亂兵適亦敗散不及境還朝監裁造務未幾
而職方君沒葬逾月芝生于墓木鄉人異焉服除選
知祥符祥符多富貴家公均其繇賦而平其爭訟民
便安之鄉書手張宗久爲姦利畏公託疾滿百日去
而引其子爲代公曰書手法用三等人汝等第二不
可宗素事權貴訴于府府爲符縣公杖之已而中貴
人至府傳上旨以宗爲書手公據法不奉詔復一中
貴人至曰必於法外與之公謂尹李絢曰一匹夫能
亂法如此府亦不可爲矣公何不以縣不可故爭之
絢愧公言明日入言之上曰此非吾意誰爲祥符令

者絢以公對上稱善命內侍省推之蓋宗以賂請于溫成之族不復窮治杖矯命者逐之一府皆震包孝肅公拯見公嘆曰君以一縣令能此賢於言事官遠矣公嘗出見一婦人敝衣負木顧曰此蘇士曹也公怪使人問之曰嘻我廖戶曹女流落爲人婢因泣下公惻然訪其主以錢贖之迎置縣空屋中擇婦人謹厚者視之廖君昔與公同爲府中掾公帥寮舊嫁之罷知衡州耒陽民爲盜所殺而盜不獲尉執一人指爲盜公察而疑之問尉所從得曰弓手見血衣草中呼其儕視之得其居人以獻公曰弓手見血衣當自取之以爲功尚何視佗人必此爲姦訊之而伏佗日果得眞盜衡人以公爲神還知漣水軍未行會樞密副使孫公抃薦公擢提點利州路刑獄嘗行部至閬

中民觀者如堵牆其童子皆相率環公揮之不去公謂之曰吾去此二十年矣爾何自識予皆對曰聞父祖道公爲政家有公像祝公復來故爾公笑曰何至是公至逾年劾城固縣令一人妄殺人者一道震恐遂以無事嘉祐七年八月乙亥無疾暴卒吏民哭者皆失聲閬人聞之罷市相率爲佛事市中以報享年六十有二官都官郎中階朝奉郎勳上輕車都尉後以二子登朝累贈大中大夫夫人楊氏累封玉城同安縣君公没之明年六月庚辰卒治平二年二月戊申合葬于眉山永壽鄉高遷里生子三人不欺太子中舍監成都粮料不疑承議郎通判嘉州公既没相繼而亡季曰不危家居不求祿仕女四人長適進士楊薦次適進士王東美次適遂州節度推官任更季

適宣德郎柳子文孫男十二人千乘千運千之千能
千里千秋千經千傑千壽千億時暉女子十人曾孫
男女十二人公忠信孝友恭儉正直出於天性好讀
書老而不衰平居不治產業既沒無以葬會爲詩得
千餘篇題其編曰南麓退翁雜文書啓章奏若干卷
記平生所涖歲月爵士一卷曰蘇氏懷章記其爲吏
長於律令而以仁愛爲主故所至必治一時稱爲吏
師公沒二十七年不危狀公遺事以授公之從子轍
曰先君既沒而二兄不淑惟小子僅存不時記錄久
益散滅則不孝大矣轍生九年始識公于鄉其後見
公于杞聞公之言記公之遺烈僅識其一二謹拜手
稽首書于墓之碑曰轍幼與兄軾皆侍伯父聞其言
曰予少而讀書師不煩少長爲文日有程不中程不

止出遊於塗行中規矩入居室無惰容非獨吾爾也
凡與吾遊者舉然不然輒爲鄉所擯曰是何名爲儒
故當是時學者雖寡而不聞有過行自吾之東今將
三十年歸視吾里弦歌之聲相聞儒服者於它州爲
多嗇矣爾曹才不逮人姑亦師吾之寡過焉可也皆
再拜曰謹受教及長觀公行事循循若無所爲動以
律令爲師而見義輒發未嘗處人後政事審可爲者
力爲之不疑鄭子產有言政如農功日夜思之行無
越思如農之有畔公爲政近之故其所至必有功其
去必見思自諸父沒後生不聞老成之言無所師法
而流於俗轍懼子弟之日怠也故記其所聞以警焉
元祐三年歲次戊辰十二月朔日癸酉從子朝奉郎
試尚書戶部侍郎上騎都尉賜紫金魚袋轍表

珍倣宋版印

歐陽文忠公夫人薛氏墓誌銘

歐陽文忠公夫人薛氏資政殿學士尚書戶部侍郎簡肅公諱奎之女也簡肅公事眞宗朝所至以才名稱晚事仁宗爲參知政事章獻太后臨朝公剛毅守節事不苟隨朝廷賴之天下至今稱焉文忠公以文章名當世其風節尤峻蚤歲以言事不合流落于外仁宗亮其忠晚用之亦參知政事仁宗英宗之際其所以綏靖朝廷者與丞相忠獻韓公相爲表裏蓋二公之功名士大夫舉知之夫人簡肅公之第四女母曰金城太夫人亦賢婦人也夫人高明清正而敏於事有父母之風及歸于歐陽氏治其家事文忠所以得盡力于朝而不恤其私者夫人之力也而世莫知之初簡肅見文忠公願以夫人歸焉未及而薨及文

忠公貶夷陵令金城以簡肅之志嫁夫人于許州不數日從公南遷姑韓國太夫人性剛嚴好禮夫人生于富貴方年二十從公涉江湖行萬里居小邑安于窮陋未嘗有不足之色事韓國時其起居飲食寒溫節度未嘗少失其意雖寒鄉小家女有不能也夫人幼隨金城朝於禁中面賜冠帔及文忠爲樞密副使夫人入謝慈聖光獻太后一見識之曰夫人薛家女邪夫人進對明辯自是每入輒被顧問遇事陰有所補嘗待班於廊下內臣有乘間語及時事者意欲達之文忠夫人正色拒之曰此朝廷事婦人何預焉且公未嘗以國事語妻子也文忠既歸老潁上慈聖嘗幸集禧過其舊廬使人訪問夫人其後姻家有入禁中者慈聖猶使傳旨問勞文忠既薨夫人不御珠翠

羅紈服布素者十七年文忠平生不事家產事決於
夫人率皆有法從文忠起艱難歷侍從登二府旣薨
盛衰之變備矣而其出入豐約皆有常度以韓國治
家之法戒其諸婦以文忠行己大節厲其諸子而不
責以富貴平居造次必以禮辭氣容止雖温而莊未
嘗疾言厲色而整衣冠正顏色雖寒暑疾病不改其
度將終疾革言語如平日見諸子號泣曰吾年至此
死其常也此爾等憂豈復預吾事邪其天性安於禮
法恬於禍福如此享年七十有三元祐四年八月戊
午終于京師十一月甲申祔於文忠之塋夫人始以
文忠貴封壽安縣君八遷爲仁壽郡夫人復以其子
三遷封安康郡太夫人子男八人發故承議郎少府
監丞弈故光祿寺丞監陳州粮料院棐朝散郎尚書

職方員外郎充集賢校理辯宣德郎監宣州河北酒
稅其四人皆未名而卒女三人皆未及嫁而卒孫男
六人愻陝州司戶參軍憲新授滑州韋城縣主簿恕
雄州防禦推官監西京左藏庫愬愿懋並假承務郎
孫女七人長適權忠武軍節度判官蘇京次適承事
郎元着弼次適許州長社縣主簿范祖朴次適承奉
郎王徽次適承務郎王景文次許嫁承務郎蘇迨次
尚幼適范王氏三人皆早卒曾孫二人廷世奉世若
薛氏歐陽氏世家既具於簡肅文忠之誌轍少獲知
於文忠公出入門下與其諸子游知夫人平生爲詳
而子棐復以狀求銘銘曰
簡肅之肅夫人實承之文忠之忠夫人實成之既成
其夫亦遺其子白髮素襦動不忘禮貧富之交生死

之間有以壯夫而莫克安夫人居之不懾不疑問誰使然篤肅之遺有立於朝文忠子孫豈獨文忠夫人與存

全禪師塔銘

黃蘗斷際禪師之後十有九世曰道全禪師洛陽王氏子也生而不食熏血父母異之使事其舅廣愛演師十有九年而得度二十年而受具游彭城歷壽春受華嚴清涼說於誠法師朝授師說夕能爲其徒講彭城有隱士董君識師非凡人也勸遊南方問無上道師乃棄其舊學渡江而南始從甘露禪師茫無所見復從棲賢秀禪師秀勇於誨人示以道機迷悶不能入深自悔咎至啗惡食飲惡水以自礪凡七年道不見舍秀遊高安事洞山文禪師五年而悟告文曰

吾一槌打透無底藏一切珍寶皆吾有也文喜曰汝
得之矣自是言語偈頌發如湧泉不學而得高安太
守請師住石臺清涼已而徙居黄蘗師爲人直而淳
信不飾外事元豐三年眉山蘇轍以罪謫高安師一
見曰君靜而惠可以學道轍以事不能入山師每來
見輒語終日不去六年師得疾甚苦從醫於市見我
語不離道曰吾病宿業也殆不復起矣君無忘道異
時見我無相忘也既而病良愈還居山中七年轍蒙
恩移績溪令十一月將西行意師必來别我師遂以
病不出十二月乙丑升堂與其衆訣歸而趺坐欲化
衆强之卧遂卧不動不復飲食明日丙寅而寂體煖
香輭凡十五日而荼毗得舍利光潔無數享年四十
九臘三十明年三月十三日其徒葬之斷際塔之右

其友人聰禪師與其徒思聰皆以書來續溪曰師逝矣君知之者以舍利爲信請爲銘其塔而刻諸石爲之銘曰

偉哉菩提心一切皆具足云何有不見迷悶至狂惑譬如衣中珠一見不復失假令墮塗泥以至大火坑珠性常湛然不應作異想全師大乘師晚悟最上乘身病心不病身滅心不滅西域師子師中國惠可師皆不免厄死而況其餘人疾病不能入刀兵不能攻非彼有不能乃我未嘗受我今爲師說智者不當疑

閑禪師碑

閑禪師者臨濟玄公九世法孫而黃龍南老嫡嗣也南老以道化江西其徒常數百人而師爲高第南每嘆曰祖師之道不墜於地必斯人是賴南雖在世而

學者歸之已如雲矣南既寂一時尊宿無有居其右者熙寧年廬陵太守張公鑑請居隆慶未朞年鍾陵太守王公韶請居龍泉不逾年以病求去廬陵人聞其捨龍泉也舟載而歸居隆慶之西堂事之愈篤居二年元豐四年三月十三日浴訖趺坐以偈告衆以將入滅遂泊然而化既化神色不變鬚髮鬍而復出廬陵守與其人來觀者如堵皆願留事真相長老利儼稟師遺言闍維之薪盡火滅全身不散以油沃薪益之乃化是日雲起風作飛瓦折木煙氣所至東西南北四十里凡草木沙礫之間皆得舍利如金色碎之如金沙居士長者購以金錢細民拾而鬻之數日不絕計其所獲幾至數斛師法名慶閑福州古田卓氏子也母夢胡僧授以明珠得而吞之覺而有孕及

生白光照室幼不近酒肉年十一事建州昇山資慶長老德圓十七削髮受具二十辭師遠遊及其終也年五十三臘三十六余未嘗識師元豐七年過廬山開先見瑛禪師言及師事且曰瑛少嘗問道於閑師願爲文刻石傳示久遠余許之明年遣其徒請於績溪余有眚知識本出於南老將問之益信而作五月辛亥得疾寒熱癸丑益甚余正臥念曰四大本空五蘊非有今我此疾何自而至少頃卽睡夢有告者曰如閑師復何疑耶疑卽病矣余聞之矍然卽於夢中作數百言詞甚雋偉覺而忘之病亦稍愈乃爲之碑而系之以偈曰

一切諸如來惟於一性通具足大神力或坐微塵裏而轉大法輪或於一毛端普見寶王刹或於見在土

遍見一切土彼此無壞相或於見在土直上忉刹宮
人天相還往而無有難相或令土石沙皆化爲黃金
一切皆得取或令江河海皆化爲酥酪一切皆得食
或近取一劫而演爲十劫或遠取百劫而促爲一劫
一切無礙法河沙不可擬閑師得正眼久爲僧中王
及其滅度時廣作諸法事顏色不動搖爪髮日滋長
薪盡火亦滅凝然不解散益薪助以油爾乃就變滅
是時人天哀大風吹陰雲發瓦折大木煙氣所及處
皆得大舍利圓明如寶珠精色如真金其數千萬億
是事大希有聞者以爲疑我昔忝聞道亦不免斯惑
病中夢訶者閑師事何疑有疑即是病不當作是見
夢中悔謝客口作數百言曾不以意作已覺不能記
稽首三界尊閑師不止此憫世狹劣故聊示其小者

復以告瑛師刻石示學人

傳二首

孟德傳 附子瞻語

孟德者神勇之退卒也少而好山林既爲兵不獲如志嘉祐中戍秦州秦中多名山德出其妻以其子與人而逃至華山下以其衣易一刀十餅攜以入山自念吾禁軍也今至此擒亦死無食亦死遇虎狼毒蛇亦死此三死者吾不復卹矣惟山之深者往焉食其餅既盡取草根木實食之一日十病十愈吐利脹懣無所不至既數月安之如食五穀以此入山二年而不飢然遇猛獸者數矣亦輒不死德之言曰凡猛獸類能識人氣未至百步輒伏而號其聲震山谷德以不顧死未嘗爲動須臾奮躍如將搏焉不至十數步

則止而坐逡巡弭耳而去試之前後如一後至商州
不知其商州也爲候者所執德自分死矣知商州宋
孝孫謂之曰吾視汝非惡人也類有道者德具道本
末乃使爲自告者置之秦州張公安道適知秦州德
稱病得除兵籍爲民至今往來諸山中亦無宅異能
夫孟德可謂有道者也世之君子皆有所顧故有所
慕有所畏慕與畏交於胸中未必用也而其色見於
面顏人望而知之故弱者見侮强者見笑未有特立
於世者也今孟德其中無所顧其浩然之氣發越於
外不自見而物見之矣推此道也雖列於天地可也
曾何猛獸之足道哉
子由書孟德事見寄余既聞而異之以爲虎畏不
懼己者其理似可信然世未有見虎而不懼者則

斯言之有無終無所試之然曩余聞忠萬雲安多
虎有婦人置二小兒沙上而浣衣於水上者有虎
自山上馳下婦人倉惶沉水避之二小兒戲沙上
自若虎熟視久之至以首觝觸庶幾其一懼而兒
癡竟不知怪意虎之食人必先被之以威而不懼
之人威無所施歟世言虎不食醉人必坐守之以
竢其醒非竢其醒竢其懼也有人夜自外歸見有
物蹲其門以爲猪狗類也以杖擊之卽逸去至山
下月明處則虎也是人非有以勝虎其氣已蓋之
矣使人之不懼皆如嬰兒醉人與其末及知之時
則虎不敢食無足怪者故書其末以信子由之說
子瞻題

丐者趙生傳

高安丐者趙生敝衣蓬髮未嘗沐洗好飲酒醉輒毆詈其市人雖有好事時召與語生亦慢罵斥其過惡故高安之人皆謂之狂人不敢近也然其與人遇雖未嘗識皆能道其宿疾與其平生善惡以此或曰此非有道者耶元豐三年予謫居高安時見之於途亦畏其狂不敢問是歲歲莫生來見予予詰之曰生未嘗求人今謁我何也生曰吾意欲見君耳既而曰吾知君好道而不得要陽不降陰不升故肉多而浮面赤而瘡吾將教君挽水以溉百骸經旬諸疾可去經歲不怠雖度世可也予用其說信然惟怠不能久故不能究其妙生嘗告予吾將與君夜宿于此予許之既而不至問其故曰吾將與君遊於他所度君不能無驚驚或傷神故不敢予曰生游何至曰吾常至太

山下所見與世說地獄同君若見此歸當不願仕矣
予曰何故生曰彼多僧與官吏僧逾分吏暴物故耳
予曰生能至彼彼人亦知相敬耶生曰不然吾則見
彼彼不吾見也因歎曰此亦邪術非正道也君能自
養使氣與性俱全則出入之際將不學而能然後爲
正也予曰養氣請從生說爲之至於養性奈何生不
答一日遽問曰君亦嘗夢乎予曰然亦嘗夢先公乎
予曰然方其夢也亦有存沒憂樂之知乎予曰是不
可常也生笑曰嘗問我養性今有夢覺之異則性不
全矣予矍然異其言自此知生非特挾術亦知道者
也生兩目皆翳視物不明然時能脫翳見瞳子碧色
自臍以上骨如龜殼自心以下骨如鋒刃兩骨相值
其閒不合如指嘗自言生於甲寅今一百二十七年

矣家本代州名吉事五臺僧不能終棄之游四方少
年無行所爲多不法與楊州蔣君俱學蔣惡之以藥
毒其目遂翳然生亦非蔣不循理槁死無能爲也是
時予兄子瞻謫居黄州求書而往一見喜子瞻之樂
易留半歲不去及子瞻北歸從之興國知軍楊繪見
而留之生喜禽鳥六畜常以一物自隨寢食與之同
居興國畜駿騾爲騾所傷而死繪具棺葬之元祐元
年予與子瞻皆召還京師蜀僧有法震者來見曰震
泝江將謁公黄州至雲安逆旅見一丐者曰吾姓趙
頃於黄州識蘇公爲我謝之予驚問其狀良是時知
興國軍朱彥博之子在坐歸告其父發其葬空無所
有惟一杖及兩脛在予聞有道者惡人知之多以惡
言穢行自晦然亦不能盡揜故德順時見於外今余

觀趙生鄙拙忿隘非專自晦者也而其言時有合於道蓋於道無見則術不能神術雖已至而道未全盡雖能久生變化亦未可以語古之真人也道書屍假之下者留脚一骨生豈假者耶

敘三首

類篇敘 范景仁侍讀託譔

雖有天下甚多之物苟有以待之無不各獲其處也多而至於失其處者非多罪也無以待之則十百而亂有以待之則千萬若一今夫字書之於天下可以爲多矣然而從其有聲也而待之以集韻天下之字以聲相從者無不得也從其有形也而待之以類篇天下之字以形相從者無不得也既已盡之以其聲矣而又究之以其形而字書之變曲盡蓋天聖中諸

儒始受詔爲集韻書成以爲有形存而聲亡者未可以責得於集韻也於是又詔爲類篇凡受詔若干年而後成夫天下之物其多而至比於字書者未始有也然而多不獲其處豈其無以待之昔周公之爲政登龜取黿攻梟去蛙之說無不備具而孔子之論禮至於千萬而一有者皆預爲之說夫此將以應天下之無窮故待天下之物使皆有處如待字書則物無足治者凡爲類篇以說文爲本而其例有八一曰槼槻同部而吶㕯異部凡同意而異形者皆兩見也二曰天一在年一在真凡同意而異聲者皆一見也三曰叟之在艸㐱之在方凡古意之不可知者皆從其故也四曰雱古会類也而今附雨韵古口類也而今附音凡變古而有異義者皆從今也五曰壺之在口

無之在林凡變古而失其真者皆從古也六曰一先之附天一生之附人凡字之後出而無據者皆不得特見也七曰王之爲玉朋之爲朋凡字之失故而遂然者皆明其由也八曰邑之加品白之加緜凡集韻之所遺者皆載於今書也推此八者以求其詳可得而見也凡十四篇目錄一篇文若干

古今家誡敘

老子曰慈故能勇儉故能廣或曰慈則安能勇曰父母之於子也愛之深故其爲之慮事也精以深愛而行精慮故其爲之避害也速而就利也果此慈之所以能勇也非父母之賢於人勢有所必至矣輒少而讀書見父母之戒其子者諄諄乎惟恐其不盡也惻惻乎惟恐其不入也曰嗚呼此父母之心也哉師之

於弟子也爲之規矩以授之賢者引之不賢者不強世君之於臣也爲之號令以戒之能者予之不能者不取也臣之於君也可則諫否則去子之於父也以幾諫不敢顯皆有禮存焉父母則不然子雖不肖豈有棄子者哉是以盡其有以告之無憾而後止詩曰泂酌彼行潦挹彼注茲可以饋饎豈弟君子民之父母夫雖行潦之陋而無所棄猶父母之無棄子也故父母之於子人倫之極也雖其不賢及其爲子言也必忠且盡而況其賢者乎太常少卿長沙孫公景脩少孤而教於母母賢能就其業既老而念母之心不忘爲賢母錄以致其意既又集古今家誡得四十九人以示轍曰古有爲是書者而其文不完吾病焉是以爲此合衆父母之心以遺天下之人庶幾有益乎

轍讀之而嘆曰雖有悍子忿鬬於市莫之能止也聞父之聲則斂手而退市人之過之者亦莫不泣也慈孝之心人皆有之特患無以發之耳今是書也要將以發之歟雖廣之天下可也自周公以來至於今父戒四十五母戒四公又將益廣之未止也元豐二年四月三日眉山蘇轍敘

洞山文長老語錄敘

水流於地發爲草木鹹酸甘苦皆水也火傳於薪化爲飲食飯麫羹胾皆火也心藏於人見於百骸視聽言動皆心也古之達人推而通之大而天地山河細而秋毫微塵此心無所不在無所不見是以小中見大大中見小一爲千萬千萬爲一皆心法爾然而非有所造也故其指心法以示人也有以光明相好化

人有以飲食臥具衣服有以園林臺觀虛空有以寂嘿無說無示蓋事無非法者然有聞思修法門衆生由之以入如大衢路既徑且易自達摩西來諸祖相承皆因言以曉人心地既明出語皆法譬如古木生氣條達花葉無數顛倒向背穠纖長短無一不可譬如大海瀠性融溢隨風舒卷波濤流轉充遍洲浦無一不到觀者眩曜莫測其故然至於循流返源識其終始可以拊手而笑有克文禪師幼治儒業弱冠出家求道得法於黃龍南公說法於高安諸山晚居洞山實繼悟本辯博無礙徒衆自遠而至元豐三年予以罪來南一見如舊相識既而其徒以語錄相示讀之縱横放肆爲之茫然自失蓋余雖不能詰然知其爲證正法眼藏得遊戲三昧者也故題其篇首

欒城集卷第二十五

欒城集卷第二十六

祭文一十七首

祭歐陽少師文

維年月日具官蘇轍謹以清酌庶羞之奠致祭于故觀文少師贈太師九文之靈嗚呼嘉祐之初公在翰林維時先君處于西南世所莫知隱居之深作書號公曰是知予公應嗟然我明子心吾於天下交遊如林有如斯文見所未曾先君來東實始識公傾蓋之歡故舊莫隆遍出所爲嘆息改容歷告在位莫此蔽蒙報國以士古人之忠公不妄言其重鼎鍾厥聲四馳靡然向風嗟維此時文律頹毀奇邪譎怪不可告止剽剝珠貝綴飾耳鼻調和椒薑毒病唇齒咀嚼荊棘斥棄羹胾號兹古文不自愧恥公爲宗伯思復正

始狂詞怪論見者投棄踽踽元昆與轍偕來皆試於
庭羽翼病摧有鑒在上無所事媒馳詞數千適當公
懷擢之衆中羣疑相壓公恬不驚衆惑徐開滔滔狂
瀾中道而迴匪公之明化爲詼俳公德日隆歷踏二
府轍方在艱撫視逾素納銘幽宅德逮存故終喪而
還公以勞去公年未衰屢告遲莫自亳徂青迄蔡而
許來歸汝陰嘯傲環堵轍官在陳於潁則鄰拜公門
下笑言歡欣杯酒相屬圖史紛紜辯論不衰志氣益
振有如斯人而止斯耶書來告哀情懷酸辛報不及
至凶訃遄臻嗚呼公之於人雲漢之光昭回洞達無
有采章學者所仰以克嚮方知者不惑昧者不狂公
之在朝以直自遂排斥姦回罔有劇易後來相承敢
隕故事雖庸無知亦或勉勵此風之行逾三十年朝

廷尊嚴庶士多賢伊誰云從公導其先自公之歸忽焉變遷又誰使然要歸諸天天之生物各維其時朝暘薰風春夏是宜凍雨急雪匪寒不施時去不返雖強莫違矧惟斯人而不有時時旣往矣公亦逝矣老成云亡邦國瘁矣無爲爲善善者廢矣時實使然我誰懟矣哭公於堂維其悲矣嗚呼哀哉尙饗

祭文與可學士文

維元豐二年歲次己未二月庚子朔具官蘇轍謹以清酌庶羞之奠致祭于故吳興太守與可學士親家翁之靈嗚呼與君結交自我先人舊好不忘繼以新姻鄉黨之歡親友之恩豈無它人君則兼之君牧吳興我官南京從君季子長女實行君次于陳往見姑嫜使者未反而君淪亡于何不淑以至于斯匪人所

知神實爲之昔我愛君忠信篤實廉而不劌柔而不屈發爲文章實似其德風雅之深追配古人翰墨之工世無擬倫人得其一足以自珍縱横放肆久而疑神晚歲好道耽悅至理洗濯塵翳湛然不起病革不亂遺書滿紙嗟乎今日見此而已我欲哭君神往身留遣使往奠涕泗横流絳幡素車歸安故邱嗚呼哀哉尚饗

祭永嘉郡夫人馬氏文

維元豐元年八月壬寅朔十八日己未具官姓某謹以清酌庶羞之奠祭于故永嘉郡夫人馬氏之靈惟夫人毓德大宗作配仁人富貴榮顯居之若無寬裕慈祥終身不改晚通至道游心空寂啓手卽化容如平生登證妙果古人是似歲月遷逝歸全南野君子

在位嗣子在列都人出祖欷歔歎息軾與弟轍皆遊門下義均親戚令德懿行夙所聞知恭致祀奠禮薄誠至尚饗

祭王虢州伯敭文

年月日具官某與弟某謹以清酌庶羞之奠致祭于故虢州使君伯敭朝散親家翁之靈軾官吳中昔始識君愚不自量欲裕斯人衆目睢盱更笑迭瞋君在其間乃獨不然危弦急張時一弛寬我賴以全民亦少安事之難知君以罪廢還家宋都轍適在是簿書之閑往走君廬志其厄窮笑歌讙呼夜飲不歸月墮城隅閑屛僕夫與我深言今昔之故君何不聞指後將然已而信然見遠識微我不如君我遷于南一往六年歸來執手白髮侵顚遂以息女許君長子朋友

惟舊親戚惟始西號之行過我都城慨然憂世不憂死生訃來自西驚怛不信車過城東往奠不辰追懷平生哭于寢門漬酒束脯以寄酸辛嗚呼哀哉尚饗

祭鄧內翰母郡太君文

惟靈祗服圖史肅恭蘋蘩擢芳江漢之濱齊聲尹姞之盛篤生賢子揚于帝廷北扉代言訓誥如古南宮庀職賓旅有儀聯袂以朝列鼎而養織屨以就方進豈惟古人翦髮以成陶公復見南國耄期不亂子孫滿前福祿所鍾方期永世喜懼相繼入吊於廬今者丹旐告待靈舟將啓僚舊之故肴醴式陳魂而有知嘉此誠意尚饗

祭曹演父朝議文

我官宋都晨出南河逢公北征吏卒譏呵相揖于輿

莫或遑宅伯氏之南見公符離傾蓋相歡執手無疑
公顧我笑我猶未知逮伯遷黄公在浮光山聯川通
可跂而望有饋豚羔報之醪漿始於朋友求我婚姻
數歲之間相與抱孫我雖未際而日以親我夢皎然
有告不祥凶訃在門凄絶肝腸諸子纍纍匍匐哀荒
公嗜讀書贍于文詞亦達于政實惟吏師惟人莫知
而止於斯匪我知公我兄實知哭公寢門兄在禮闈
嗚呼已矣寄哀此詞尚饗

祭范蜀公景仁文

維元祐四年八月十日丁未龍圖閣學士朝奉郎知
杭州軍州事蘇軾與弟翰林學士朝奉郎知制誥轍
謹以清酌庶羞之奠致祭于故端明殿學士贈金紫
光祿大夫忠文范公之靈公之少年初以賦鳴挾策

來東氣和而平微見圭角人人自驚宋氏叔仲典司
衆盟見公所爲屣履以迎自毀其文以致公名士滿
太學莫之敢爭公之中歲始以諫逐堯老將傳未有
立子羣公欲言以目相視公獨發之自詭以死帝知
其忠始怒終喜後有繼者實蹈公軌公亦自信卒老
言事公之末年終以節聞國有蠹賊當之以身力言
不從遂致爲臣開門接士不怨不憒羣枉既消衆正
當伸有欲援之同撫我民公笑稱病誓不復振凡世
之人有一于是翹然自名足以爲貴公有其三豈不
卓偉位雖顯榮有不盡志嵩隗之間潁潩之側有廬
可安有田可食顧惟平生篤志鍾律既成既上疾亦
告革嗚呼昔我先人公早知之白首相歡事往莫追
軾方在朝公舉諫官卒以獲罪而無一言轍來自東

復館于門曾患之不卹而惟義是敦今其云亡無復斯人嗚呼哀哉尚饗

祭忠獻韓公文

維元祐五年歲次庚午正月二十三日己丑具官蘇轍具官趙君錫謹以清酌庶羞之奠致祭于故某官韓公之靈轍等游公之門迹有戚疎長育成材公志不殊譬諸草木農夫所區方其播之匪擇瘠腴既苗且實物自亟徐究觀厥成功在于初公之事君社稷是爲允有膂力以執大器既安且平物賴其賜豈惟吾儕有祿與位自公云亡日月遄邁蒼然墓木過者垂涕轍與君錫偕使于遼驅車往來實出其郊顧瞻西山與公俱高使事有期當復于朝觴豆甚微懷想則勞且謁且辭徘徊奈何尚饗

祭姪林文

年月日從叔某以肴酒之奠祭于亡姪十六郎之靈嗚呼小宗之傳五世於是甚謹而信孔孝而悌既冠而孤方壯而死何辜于天至此極也昔我來東恃爾於斯憂樂相知有無相資千里故鄉相視忘歸奈何忽焉去而莫追王城西原土厚而温上爾先君下爾弟昆一畝之邱三人終焉弱子僅存始行而言自今以往見此而已予撫予育曰此汝後庶幾鬼神憐汝無罪畀之壽考以繼家事嗚呼哀哉尚饗

代李公儀諫議祭張文裕侍郎文

惟公擢秀齊魯朴厚忠良自下升高勤勞四方操行之堅老而益強蒼眉皓髯邦家之光既謝於朝偃息帝鄉高風凜然公卿是望于何不淑震悼周行喪歸

于東邦人慨慷肅之於公朋好有年繾綣王事出入周旋孰云委化不告而先念昔方壯交遊滿前俯仰幾何凋落紛然富貴壽考神弗能全有如公躬十無一焉公今安歸來舉豆籩尙饗

代張公安道祭李宥侍郎文

元豐元年歲次戊午二月丙午朔二十一日丙寅某官某謹以清酌庶羞之奠祭于故太子賓客贈工部侍郎李公之靈世稱至治咸平景德士生其閒端良純一公進以文而以德稱不介不隨泊然靜深推以予人恕而多矜下御吏民如恐不勝晚登朝廷逡巡自得獨立不競浮夸是律卒引而去識者歎息歸老睢陽環堵而終更三十年乃葬元豐世遠人亡誰復知公反兆東圻祖奠有時訊銘考行則猶可知沒而

不亡雖久何悲嗚呼公乎今世之師尚饗

代南京留守祭永嘉郡夫人馬氏文

鵲巢之風久矣其亡有德斯潛亦耀于鄉宜其家人退食廟堂壽考而終令問不忘有崇其丘都人所望某守土于茲襄事告時尊德以教惟吏之宜生有邑牖没有廟祠今則不能念昔行之致是菲薄惟愧矣夫尚饗

代張公祭蔡子正資政文

嗚呼公材甚長無適不宜公氣孔堅勇而敢爲厥初磐桓亦躓不顯守邊西方鋒穎乃見聲聞于朝遂付兵樞剔朽鉏荒許之馳驅有志不從疾病支離中道不行肇扶而歸嗟我與公少年相親鄉黨之遊繼以婚姻我老厭事求歸不能公敏而强力罔不任謂當

敷施慰我友朋奈何不淑棄我而先遺奠有時涕泗何言誰實使之要以問天嗚呼哀哉尚饗

代毛筠州祭王觀文韶文二首

公學敦詩書性喜韜略奮迹儒者收功戎行千里開疆列鼎而食豐功偉烈震耀當年絳纛朱幡留連列郡用舍之際方共慨然存沒之來孰云止此子幼方仕母老在堂百口有藜藿之憂十年爲夢寐之頃士夫殞涕道路興嗟某比綴末姻仍叨屬部笑言未接涕泣長辭攀望靈車寄哀薄奠伏惟尚饗

嗟人之生夢幻泡影短長得失何實非病惟公少年闊略細行從軍西方睥睨鄰境手探虎穴足踐荒梗遂開洮岷歸執兵柄功名赫奕富貴俄頃未安西樞斥就南屏盤桓武昌偃息洪井國方用兵邊鄙未靖

謂當再駕沒齒馳騁嗚呼不淑一寐不醒老幼盈前饘粥誰省盛衰奄忽驚怛羣聽惟公晚年自謂見性死生變化其已安命世之不知奔走弔慶寄奠一觴孰爲悲哽尚饗

代三省祭司馬丞相文

嗚呼元豐末命震驚四方號令所從帷幄是望公來自西會哭于庭搢紳咨嗟復見老成太任在位成王在左曰予惸惸誰卹予禍白髮蒼顏三世之臣不留相予孰左右民公出于道民聚而呼皆曰予父歸歟歸歟公畏莫當遄返洛師授之宛丘實將用之公之來思岌然特立身如槁木心如金石時當宅憂恭默不言一二卿士代天斡旋事勢如絲衆比如櫛治亂之幾間不容髮公身當之所恃惟誠吾民苟安吾君

則寧以順得天以信得人鉏去太甚復其本原白叟
黃童織婦耕夫庶幾休焉日月以須公乘安輿入見
延和裕民之言之死靡它將享合宮百辟咸事公病
于家臥不時起明日當齋公訃暮聞天以雨泣都人
酸辛禮成不賀人識君意龍袞蟬冠遂以往襚公之
初來民執弓矛逮公永歸旣耕且耰公雖云亡其志
則存國有成法朝有正人持而守之有進毋隕匪以
報公維以報君天子聖明神毋萬年民不告勤公志
則然死者復生信我此言嗚呼哀哉尚饗

代三省祭門下韓侍郎曾孫文

惟靈淵源深長才質純茂出從仕籍有聞搢紳若穎
方興秀而未實寵祿將至往而莫留日月有時出祖
于道尊親之愛感念則深同列增嘻行路與歎精神

未泯來舉一觴嗚呼尚饗

祝文一十六首

陳州日食禱諸廟文

年月日具官張𥳑謹以清酌庶羞之奠昭告于太昊之神嗚呼日官厎日實詔天戒正陽之朔將有薄食上心震懼側身修德誕布休命赦宥多辟凡在祀典罔不咸秩惟神聰明照鑒誠忱消復大眚導迎和氣俾我有邦享天之衷民物康阜以永保神之休無斁尚饗

陳述古舍人辭廟文二首

某來守是邦于今未幾恭承嘉惠郎工南服自初始至逮茲解去雨暘時若災癘不起豈某之能繄神之功風俗淳厚獄訟稀少豈某之教繄神之舊獲免罪

戻敢忘大賜誠薦俎豆匪以報也尚饗右辭太昊廟

某奮自諸生列位近侍凡出守之地雖駑不才所至
輒繕其學宮修其禮物見其學士大夫教其子弟庶
幾有成以無忘夫子之業及來是邦獲再執幣爵以
見於廷慨然顧瞻思繼前志而詔書來被移殿南服
將以是月甲子有事於行登薦菲薄惟告不敏尚饗
右辭孔子廟

齊州祈雨雪文二首

惟神出入造化呼召風雲播灑甘澤膏潤下土今茲
歷時不雨麥不得種饑饉既至疫癘將起守土之吏
知任其憂而不知所爲神能仁愛斯民又能作爲雨
雪以生育萬物是以敢告苟克有應嘉雪時降以寬
吏民之憂敢不有以報也尚饗右禱龍洞

某攝守濟南適丁旱災自秋徂冬迄此春莫菽粟不登麥不得種秋田既耕種不入土公私匱竭食將不繼官吏震懼並走祠望精誠不格報不時至暴風振揚雲合輒解嗷嗷相視知殞溝壑粵茲耆艾稽首來告曰維此土西附岱麓蒙神之休常以有年雲興膚寸實雨天下矧伊我邦而或棄遺神不遺我我則不告是用秖具牲酒請命有神吏之不虔無所逃罪民知歸神神豈棄之茲誠不妄甘雨時至迨秋有成民免於死將戴神之功展其四支以永事神無斁尚饗

右禱泰山

徐州漢高帝廟祈晴文代子瞻

熙寧十年六月癸巳具官蘇某謹以清酌少牢之奠告于漢高皇帝之神曰此方之民以麥爲命今茲歲

首雨雪失候麥苗病瘁穫不償種恃秋有成庶幾無饑菽粟滿野淫雨爲害豐沛庳下鞠爲瀦澤暑雨方作晴未可覬雨暘之間死生係之吏民相視無所控告惟神奮自茲土埽滅强暴雖宅闢輔實懷故鄉俯仰千歲遺語猶在閭里告病其有不卹驅除陰雲導迎秋暘神實能之疏放流潦改種秋稼民實望之道民之言徼神之福吏實職之苟克有應敢忘其報尚饗

南京祈禱文七首

熙寧十年九月戊辰某官某謹告于某神曰今茲禾稷將登銍艾滿野陰雨爲沴彌月不止穗者將腐角者將落徐方大水將浸東境溝洫盈滿流潦橫至民貧無食恃穫以飽官貧無蓄恃稅以給而雨幷害之

公私困竭神亦將乏之享吏既不職無以格神之休敢
因民心以乞晴于爾有神神能掃除陰雲顯見白日
使秋稼畢登宿麥咸蓺民免於飢吏免於罪則神之
賜多矣其何以報謹告

九月庚戌某官某謹以清酌庶羞之奠告于神曰民
能盡力於耕而水旱之變不能知也吏能盡力於治
而饑饉之憂不能爲也斡旋陰陽開闔天地其職在
神此吏民之所恃而依也雖然叩之而必聞號之而
必應人有不能而況於神之遠而微也今者以雨病
告不旋日而雨止種麥穫豆不失其時也太守不德
而蒙斯貺自視缺然知無以堪之也酒醴潔芳肴蔌
備具匪以爲報惟致其意也尚饗

十二月己亥某官某謹以酒果之奠告于某神宋維

大都兵食夥繁一歲之奉仰于諸藩自河爲災千里汗漫鄰邑告病我邦獨完賦稅百須所恃惟田終歲不雪麥將大乾患始于民卒迫于官神仁愛人忍坐以觀卷舒陰陽職上通天勞不崇朝雨雪紛然民食宿麥癘疫莫干久而不施莫知誰愆吏則不德而民當哀憐歸誠于神其終捨旃尙饗

元豐元年正月庚申某官某謹以肴酒之奠祭于句芒之神木氣旣應田事將起肇出土牛以令早晚惟神體仁司春發生萬物時節風雨祐我農夫茍東作順敘將終歲允賴邦有舊典敢率以告尙饗

二月己未某某官某謹以肴酒之奠告于某神某來守是邦自秋徂春政事不修雨暘失候始以水告繼以旱請玩神瀆祀至于再三中心赧焉懼獲譴咎然今

宿麥將槁時雨不降流亡布路倉廩莫繼與其病民
寧我獲戾是用恭卜良日申禱有神其尚哀矜農夫
賜以膏澤尚饗
六月十七日具官某謹以肴酒之奠告于某神梁宋
之郊頻年旱饑盜賊煩興囹圄塡充粵自茲夏農穫
六七流亡既去桴鼓隨息庶幾秋成民以阜安而淫
雨不節水潦橫潰荏菽禾黍鞠爲汙澤秋氣方始田
可耕種神誠愛民錫之開晴積水時去晚稼復蓺則
民報神之心不在俎豆將世以奉承毋有厭斁尚饗
七月五日具官某謹以肴酒之奠告于某神乃者暑
雨荐至溝澮滿盈淤田棄水相繼爲虐秋稼滿野淪
胥以敗民號無告吏莫之救酌酒告神庶幾哀憐曾
未旋踵秋晹炳耀匪神之仁化爲凶年雖使民竭其

所有無以報稱奉觴再拜惟誠而已其尚驅除陰沴以終大賜尚饗

績溪謁城隍文

某以不才忝臨民社謹因舊禮拜謁祠下神仁愛民恭率神意不敢不勉神亦時節風雨驅除癘疫以佑相我治謹告

謁孔子廟文

某結髮學問今始爲邑無由之政事而治蒲無偃之文學而治武城進謁祠下惟愧惟栗謹告

祭靈惠汪公文

維元豐八年歲次乙丑八月壬戌朔十六日丁丑承議郎知縣事騎都尉蘇轍謹遣男适以卮酒特羊致祭于靈惠公汪王之神神有功斯民世享廟祀某來

長是邑𨚗神舊邦蒙神之休雨暘以時稼穡大熟賦
役畢具獄訟衰少才短政拙何以獲此意由僥倖以
致疾癘寒熱爲虐下逮兒女更相播染卧者過半迄
茲痊損自夏及秋中間禱禳神不厭瀆卒保康乂皆
神之恩茲用恭致薄禮以謝不敏敢告驅除瘴癘時
節風氣使民不告病而吏與蒙貺尚饗

青辭三首

齊州祈雨青辭

嗚呼民愚無知吏怠弗教鬼神不享積釁成癘旱氣
充塞五種失蓺饑饉既至疾疫將起禱求百神寂寥
無聞民既窮瘁吏亦震恐各知咎殃將自洗濯而神
怒未怠膏澤不至栗栗危懼無所歸命敢因舊儀祇
薦誠悃維皇天后土靡不覆幬日月宿燿靡不臨照

山川岳瀆靡不容載哀矜無辜縱舍有罪弃包含養
與道爲一祓除妖孽布導和氣時播甘雨以救民命
亦俾我守臣閒蒙大賜以寬憂責

南京祈晴青辭

嗟民之艱豐歲常少粤維茲夏年麥小熟飢者未飽
而淫雨爲沴秋稼殄瘁淪爲塗潦宿藏將盡歲計莫
續盜賊將起犴獄充斥民之無辜誰爲此禍吏實不
德得過於神胡爲殃民以重吏愆今茲歸誠天地布
其腹心神仁愛人豈終病之其尚振揚清風以逐屏
翳使太陽顯行后土以乾民趨于田旣穫且耕亦有
高廩以祀以養吏蒙其賜不知其報此亦天地之大
德下民之所仰望而求也

筠州祈雨青辭

臣來是邦歲比不登去夏大水汎溢城邑繼以秋旱民食不足庶幾今歲五種遂茂以釋餘病而亢陽爲災不雨彌月水泉耗竭多稼殄瘁雲物告異災火時發上下恐懼不知所措惟吏之不德無以仰當天心惟民之無良有以召致神怒雖自洗濯並走祠望而誠意淺陋靈貺不答將嘿不以告而民不可棄神亦不終棄人謹歸誠天地請命百神尚克收如焚之威以布甘雨使民得稼穡各安其居使我守土之臣亦蒙大賜

欒城集卷第二十六

欒城集卷第二十七

西掖告詞六十一首

林希集賢殿修撰知蘇州

勑具官林希朕歷選多士以備左右侍從之臣股肱之良繄出於此爾以文學政事有聞于時擢從右史試以書命而行己不靖遽致人言朕不忍棄才尚寵以書殿往蒞吳俗思慎厥終可

楊傑知潤州

勑具官某京口江浙之會而楊楚方飢仰食隣境朕思得良吏通其有無以濟民病爾以冬官屬績用有聞而欲自詭以治民朕不汝違其究乃心以底成效可

陳安期屯田郎中

勑具官某爾以能選積勞于工正升之文昌以勸勤吏矧司空之屬農部爲上爾其益敬厥事以稱朕意可

蔡立知鄂州

勑具官某武昌控引江漢勢居上流古爲重地非練達政事不以畀之以爾久於治民爲論者所稱朕將觀爾于事惟寬而勿弛明而勿苛則予汝嘉可

盛南仲知衡州

勑具官某朕進退天下士大夫不惟其才惟其行蓋未有不能正身而能正人者也爾以世族之後嘗爲部使者矣而不閑于家厥聲達焉法不可置往卽南服尚克循省可

許中正致仕覃恩改朝議大夫

勑具官某朕嗣服之初推恩海宇矧惟耆老之士蚤隆止足之風豈無寵嘉以慰鄉黨可

虞肇知鼎州

勑具官某武陵依重湖之深嶮據五溪之走集民夷雜居剽輕易擾惟守以安靖可以言治爾昔以才舉爲御史屬官久於牧民宜在此選無煩條教以便遠人可

胡田知誠州邢浩知欽州

勑具官某等欽誠爲郡雖有新舊之異而民夷雜處不可一以華法治也田自欽易誠其習南越之故矣浩自瓊慶往亦知所以治邊之宜惟寬可以懷遠人惟廉可以服殊俗輔以明斷其罔有不濟可依前件

王存磨勘改朝散郎

勑朝廷用人惟其才而考績必以歲月用人惟其才故政無不修考績必以歲月故官不失緒朕兼此二柄以御羣臣故雖六事之長猶寓郎官之秩具官王存文雅足以飾吏事靖重足以鎮國俗恬於進退不爲利回出入臺省人言無閒司馬治兵朕已重其選矣有司奏課升欲以報其勞焉可

梁惟簡供備庫使

勑朕惟崇慶日總萬機號令所至澤遍海內況其左右侍御之臣朝夕執事之勞而有不被其賜者乎坤成之慶國有常憲尚勉忠孝思報其萬一可

張璪光祿大夫資政殿學士知鄭州

勑昔我神考收擢儁良寘于丞弼惟茲內史之重實綜萬幾之繁朕方將圖任舊人與之裁成庶務乃者

總章大享百辟在廷時予重臣獨以病告不忍賢勞之久力求補外之安曲成其私勉遂所請具官某名臣之後風流具存儒術之英文史足用詳練政事究通物情樽俎可賴以折衝盤錯亟觀於游刃輟自西臺之要付以新鄭之雄加秘殿之寵名兼進秩之異數使郡縣識朝廷之意而官吏知卿相之賢表帥四方朕尙有賴可

趙君錫太常少卿

勅太常總禮樂之政兼伯夷后夔之業平居無事若無所爲至於郊廟社稷之儀朝廷上下之分一有大議罔不責成昔叔孫通爲東宮傅以習於園廟復命此職趙宗儒失不任事由卿而罷爲東宮師用人之難蓋自前世具官某篤於孝悌居家可紀敏以從政

臨事不煩予欲決嫌而明微蓋有取於靜愼此官職
清而事少亦將便於老成往服優恩勉揚厥職可

劉絢太學博士

勑春秋之廢於今二十年矣講者不以爲師而學者
不以爲弟子孔氏之遺書而陵遲至是朕甚憫之爾
能講誦其說遭棄而不廢蓋將有見於此者夫三傳
之義其得之者多矣附以啖趙無蔽於一家庶幾士
有考焉可

鄧義叔主客郎中

勑國有四方賓旅之事則主客掌其享燕餼牽之節
其疏數豐殺皆有常度遠人於是觀禮不可以不愼
爾旣掌其事矣以資當遷其益勉之以稱其職可

林旦侍御史權淮南運副

勑具官某淮甸之民荐罹饑饉乃者詔發倉廩輟吳
楚漕以拯其急猶以乏食流徙達於朕聽朕惟救荒
之術行之略盡惟得良使者因事施宜爲若可賴爾
由郎官以才任御史習於楊楚之故其爲朕往視之
均徭薄斂禁暴戢姦無使斯人重被其困可
田待問淮南運判可淮南提刑
勑具官某楊楚春旱秋水民艱於食漸起爲盜遂使
州縣犴獄充滿朕憂之未始一日忘也間起爾於山
陽守參領漕事今又命爾督賑刑辟徒以爾習其風
俗知吏民所疾苦夫察貪暴謹追擾均有無督盜賊
此荒政之急也勉勤其職以稱朕意可
陳紘可倉部郎中王古可工部郎中
勑具官某等漢郎官出宰百里今部使者入治諸司

其爲輕重異矣朕於是考察多士近而觀其不煩遠
而觀其不惰庶幾有得以待任使以汝等久於吳越
優有善狀故使紘治予稾古治予工其益敬厥事以
底成績可

孫升監察御史可殿中侍御史

敕具官某朕方共默不言責成於有司正賴耳目之
官別白忠邪論辯得失言而中理則予汝嘉不幸而
失予不汝咎爾爲御史期年於此矣察其所爲忠慤
不回以次而遷庶盡其用爾其深識朕意知無不言
言無不盡安意肆志無悼後害可

李常蔡延慶並轉朝議大夫

敕三考而議黜陟古今所同積日而敘勤勞貴賤無
間矧夫內與六官之長外總連帥之權均大計之羸

虛司隣邦之動靜歷年應格稽法當遷有司以言朕
何敢後具官李常奮由疎遠深自刻修財賦所存綱
目具舉具官蔡延慶名臣之後吏治有餘干城四方
安靜不擾咸以侍從之選而膺股肱之眞雖尺寸以
遷未彰於異數而命秩之寵差慰於久勞可

徐彥孚澶州通判

勑具官某河徙而西則澶淵非復昔日之舊然國門
之北兵屯倉廩猶甲於它郡大臣言爾可用往丞守
事勉竭才力以安我股肱之名郡可

章惇知揚州

勑樞臣之長出居列郡汝海之地僻在連山邈焉鄉
黨之遐疑失親庭之便朕方以孝治天下德綏臣鄰
宜推茂恩俾易近地具官某蚤以文詞中選拔出於

衆人中以功名自期被遇於先帝逮予纂服亦旣期年比緣議論之差授以方州之寄澹然自守綽有安靖之風卧而治民不失綏懷之體眷楊楚之重地據吳越之通途仰足以分予南顧之憂俛足以慰爾思歸之願體朕至意勉於裕民可

邢恕知汝州

勑具官某觀過而知其仁君子與之爾有志於時而不知力之不逮以陷於過徐察其中葢有足矜者臨汝古郡民朴而事簡可以自養益務修省不汝終棄可

王令圖可都水使者

勑大河西流汎溢千里河朔之民以蒲葦爲生與魚鼈同居朕中食而歎思得明習水事之人而與謀之

具官某老於從政才力有餘出入兩河閒知其得失久矣水官之職爾實宜之楊焉王延世之功朕有望焉可

王荀龍知澶州李孝純知棣州

勅具官某等治國如烹小鮮涖官如製美錦以煩手烹魚則魚必潰使學者製錦則錦必傷朕知斯民之艱難擇人而養之閔閔焉若將不及以爾荀龍典刑舊德習於爲政以爾孝純家世循吏屢典大邦澶淵無棣皆河朔之要擇以付爾其益勉之朝夕無怠以深副吾望可依前件

郭逵自致仕起知潞州

勅秦伯復用孟明是以能覇蜀人亟誅馬謖終亦無功朕周於用人篤於求舊雖設干羽以懷柔異類而

聽鞞鼓則無忘將臣豈其舊勳久廢不用具官某蚤學弓劍晚通詩書勇而有謀整且能暇威名懾於西鄙柄任及於中樞南伐無成嗟伏波之遂棄退居能飯知廉頗之未衰擢從解組之餘復寄長民之任過而能改豈一眚之足云窮當益堅或來功之可冀勉於圖報以稱異恩可

何正臣知梓州

勅東蜀地嶮而民貧不如西蜀之厚而戎瀘被邊民夷雜居安之尤難朕方寬賦役以裕民正疆埸以息衆連帥之任宜得其人具官某奮自東南擢居侍從參議論於臺省布條教於方州比自長沙復臨上黨出入既久當識朝廷之心寄任愈隆初無遐邇之異務爲安靖以慰遠民可

孫覽河北運副除右司郎官

勅具官某奉使北方治河而備邊任亦重矣以爲未足以盡其才也召而寘之都司吾之所以責任爾者可見也夫分治六官事無巨細畢陳於前若網在綱振之則舉弛則盡廢爾昔既稱治辦矣勉既厥心以觀來效可

陶世延（爾孫爾死於順州）邢選（吉子吉死於盜）各補三班借職

勅陶世延等惟乃祖父以身殉職義不旋踵寵爾一命庶幾士知忠力之必報可依前件

皇兄令羽磨勘轉遙團

勅具官某考績之法一以歲月爲勞而不以親疏爲異爾能靖恭於位積日當遷以環衞之崇而加團結

之寵益勉忠孝無溢無驕以保祿爵之重可

張輔之入內內侍省磨勘轉內殿承制

勅具官某昔文武之盛其侍御罔匪正人今余近習之臣與縉紳之士均遇以法亦無以私恩進者爾以久勞當遷往祇厥官使天下知敘法之公無內外之異可

范鎮可侍讀太乙宮使

勅爲國無强於得人用人莫先於求舊朕歷選賢儁至於側微患其德望之未充而典刑之未練舍騏驥而不御臨長道以咨嗟昔人病之予何疑者具官某文冠多士有楊雄之遺風仕歷三朝守劉向之忠節蚤事仁祖首開社稷之言晚說裕陵復陳堯舜之道自處以義歸不待年身友漁樵已無求於當世名書

簡冊恍或疑其古人茲予纘服之初日思講議之益謂白首窮經之樂尚可推以與人而真祠訪道之遊足使退而養志勉徇予意毋留所安可

吳師仁可越州司法充杭州教授尹才虢州司戶田述古襄州司法蘇昞邠州司戶

勅進士某等古者舉逸民以懷天下朕以爾等皆以行義聞於鄉黨故命之一官試之行事其免於從政以效聲聞之美可依前件

叔諄先因殺人追官勒停已敘今敘右千牛衛將軍

勅具官某貴而犯法義不得宥過而知改恩不廢敘往服恩命而知義之可畏庶免於咎可

黃履磨勘改朝請郎

勅漢孝宣帝厲精爲政二千石有治理效輒增秩賜

金朕追想其風欲見之於事而況積勞之久於法當
遷者乎具官某頃自禁林出爲方伯推其所學施於
有政表賢獎善有古人之節考績應格吏以敘聞其
益勉於裕民無使循吏之賞獨隆於前世可

宋彥圖轉內殿崇班再知歸信容城縣藏定
國轉西頭供奉官再任縣尉

勑具官某等疆場之吏勇者或以致寇怯者易以納
侮朕方欲慎守四境以綏靖四夷求勇怯之中而有
司以爾名聞各仍舊官以增新秩謹修邊政思稱朕
意可依前件

張利一自真定總管移知代州

勑邊之宿將國之干城處則爲民社之寄欲其不擾
動則當金鼓之任貴其知變兼是二者實難其人具

官某世爲將家久習疆事持重有守得將吏之心害覘多權知敵國之變厲門極邊密邇獯鬻朕方懷柔遠人以寧中國爾其謹守吾圉示之以信而裁之以義適寬猛之中以稱予意可依前件

莊公岳成都提刑蘇泌利州運判

勑莊公岳等守令賢否朝廷不能自知天下利病吏民不能自言宣吾德澤於下而達民情於上者部使者也朕既選用舊人而去其貪暴詔舉新進而汰其不以實者矣以爾公岳久任刺舉所至稱治以爾泌家世文雅通於吏事益利嶮遠民罹茶鹽苗役之害罷瘵未復朕念之深矣其悉乃心謹察苛吏與民休息毋廢朕命可依前件

內臣馮景見任文思副使知父以園業獻安仁保佑夫人曾得銀帛父亡詐認

園地降一官

勅具官某以欺得罪律既重矣觀望高下情尤不可赦也奪爵一等益務循省以蓋其咎可

胡宗哲遂州張太寧漢州

勅具官胡宗哲等朕惟西南之遠弛鹽利之害議茶榷之弊以寬其人矣惟是役法久而未定吏緣爲姦人或告病夫因事制宜法不能盡順民施法責在守令宗哲家世公卿習於吏事太寧生長蜀漢知其風俗遂漢名郡皆東西蜀之重地茍能平心正身首治繇事以寬民力則太守之職舉矣可

李挺知唐州

勅具官某異時爲郡清心絜己平政理訟斯爲賢太守矣朕方變役法之弊新故紛然民意未定京西俗

寠役勞治之尤難以爾嘗試爲郡條教不煩往宣朕意勤察貪吏使民忘繇事之勤此朕所望於二千石也可

崔全通判延州

敕具官某將帥治邊以軍政爲重至於均賦役平獄訟實倉廩郡丞事也使者以爾才稱往貳高奴克勤庶事以分帥臣之勞可

王純通判岷州

敕具官某朝廷始復洮岷以其初附闊其憲令吏緣是爲姧政事不舉今其郡縣日益完矣居其官者當以近地爲比爾以選往其謹守條約毋以遠故廢職可

姚兕磨勘轉東上閤門使

勑具官某爾以勇氣聞於西垂奮身稠人致位通顯夫論功而賞雖如丘山不以爲重考績而遷差之毫釐有不能得國有常典朕弗敢私勉勤厥官以靖疆埸可

丁騭太常博士

勑具官某朕方出滯淹以修庶政舉廉退以靖風俗以爾學有本原聲聞東南一時交遊皆致位通顯而循默自守浮沉管庫將二十年不以爲恥奉常禮樂之地教化所從出也因其職事而施爾舊學朕將觀焉可

常安民大理寺丞

勑具官某吏習於法而不更治民閑於論報而不知爲政朕疑其未能盡法之變也爾以經術進而治縣

有聞考課稱最往涖丞事庶幾有補於法可

田子諒湖南運判

勅具官某天下之治緩急相矯常過其中乃者常爲刻覈之政矣其弊也事徒文具而民受其病今予欲以寬治民憂其末流頹弛而莫振推大予意而布之州縣部使者之事也公卿言爾才力有餘試之南方寬而不弛察而不苛則予爾嘉可

鄭佶都水監丞陳安民簿

勅具官某等朕既平政以便民民少安矣而大河以北水不潤下昏墊爲虐故當今之政水事爲急以爾佶嘗丞水官練達有素以爾安民屢試民事治辦見稱其益講求本原以稱厥職可

葉康弼知劍州

勑具官某朕銓綜庶工奬勵失職思使中外樂事勸功相勉以治爾昔以選任使者中以事廢盤桓不試晋安蜀漢之咽賓旅之會地雜礅衍民艱於食往修厥官以稱恩命可

謝卿材河北轉運使自陝漕徙

勑三路之重一也關中夏秋豐穰羌人款附而河朔大水人民流離北顧之憂於是爲急具官某强敏而惠靖重而文風節之厚追配古人踐歷之久號稱循吏今河决西流而堤防未立民棲丘隴而播種未期爾能相躔决之宜通有無之積以寛民力而紓吾憂此朕所以用爾於北方之意也可

蔡卞磨勘朝奉郎

勑朕俾侍從之臣出守四方試之從政以觀其才而

有司考課積勞應格國有成法非予所私具官蔡卞
奮由文藝久踐臺省欲效才實之美自詭民社之政
宣城古郡晉唐名臣臨長其地者風績相望也爾其
勉思古人以修條教服我新命以寵吏民可

丁恂少府主簿

勅具官某古者謂少府爲天子私藏朕爲天下夫復
何私惟是技巧之工以供禮樂之用爾以吏能掌其
典籍法度之事其講明之可依前件

張構再知豐州

勅具官某爾既嘗爲九原矣知其風俗而習其吏民
治之爲易使宅吏往雖得賢者要必久而後治也使
者既以爾言勉悉乃心綏我疆事可

呂大防中書侍郎

勅用人先於求舊爲政莫如守成朕若稽祖宗之遠猷祇敬神考之近事網羅遺放而獎任勳舊崇尚寬簡而愼守典刑玆予一時股肱之臣率皆三朝髦儁之選圖任之意炳然可知具官某器宇博深才智强敏蚤遇英祖亟聞直諒之言中事裕陵不改忠誠之節翺翔外服所臨有聲綜轄中臺百務咸舉甚和而理處劇不煩朕方欲力行忠厚而患其末流之惰媮追復賦役而惡夫下吏之侵擾思與在位同協厥中往貳西臺之隆益敦大政之本朕旣開懷以用善士亦誠意以報予其克一心同底于道可

劉摯右丞

勅漢御史大夫能任其職則爲丞相近世中執法議論不撓亦補執政昔我仁祖優養正士開受直言時

則有若包拯張昇之流咸以敢言獲聞大政舊俗已遠此風寂寥容悅相承亦棄不用朕追懷先正選建忠賢諤諤之聲庶幾前列具官某蚤以御史衹事裕陵力陳是非不避權寵十年流落志氣不衰召置臺端首聞正論進任中司之要屢聞白簡之言風聲凜然國是以定朕欲試其行事之實是用付以右轄之權治忽所關寄任尤重夫以言責人甚易以義持己實難爾其勉之毋使輔政之功不若言事之效可

傅堯俞御史中丞

勑枉直未定決於繩墨之平是非相乘臨以法度之士比朕纘服之始羣議紛然實賴耳目之司力陳骨鯁之論逮茲閱歲浸以成風然而神明存乎其人衆正可以無咎余欲一變至道固須多士以寧具官某

凜然直諒之風出於豈弟之性蚤爲御史議禮不阿
中列諫垣言政多牾流落雖久志氣益堅俾還侍於
燕閒日有聞於禮義執法之任非爾而誰蓋政無舊
新以便民爲本人無彼此以得賢爲先朕將允執厥
中爾尙不牽于俗可

張端落致仕依前朝奉郎

勅具官某君子之仕進退無常惟義所在爾昔以强
敏之資達於從政由病賜告未老而歸比於恬養之
餘復有願仕之意朕方篤於求舊急於用人祗服前
官以聽新命可

孟永和轉軍器庫副使兼翰林醫官副使

勅具官某以醫爲職生死係焉不幸而失豈專其罪
比更大霈其益進厥官俾精術業以荅恩命可依前

件

蔡卞知江寧府

勑左右近臣入備侍從出典藩服習知朝廷號令之意灼見吏民情僞之本此朕所以歷試在位而成就人才之道也具官某文華之美發自早年才力之優見於治郡宣城之政數月而成秣陵之徙百里而近旣助予治亦安爾私勉修厥官以荅恩寵可

王安禮知揚州

勑淮南天下之重鎭也俗本剽輕習吳楚之舊歲仍水旱有流亡之憂朕深念其民尤愼所付思得朝廷之舊以殿東南之衝具官某吏治有餘儒雅足用昔爲京兆休有治功其發摘姦伏明而不苛其推行惠術寬而中理遂領臺轄以秉國成方先帝厲精求治

之秋有大臣進賢退姦之助久於外服稍易近邦其克爲朕舉荒政以惠民謹追胥以助治寬我南顧康此凶年可

林希知宣州

勑具官某爾名在文學之科而才兼政事之選比以吳郡生齒蕃衍學者如林假爾才名以重其守而僑籍所在重以親嫌飛章自陳懇求易地宣城大藩亦東南之要往涖其治服我異恩可

王舜圭確山縣尉獲賊二十一人除左班殿直

勑具官某盜發鄰境而能率衆攻討殲其徒黨非特武力之勝抑亦智慮有過人者矣寵以勇爵以爲能吏之勸可

欒城集卷第二十七

欒城集卷第二十八

西掖告詞六十一首

鄭亶通判永寧軍

勑具官某北邊俗淳而士武隣好輯睦日以無事爾昔嘗以才任剌舉矣久而不試往貳博野尚勉無怠可

叔㳄等三十二人並除右班殿直

勑具官某男某等士勤身苦節從事於文武積累歲月僅乃祿仕以免於耕勞亦至矣今宗室之子始名而官其克孝悌於家忠信於國識吾尊祖敬宗之意以終保祿位可

王宗孟母王宗孟南京推官母年九十三封壽昌縣太君

勑具官某母某氏年及耄期而家有壯子非有馴行

不能致此福也寵之封邑不吝常典尚俾天下知貴老教孝之意可

胡宗愈吏部侍郎

勑吏部分列三銓而長貳各領其一其爲權任重矣天下官吏至於其間長短有度輕重有數而猶患不得其當者吏撓之也朕數求儁良付之流品意在是矣具官某學術之茂冠於東南操履之固不流世俗試於封駮任職不阿方今吏員冗溢待次者無筭爾其去留難之吝寬滯積之歎毋使吏操其柄而士失其職可

顧臨給事中

勑朕欲網羅天下之士而患知人之難唯有歷試之詳重以旋觀之久雖復堯舜何以尚之具官某樸厚

之性出於自然直諒之才可備三益守道安命端靖不回二十餘年晏然一節外督漕事公議惜之維是東臺封駁之司實予萬幾出納之地宜得守法之士以爲過舉之虞爾其稽考典常附以經術令有不便知無不言使天下之人不能指摘而議則爾職舉矣可

范子奇司農卿

敕司農之政歸于地官則卿事寡矣然朕觀兩漢之士政事如朱邑儒學如鄭衆皆老於此官則前代用人蓋不輕矣具官某家世名臣詳練吏事出入中外治辦有稱居九卿之列脩后稷之政益勉無怠以答恩命可

馬默河東運使

勑具官某汾晉之民儉而能勤易以術富比緣兵役之後瘡痍未復思得靖重愛民之人爲朕伺察害政之吏以爾博學不勸從政有方文登之民至今頌其遺愛彭城之治復能首發巨奸是用輟從大農寬我西顧朕於用人無中外之閒爾於報國無終始之殊務安邊民以稱朕意可

岑象求利州運判何琬江西運判

勑具官某等朕爲官擇人不惟其才之儁良亦因其人之便習欲使上下相得所至即安以爾象求學有本原持心近厚昔在蜀部遠民宜之以爾琬才力敏明爲政不擾頃居江左列城賴焉往修鄰道之政無替已成之效使西南之人雖在遐僻千里之外咸知朝廷愛之之意可依前件

常安民鴻臚丞

敕具官某爾進由儒術舉以民政朕將觀爾於近以信其遠典客之職號爲優暇益勉無怠蓋將有考焉可

李誂自軍頭司除知忻州

敕具官某武吏當守四方以干城吾民宄於內服縻以吏事雖有才力智勇無自而見爾世本將家習於武事求試於外朕不汝違夫治兵欲整而治民欲安能整且安則疆場之事吾無慮矣可

鄭亶通判睦州

敕具官某仕宦之優莫如鄉國知其吏民之態習其風俗之宜所至而安於治爲易矧復桐廬之勝加以才力之優懷組而歸益勉無怠可

李琬太醫丞充中嶽廟令

勑具官某爾久習禁方善救諸苦勉思賦祿之厚益勵好生之心可

王鞏通判揚州

勑具官某爾故相之孫而名臣之子也生於富貴而篤志於學勇於議論而不謀其身淮南大邦民病水旱往貳其事益試爾才可

劉奉世起居郎孔文仲起居舍人

勑欲治國家當先得士頃者人物之評廢而長育之道微朕顧瞻周行惻焉興歎或盤桓久次而未用或沈伏下僚而莫知將以責成治功折衝遐邇人不素具其何賴焉具官劉奉世世家世名臣才穎秀發試以治劇煩而益明具官孔文仲進以直言文史足用責

之典禮守正不回斯皆一時之儁良多士之領袖方欲賓之侍從益當養其才能左右史官號爲要地前後達者皆由此途手刊冊書足以明枉直之效密侍殿陛足以觀進退之詳益勉自修以須不次可

胡宗炎將作少監

敕具官某宮室都城責在工正朕方以恭儉自居以法度自律宜得愼靜之吏以督繕治之功爾昔居此官號爲任職往貳其事無改厥勤可

向宗良知衞州

敕具官某士生於富貴者常患其懷安佚樂怠於功名爾以外戚之懿求試治民永惟此心有足嘉歎衞雖跨河地實近輔勉脩爾政朕將觀焉可

郝觀皇太后殿管句文字生辰除借職

勑具官某朕恭養隆祐朝夕無違爾久此服勞適當
誕慶錫爾一命無改厥勤可

曾肇中書舍人

勑朝廷以號令鼓舞四方言之不文行之不遠昔河
西諸將讀璽書而知天子之聖明河北叛臣聞赦令
而致武夫之涕泣故朕思得良士俾代予言知民物
之至情識邦家之大體擇之久矣僅乃得之具官曾
肇少知爲文久益更事家傳父兄之學言有漢唐之
風汗簡編年手紬金匱執筆紀事密侍丹墀比於簡
牘之餘試以絲綸之作油然不竭煥乎可觀俾即拜
於西垣將益觀其來效雖文稱蘇李未足以爲賢而
事問高崔庶幾於適用勉於自竭以稱異恩可

邢恕知汝州

勑具官某老吾老以及人之老此朕所以教天下之孝也爾比自漢東恩移汝海國有常典中止不行朕終念篤老之親宜得便安之養特申前命以慰慈心服我異恩益思報稱可

李周陝西運使

勑具官某關中之民勞於征伐而弊於飢饉久矣朕既爲之含垢以和諸戎天維顯思助我豐歲粒米狼戾法當斂藏繼出中都之泉以廣窮邊之積猶恐吏不時具而民或未寧分吾此憂責在漕吏爾忠厚之性見紀於時治辦之才屢試以事往推朕旨去蠹賊之害而督備禦之宜使疆場永安而民以無事可

劉淑蘇州胡宗哲宿州

勑具官某等姑蘇之饒冠於吳越符離之災接於徐

毫因其富庶而待之以法郡乃可治乘其饑饉而濟之以惠民亦肯懷苟得其人所至而定以爾淑治郡有方吏民不擾以爾宗哲臨事必辦才力有餘往因其民以立其政使富而不溢貧而不怨以稱朕意可

許彥先知隨州

勑具官某隨於春秋雖號小國然觀其應接鄰敵常有賢者今以吾士大夫之多而顧無善人以爲之守乎爾蚤有文譽晚習吏治尚無菲薄其民往求所以安之可

孫諤太學博士

勑具官某士溺於專門之學而不治諸書不達前世施之於事罔焉不知朕甚患之爾博於文史不流不固往司講解思所以救其失者可

王佺通判荊南

勑具官某南郡控引江湖商賈之淵而盜賊之會也守貳之事於南方爲劇爾游宦之久才力有聞往贊其治益勉毋怠可

韓玠通判河南

勑具官某爾家世公卿當識治體而西南之政俾民驚擾達於朕聽往貳西都服我恩命無怠循省可

占城國進奉判官蒲霞辛可保順郎將

勑具官某航海而至奉琛在廷心知禮義之榮身無遐邇之異特頒恩命昭示遠人可

劉攽中書舍人

勑士有博學而不文甚文而不達於政者矣朕惟人才之難拔士之急凡所擢用惟其所長矧夫名在文

學之科才兼政事之選釋而不用夫又何求具官某
能讀墳典邱索之書習知漢魏晉唐之故中秉直諒
發爲謀猷方其流落之中益聞豈弟之政比召還於
冊府將漸寘於近班適以病辭勉從所請汲黯雖安
於臥治蕭生雅意於本朝眷予侍從之華實司號令
之本惟詳練可以彌縫庶政惟辯博可以鼓舞四方
爾其勉盡所長朕將觀爾於是可

曹誦遙團知保州

勑具官某惟爾先臣克平吳蜀仁澤之深與江漢無
極于今四世子孫盛大時出能者昔漢唐功臣高密
汾陽之家傳世赫奕不殞其業予甚嘉之今爾奮於
閥閱之中休有搢紳之望練達兵事翼贊西樞屬邊
守之須才加使名以爲重予欲不違和好之舊而得

嚴整之稱體國承家有望於爾可

王獻可火山軍李昭敘石州

敕具官某等河東邊城俗儉而兵勁吏能守法易以爲治爾等才稱武吏之選家本名將之裔往修厥政以寬治民以嚴御兵思稱朕意可依前件

鄒極江西提刑何琬府界提刑

敕具官某等朕惟古之聖王不泄邇不忘遠雖在江湖萬里之外睠之如畿甸之間是以並擇才能以察犴獄以爾極出將使指入參郎曹以爾琬比在江淮積有歲月咸能愼所施設紀於吏民夫寃民滯訟苟爲不察雖堂上有不能矚苟爲察之雖遠何患往祗爾事克愼庶獄以稱朕意可依前件

葉温叟度支郎中

勑具官某朕旣克己裕民凡非法之求罔不罷去而國之經用率如故初是以思得敏強之臣理財節用以羨補不足爾以儒雅吏術有聞於時其能量入爲出助成地官以濟我邦計可

吳革江西運判

勑具官某江西地薄民貧嶮而好訟頃者有司失計以鹽賦民愁嘆無聊困弊愈甚朕雖已弛其峻密復其故常而瘡痍未平念之未嘗忘也爾以才敏擢守廬陵知其吏民之艱究其本末之變往佐漕事思所以安而養之以稱朕意可

杜常兵部郎中

勑具官某夏官掌天下兵事而邊防禁旅馬牧之政比皆隸於西樞則事益鮮矣爾以吏能久於其屬於

法當遷夫以久習之吏而治益鮮之事宜其無不辦也往率乃職益勉毋怠可

榮咨道通判鎮戎軍

勑具官某被邊之地政兼兵民武吏以奮其威文吏以治其政凡所以愛民備敵之道至矣爾頃以博學多聞試於奉常出佐疆場勉勤職事益以觀爾可

錢式三班借職

勑具官某國家廣漕東南以實中都爾董其事免於亡失錫以一命益勉無怠可

翰林醫官陳易簡等六人比舊各減三官牽復

勑具官某等醫如函人皆志於仁不幸失之法不可廢而情則可恕爾等奪官既久稍復其舊體予至恩益勉毋怠可

李括知洋州

勑具官某益昌諸郡莫如梁洋地通蜀漢之饒俗兼秦隴之勁每欲擇守常難其人爾頃爲赤令勤勞茲久懷組過家無異鄉國服我恩寵勉思治民可

張士澄通判定州

勑具官某君子之仕不以高下易其心爾昔以才敏嘗奉使指茲予命爾佐中山守往悉乃力益勉於事則予汝嘉可

彭次雲吏部郎中

勑具官某以資格用人所以爲公也而賢不肖雜糅無以獎勸士大夫朕既命有司講求其方矣爾爲地官屬以才能稱進領銓事其悉心流品思稱朕意可

章楶吏部馬玧戸部韓宗古司封吳安憲都

官黃景職方郎官
敕具官某等先帝以禮樂刑政責成於文昌用人之難非宅官比清曹劇部尤重其選惟能試之有漸是以用無不宜以爾寀按察西南治辦不撓玩典領徒隸從容有餘宗古出入臺閣有靖愼之風安憲家世公卿有練習之譽景質性端茂學術有聞並稱一時之良爲我庶政之助譬如衆輻各致其用然後大車得以運行勉悉爾心以稱朕命可依前件
盛僑國子司業
敕具官某先帝肇新辟雍以養多士於茲歷年學者雲集師儒之任比益重焉是以增命樂正之官以輔司成之教爾以老成端厚久於郎曹往祗厥職勉於訓勵無使陽城韓愈之流專美於前世可

黄庭堅著作佐郎

勑具官某左右史記言動之詳而宰臣紀時政之要以授東觀會而成書然後善惡之實後世得以考焉苟非其人何以取信爾孝弟之美著於閨門文史之功稱於朋友昔張衡崔駰張華束晳皆以才行久於此官朕既思見古人爾尚追配前烈可

陳侗直祕閣知梓州

勑具官某朕憂勞遠人過於纖甸以爲吏之侵漁細民者遠則莫見民之呻吟疾苦者遠則莫聞是以選任守臣惟難惟慎爾以臺閣之舊出臨關陜曾未朞歲厥聲茂焉朕惟東蜀郡縣之多思得循吏鎮撫其俗進直書閣寵光西南尚無菲薄其民勉修安靖之政可

晏知止成都運副秦中梓州運副

敕具官某等蜀嶮而遠民弱而畏吏失其道民始無告久而不堪或以生事故朕選任使者必先循良將使吏不爲暴而民不失職以爾知止賢相之後文雅有餘以爾中治術之精前後可紀託以二蜀之重分吾千里之憂爾其急吏緩民深體朕意可

游酢太學錄

敕具官某凡有職於成均者皆士之秀也爾以學業之茂獲與茲選勉修其行使士大夫有觀焉可

張舜民監察御史

敕具官某御史之官知無不言則朝廷肅時然後言則天下信嘉謨嘉猷朕之所急也用人之愼孰先於此爾以文行風節見紀於時方召寘石渠而臺以名

聞往祗厥服使言必有物行必有常以稱朕命可

張績祕書省正字

勑具官某用之則行舍之則藏此孔顏之行而士之所師法也爾昔以直言進流落不用十有餘年安於潛默不慍不求今予命爾於東觀將用之也其勉修所以行之者以稱朕意可

李執柔司農寺丞

勑具官某大農事歸於地官則丞事益簡然卿寺之屬皆吾養材之地也爾家世名臣業履修飭往祗厥官無墜先烈可

陳烈落致仕福州教授

勑具官某惟孝友于兄弟是亦爲政爾以篤行見紀於東南雖老而不試可以無憾朕方欲推爾所爲施

於鄉人其起視學校使諸生有所矜式可

勑具官某爾昔以經術教國子矣中以罪廢而士大夫高爾之義有司薄爾之過其往涖丞事使天下知朝廷用人之周無善不舉可

龔原國子監丞

仲葩遙刺

勑具官某古者宿衞之臣勤勞于內刺舉之吏捍守于外葢官稱其事祿視其功事功旣修然後得之今朝廷以仁治親爵秩之施舉從其厚故爾以積年爲勞考課當遷然非其孝弟恭儉持身有法則亦何以及此其服我恩命勉於自修使寵祿日至而無盈滿之患以稱朕意可

吳淵西頭供奉官俞諤左侍禁

勑具官某等爾以吏事宰府久勤於職懇求補外惟廉且慎可以終荷寵祿可依前件

袁說知博州

勑具官某吏部以格用人嚴銓綜之敘雖有賢者不得獨進故使政事之臣視其才能資任而以時用之然後法不亂而才不滯爾以吏能見紀歷典劇郡河朔之民方以饑饉爲憂往勤勞徠以弭流亡之患可

閻木太學博士葉濤正

勑具官某等天下之士視成均之所趨向以爲風俗朕方患其學術之雜駁而文體之流蕩思得知本務實之士相與正之木才質端厚學有原本濤議論堅正行極純潔其往帥多士喻以朕意可依前件

宋寶 深澤主簿威之父一百歲除承務郎

勑某祖宗以來以仁率天下肆予士民皆得保其天年爾以行義之厚獨享期頤之福一鄉所重朝所尊禮歲時有束帛之寵巡守有就見之義宜加一命以成子孫祿養之美可

韓忠彥樞密直學士知定州

勑有唐開元之初以儒將守邊靜則詳於治民動則計而後戰邊鄙不竦號稱得人茲予祖宗阜康兆民和諸戎狄垂白之老不見兵革亦惟禮樂之士能收干城之功用人之明豈獨前世具官某元臣之後風力自將拔於周行旋付河閒之重入參法從遂膺宗伯之選世有明德人無閒言惟乃顯考嘗以旄節爲中山守寬厚之化浹於斯民嚴整之聲震於鄰國三十餘年故吏遺民猶有存者今予命爾以要職撫寧

斯土爾亦益懋乃德視乃先烈使北邊之人知韓氏
有子予亦有臣豈不休哉可依前件

劉敏知辰州

勑具官某武陵被邊舊難其守比斥廣沅溪而控扼
諸夷實賴茲土爾才堪煩劇累更事任尚能持身潔
廉與物安靜以循養斯民懷服異類可

龐希道復翰林醫學

勑具官某爾以醫從仕始以不驗失官終以有勞獲
敘功過相除固法之所許也既復爾舊益懋乃術以
答恩寵可

克勍仲詧並磨勘改正任防禦使

勑唐始以防團領四方之戎事中以刺史持節兼治
兵民國朝參其舊章因其爵秩以錄親報功恩禮尤

重以爾具官克勅力行孝弟著於閨門具官仲詧服
勤詩禮信於朋友皆董司環衛兼領遥州積勞之久
歲月應格俾正使名之重益隆磐石之宗夫富而能
約者可以保家貴而知降者可以安職服是恩命思
予訓言可

蔡確改知安州

勑朕體貌大臣務全終始有譽則藩飾褒顯以風勵
天下有過則遷就諱避以曲全舊恩至於用法蓋不
得已具官某早以才力奮於下寮旋蒙器使致位元
宰弟頤不類貪冒有素而溺於私愛以廢公議曲從
舉吏之請遂成黷貨之辜其驕奢淫縱之狀理無不
知而涵養蒙蔽之甚殆非體國致煩言之並作雖欲
宥而不能黜守小邦仍褫舊職往自修省尚體至恩

可

呂公孺知秦州

勑秦故重鎭統制西戎乃者肇復河湟邊候浸遠雖復號稱近地而實據其本根用人之難與昔無異具官某故相之後風流未亡舊德之重出入見紀臨民有寬厚之美治兵知節制之方偃然長城可託西顧朕方包裹甲兵以懷柔異類督厲將帥以完整邊防蓋非靖重無以爲安非繕治無以持久祗率朕意勉成厥功可依前件

欒城集卷第二十八

欒城集卷第二十九

西掖告詞六十一首

仲鸞等六人磨勘防禦使

勑朕於族屬之尊思極富貴之奉至其進秩之際必由考績之詳蓋所以示出爵之非私勉脩身於在位典章之舊朕何敢忘具官仲鸞力行孝恭閨門稱順具官仲隗服勤詩禮朋友攸嘉具官仲癸恭儉自將有縉紳之度具官仲鄉脩飭匪懈號宗黨之良具官仲聘信厚之深居有聞望具官仲霜威儀之謹動無過尤皆領職遙州分董右衛既積勞於累歲宜正命於前官尚能以約保家以謙守位服此新命思我訓言可依前件

張之諫知德順軍

勑具官某守土之臣皆欲久於其事矧夫邊吏內撫軍旅之政外御夷狄之情非習其故何以能稱爾以材勇謀略出入邊鄙安定之治綽有令聞是用就易符竹往施舊政蓋所以安靜疆埸非獨便爾私也可

寇誦覃恩改朝請大夫

勑具官某朕纘嗣丕業思與士大夫祗奉遺訓同濟于艱難爾久服官政有勞于位登進爵秩非予爾私亦惟先聖之德澤不泯于下可

郭時亮通判海州

勑具官某朝廷之法無言不酬無德不報爾昔在定武首發姦謀而義不受賞歲月久矣大臣猶以爲言東海名郡往貳守事益勉於政將以觀爾可

安宗說知利州

敕具官某益昌之民山居而谷飲控二蜀之要耕桑不足而商賈有餘不得安靖之吏民將有不堪命者爾昔以選用所至有聞不由吏部復典茲郡其益勉於從政以報恩命可

范子奇河北轉運使

敕具官某河決而西汗漫千里聽其西流則堤防未立郡縣受害塘水堙塞導之東徙則功費極大民殫於役水未必聽頃者議論紛紜未知適從人民流散靡所戾止朕中食嘆息思救其患以爾任寄之久才力有餘頃將北漕嘗講茲事是用申錫前命責之成功夫使水不潤下民不宅土則征賦靡弊帑廩耗竭漕事盡廢爾將何以尸此其往悉乃心博謀於衆詳究利害以時上聞朕將考而施之尚勉無忽可

吳安持司農少卿崔公度將作少監

勑具官某等朕用人之廣實惟其材上自公卿之家下迨山澤之雋一有可任不論其世以爾安持賢相之子所見者大歷試煩劇風力有餘以爾公度奮自東南文采自表用之諸寺職業不廢遞加進擢以慰勤勞或勉與九農之功或益修大匠之政朕將考察其實以觀成功可

王兢湖南提刑

勑具官某朕俾士大夫入治省曹出按州部非特以寵祿厚其身也內則習知朝廷政事之體外則審察吏民情僞之變踐歷既久獎用亦重爾總督倉庾才力有聞惟是湖湘之遐民習嶮陋之故犴獄所寄得人則安其尚悉乃心罔以內外之殊而不盡其力可

錢暎知真州

勅具官某五代藩鎮之家惟吳越之後冠冕相屬豈惟朝廷寵綏之厚亦其子孫忠孝之篤楊子重地據江浙之會守土之吏未嘗不選也爾以奉使之勤還領其事治民之餘得以瞻望祖父之故國豈不休哉可

王漸知階州郭逢知德順軍

勅具官某等朕以恩信御夷狄以嚴整治邊鄙常使我直彼曲彼亂我治庶幾兵民底于安靖凡守邊之吏皆當知朕此意爾等咸以才謀見紀習於疆事往祗厥官肅戒無怠可

蕭士元石州李昭敘忻州李詵隰州

勅具官某等河東諸郡犬牙相錯皆密邇鄰國有兵

有民凡與茲選其任惟一爾等咸以謀略才勇所臨
治辦或告親嫌許以易地將使吏卒無送迎之苦而
邊鄙獲安靖之便各勉於事以稱朕意可

致仕馬充等以登極恩改承奉郎

勅具官某等爾以耆年知止退安丘樊顧予纘服均
霈多士進秩之寵隱顯同之往服異恩以介眉壽可

燕若濟知東明縣

勅具官某古者大邑必使學者制之矧維畿甸四方
觀法於此大臣以爾才堪治劇命以東昏耳目所接
得失可考可無勉哉可

陳向知楚州

勅具官某爾爲部使者薦士失當以致人言朕不忍
廢付爾山陽淮南之民荐經水旱流亡未復勉修政

事勞徠安集俾民宜爾以蓋前咎可

士鱣磨勘轉右監門衛大將軍

勅具官某凡予五宗之屬皆有十年之敘勤勞非在廷之比而爵祿居庶姓之右所以示親親也爾能孝恭內外無怨無惡坐閱歲月以陟門衛苟知以進秩爲懼日務克己則寵祿之至何止於是可

黄好謙知濮州

勅具官某爾齒髮雖衰而風力猶在憚於朝謁亟請外官朕惟民政之難不惟其力而惟其才俾朕得循良以牧養細民俾爾得暇豫以攻治衰疾夫亦何所不可濮陽之治尚能勉以圖報可

張脩駕部郎中

勅具官某馬牧之政歸于西樞則司駕之治簡矣以

爾才力之優歷使諸部亦既勞止還總車乘之政試
於內服益以觀爾可

王瑜京西提刑

勅具官某宿其業則民安其政方今吏溢于額朕
雖欲行之而有所未暇以爾案刑于淮甸歷年之久
民無怨言茲復命爾督視許鄧地雖不同而職事如
一庶幾練習之故以無曠弛之慮祗朕新命益勉無
怠可

康識權發遣鄜州今落權發遣

勅具官某朝廷急於用人故士有以資未應格進攝
事者爾以才智足用擢守鄜時歲月既久治辦有聞
俾正厥官益思所報可

楊叔儀少府少監守本官致仕

勑具官某陳力就列不能者止古之仕者以之而士大夫有不能者爾起於布衣進貳列卿而能因病告休敦止足之義因其舊秩歸耀鄉黨尚使子弟知所矜式可

融州歸明楊晟該等改右班殿直

勑具官某等爾等獻地築堡披山通道忠孝之心見于勤瘁不有褒顯孰云旌勸特命進秩列于廷臣祗服異恩永保疆埸可

曾肇磨勘改朝散郎

勑士大夫有常秩者皆得以敘進至於近侍之列優以三歲之典非謂從官親近而特私之也進用賢才理有當爾具官某學術精博遣詞甚工操履堅正遇事不苟比司國史煥乎筆削之華進領掖垣確然議

論之正有司考績於法當遷稍陟崇階增重要職勉
服寵光之厚益思報稱之宜可
蕃官折師武覃恩改西頭供奉官
勅具官某朕纘承丕構推恩四海罔有內外咸進爵
秩爾世在疆埸有守禦之勤服吾異恩勉事忠孝可
郭知章知海州江公著通判陳州
勅某等天下之士非舉無以知其賢非試無以効其
實舉之於衆而試之以事此先王所以求賢責實之
方後世之所不易也爾等咸以才名薦於近臣朕信
而任之使知章守東海使公著佐淮陽勉悉乃心朕
將觀爾所爲以知言者之非妄可
黄好謙知潁州
勅具官某汝陰民庶而事繁河通而地勝前後擇守

皆用名流圖諜具存風迹未泯爾才術通敏長於治
人出入勤勞久於郎省自求外服以養高年亦何愛
於一邦不以成其素志益勉於治以荅異恩可

霍唐臣知濠州

敕具官某士奮於布衣爲列郡守有民有社可以言
政爾積累勤瘁逮茲長人濠雖小邦而民物之繁山
川之勝苟治之有道亦足以觀循良之効矣可

晁端彥吏部郎何洵直司勳郎顏復禮部郎

敕具官某等朕愼於用人進必以漸考實已試之効
常懼或失其人故使端彥以功籍之明升領右選洵
直以典禮之修進秩勳府復以奉常之勤擢佐春官
庶幾習焉鮮有敗事爾等其明識朕旨省察姦吏剖
決留事以稱吾設官之意可

辛雝太常博士韓宗文光祿丞孔平仲太僕

丞

勅具官某等朕網羅雋乂而分之職事以養其才能茍無曠官有進無退雝儒雅自飾藹然有聞宗文世族之良勤於厥事平仲詞學有本敏於為政皆由已試之效當吾次遷之選夫奉常三禮所在而膳羞閑牧朝夕之所有事也其勉悉乃心務舉其職以稱朕意可

元耆寧館閣校勘換校書郎

勅具官某先帝始復圖書之府並建官屬而收校讎之職爾昔以大臣子篤志學問列於石渠終喪而來官匪其故祇服新命勉思舊學以克嗣世可

梁燾轉朝奉大夫

勅因村任人國之大柄考績進秩吏之常法乃者歷選滯淹試于侍從而有司奏課以時上聞非朕敢私法固當爾具官某早以好學召寘石渠中以嘉猷入事樞府恬於榮利久此盤桓方議禮於秩宗旋納忠於西掖進對一再議論雍容歲月之遷未足爲寵大言大利將有竢焉可

張湝知長垣縣

勅具官某士欲得民而行志莫如爲邑毀譽易聞榮辱易及莫如畿甸大臣言汝可辦是邑往愼所爲毋忝知者可

李清臣資政殿學士知河陽

勅朕惟先朝政事之臣與聞玉几之言常奉橋山之禮助我致治行將三年出納萬微日以詳練而乃飛

章自乞誠意確然屢却不回執志莫奪止足之懼
勉而從具官某博學洽聞蚤與直言之對高文密議
中陪禁苑之遊自登丞轄之司益著忠勤之効勸於
機事力請近藩雖大臣體國不以中外爲心而朝廷
任人常敦始終之分三城重地少假賢勞祕殿隆名
益旌舊德尙懷眷予之厚入告謀猷之嘉惠安小民
推廣予意可

張整皇城使廣西鈐轄加遙刺再任以交人
理會地界之故

勅具官某桂林諸郡帶山並海控引裔夷比雖少安
而備禦之宜常若寇至爾以才勇謀幹久於其地特
加遙州之貴仍領兵鈐之重勉圖方略以荅恩寵可

醫官元璘敘權易使

勅具官某爾以方技事上前以不效失官後以有勞進秩時旣當敘而法非其故疑而從予古之道也祗服異恩益勉無怠可

交趾使黎鍾吏外副杜英輩東頭供奉官

勅具官某等梯航之勞不憚嶮遠職貢之禮克遵故常特加朝命之榮以爲海邦之耀往服恩寵無廢忠勤可

鄧忠臣祕書省正字

勅具官某爾昔以賦頌之工登圖書之府終喪來見舊學未忘往祗厥官以卒前業可

成卓西京左藏庫副使邕州左右江都巡檢差人畫歸化州地圖致儂智會乞割峒地與交趾降兩官監筠州酒稅

勅具官某歸化近藩與吾疆土相接爾爲邊吏而致

其劃地以附益遠夷不任其咎罪將誰執奪爵二等
邦有常憲往祗厥官深體寛宥可

仲淶轉正任防禦使

勅朝廷篤於九族之恩許以十載之敘使其賢者有
所勸勉而怠者知自修飭祖宗之舊漢唐所無有司
奉行敢有加損具官某幼知義訓長事禮文無膏粱
之譏有搢紳之譽久服勞於遠郡茲正命於使聯其
克自修以永終譽可

曹評正任防禦使

勅曹氏爲將不妄誅戮遠人安之忠厚之報集于子
孫自勝衣以上皆高爵重祿而天下不以爲過朕甚
嘉之具官某幼蒙父祖之慶長有搢紳之譽服事左
右勤勞匪懈正名閑禦之任以旌恪恭之懿服我休

命毋忝乃祖可

熊本降授朝散大夫

勑守器不假疆埸之常道啓寵納侮蠻夷之野心謀之不臧終必貽患具官某昔以近侍出守桂林眷歸化之近藩有裔夷之小警不惟分土之素定輒興畫界之狂謀舉八縣之故封捐三隘而爲境苟幸一時之無事遂忘經世之遠圖咎既莫追罪不可赦奪官一等國有常刑思蓋往愆爾其自訟可

張綬湖南提刑

勑具官某爾等以常平奉使官廢而罷濟南大藩民富而多盜布政期月人亦用乂荆湖之南地遠而多嶮民悍而喜訟犴獄之寄惻于予衷往祇厥官布欽慎之意蓋朕之用人惟善所在不以遠近爲異爾其

勉之可

劉當時太僕簿

勑具官某朕敷求雋良選世族之後惟乃顯考昔爲嘉祐侍從之冠文學議論有絶倫之聲肆爾仲叔侃然自修不忘前人茲予命爾僕臣之佐以修閑牧之闕毋荒失朕命以忝乃父可

張宲古尙書省都事出職改朝奉大夫

勑某仕爲大夫出守列郡士之力學行義有白首而不能至者矣爾名在中臺勤勞積歲坐而致此朝廷之於三省厚矣蓋將自是爲吏民長惟清與慎乃能終荷斯寵可

陳遊古知沂州

勑具官某沂居齊魯之閒周孔之風旣遠民悍而喜

寇法之所以待之者不與宅郡等朕甚憐之以爾老於從政知吏民之情往求所以安之非徒勝之而已也可

周純知虢州朱陽縣

勑某縣令雖輕職要而近民苟得其人事或以濟虞詡爲朝歌長施設方略使積歲之盜一朝而去今吾士大夫之富不愧於古而獨無其人乎聞爾昔討廖恩折馘執俘幾獲渠帥而以誣罔被譴功不時賞今商虢之寇依阻爲虐往思古人時建功名以效曩昔之勇可

宋子儀大理寺丞

勑某用人之明莫如已試崇陽之訟誣執交構更數獄吏皆不能察汝能究其本根而枝葉自舉使冤者

獲信死者無憾往丞廷尉推行此心要使庶獄皆如此而後可可

晉秦國安仁保佑夫人張氏特封吳楚國安仁賢壽夫人

勅朕永懷先帝簪履之遺率皆當今宮掖之貴而況擁佑聖德夙夜有勞光寵極於一時始終歷於多載不有異數何以示恩具位張氏資性淑均值遇明聖躬執燥濕之役行兼保傅之賢睹致治於承平誠有功於當世封吳與楚實居四海之上游既壽且賢殆兼五福之美報號名之盛前後莫倫明發有懷匪以爲賜可

彭汝礪右史

勅朝廷以科舉取人甲乙皆侍從之選然而速進有浮淺之累歷試得重慎之宜逮茲稍淹士知自養望

實旣備用之不疑具官某蚤以詞章策名第一試之
彈奏臨事不回屢嬰權倖之鋒不爲進退之慮翺翔
外服黽勉歷年今朕思得忠良之士以紀言動之實
顧瞻在列咸曰汝宜出入禁闥益將察汝所爲長育
人材亦當識予深意可

王陟臣右司郎中

勅具官某尚書萬幾所在二丞總之至於條目之煩
郎任其責朕旣欲得清流以厭服多士又欲得能吏
以肅齊庶政爾名臣之後學世其家昔以藝文膺上
第之選頃以强濟爲天官之屬都司之任汝實宜之
往祗厥官思稱朕命可

王古吏部員外郎

勅具官某晉魏之閒吏部進退天下士而世不以爲

嫌令茲以格用人動輒有法苟能清心奉公宜無不治以爾名相之後奉使諸道號稱良能勉佐天官繩留難之吏寬滯積之士以求稱吾意可

張詢浙憲

勑具官某地官掌財賦之出納而辦其登耗爾佐其事累年于茲亦已勞矣吳越之人文巧好利犴獄多有汝長於其鄉而知其情僞往將典憲鉏其豪强而紓其無告以致予欽卹之意可

陝西移四通判永興汲光移秦州秦州鞏承之移永興延州崔同移渭州渭州歐陽成移延州

勑具官某等朝廷推誠心以待天下之士而祖宗法令之舊有不敢逾茲緣親嫌俾爾易地蓋秦雍延渭均號藩州而兵民政刑皆足爲治勉出爾力以左右

元帥毋以東西易其意可

蔡潛除司農簿 抗子

勑某朕惟英邸舊臣淪謝無幾幸而有子亦既能仕其於成就長養宜在朝廷是以擢於稠人命以農屬其尙體予至意克祗厥官以毋墜其世可

令踈 該覃恩持服終喪除右千牛衛將軍

勑某朕嗣服之初博推霈澤爾與陳壤奠退遭閔凶終喪而朝前命不改宜陟環衛之列以均宗黨之榮可

張元方權發遣府界提點

勑具官某畿邑之廣官吏之衆不能當諸道亦明矣然朝廷置使以糾察其政刑則與諸道比蓋所以詳治都鄙而儀刑四方不可不愼也以爾才力之裕習

於從政往祗厥官務求實效千里之近耳目所及吾得以觀爾可

周邠通判壽春

敕具官某鄭復爲郡興廢補敗爾與有勤焉壽春之富民庶而事叢旣以旌爾亦以觀從政之效可

魏璋先從韓存寶失官後從劉昌祚有勞敘奉議郎熙河機宜

敕具官某爾昔從軍瀘戎以譴奪爵起事西帥以功見賞逮茲獲敘幷舉前勞往佐戎旃勉以圖報惟爾前事可以爲懲而後事可以爲勸懲勸不忘庶幾可以求成功矣可

常安民太常博士

敕具官某禮之正國猶繩墨之於曲直其以止患猶隄防之於江河雖先王之典布在方冊然神而明之

存乎其人以爾學術之通長於議論政事之美載於東南尚能推明舊章以佐卿貳毋使繩墨不得其施而隄防敗於微隙勉思職事朕將觀焉可

豐稷工部員外郎

勑具官某周官司空之職曰居四民時地利葢宮室械器之事不及焉朕方以恭儉自居凡興建百役有所未暇而大河西流水性未得冬官之責莫斯爲重以爾性質方厚居官可紀往佐爾長職思其憂以稱朕意可

沈季長少府少監

勑具官某天惟無私故物無不生朕於用人惟其可者從而舉之爾昔以事廢於朝周旋於外久矣朕棄其過而收其所長擢爲九卿貳爾亦深識朕意勉修

厥職以答休命可

林英大理少卿

勅具官某好生之德洽于民心然後民知不犯有司今朕既省事以安衆棄利以厚民而决獄之煩動以千數豈其聽讞之吏不能推行朕意以至於是哉爾以儒者通於吏道尚能以經術緣飾法律先民有言與其殺不辜寧失不經朕夙夜庶幾天下之吏能服斯訓以助予治矧於廷尉安可不勉可

欒城集卷第二十九

欒城集卷第三十

西掖告詞五十九首

姚勔宗正丞

勅具官某進取之士志於功名不得廉退靖重之人以鎮之則往而不返流以成俗朕方博求賢雋以助成治道聞爾淡於榮利未老而歸宴居丘園稱道不亂是以擢丞宗正以風勵天下勉從弓旌之命使士大夫知篤行之貴可

林希湖州周之純宣州沈季長秀州

勅具官某等江浙之間山川民物之勝有唐臺省之士求守其地有不可得者矣今茲士大夫重內而輕外胙之千里之社或缺然不滿其意此豈朕不泄邇不忘遠之意哉以爾希蚤與從官文學足用之純昔

嘗奉使才幹有聞季長久於滯淹風力不替朕惟吳
郡宣城嘉禾三郡之富思得才者付之吏民勉究乃
心毋以內外爲高下之意民苟安汝朕不汝遺可

李傑梓州提刑陳鵬運判

勅具官某等東蜀諸郡頃以西南夷之亂輸輓供億
民不堪命朕既寬而養之疲瘵未復而春夏繼旱有
艱食之憂是以剌舉之吏其選尤急以爾傑頃參使
事久勞于職習知其故以爾鵬生於其鄉長爲之吏
詳其得失故使傑察其刑鵬佐其漕朕於遠人所以
念之者至矣推予此心各勉於治可

呂陶京西運副上官均比部員外郎

勅具官某等士任言責則無官守以言取人而不試
以事朕以爲未也昔漢宣帝以諫大夫通政事者補

郡國守相而唐世御史與尚書郎相出入也蓋前世之所以用人者至矣今陶由殿中擢與七人之列而均以監察遷爲副端之重其爲朕明是非辨邪正者多矣其以陶刺舉許洛諸郡而以均校計出納諸籍苟試之以事而人無間言焉則才可見矣可

史宗範知涇州

勑具官某安定雖非極邊而聚糧訓兵爲疆場之重所賴者多矣爾歷試諸郡治辦之聲達於朝廷是以召之江淮優佚之邦付之金華備禦之地勉修厥政綏懷兵民而撫循將佐以稱予選任之意可

黄慶基鴻臚丞

勑具官某鴻臚之於諸寺號爲少事矣然皆朝廷所以長育人材之地未嘗妄授也爾通守南邦蓋未嘗

求而選擢自至其克自奮勵使天下信吾用人之公非苟然而已也可

張峋戶部員外郎錢長卿刑部員外郎

勅具官某等六卿之屬其切於民事者地官制其衣食而秋官治其生死有非其人或受其病以爾峋將漕右輔民不告勞長卿司計中臺事不失統是用以時進之俾佐二部夫職日以高則責日以重惟能以遷爲憂而不以爲喜則職事舉矣可

大名府驍武第一指揮都虞候楊政等七人可並左右侍禁

勅具官某等承平既久貔虎之士以歲月爲勞坐致好爵既登仕籍復從吏治惟廉與愼可以安受寵祿可

韓維守本官資政殿學士知鄧州

勅朕承祖宗之丕業訪求黎老與共國事矧復裕陵藩邸之舊父兄世臣之餘民望所依朕何敢後然而華髮在御有賢勞之嗟旅力既愆以出守爲樂進退之際禮義存焉具官某頃以耆艾恬於燕閑召寘邇英賴其勸講之助擢居黃閣付以議論之權任寄方深歲月未幾惟廊廟有日昃之務而方州存臥治之風眷南陽之大邦本故鄉之近地仍還舊職以示往恩尚俾中外之臣知予終始之意思永終譽克綏厥心可

李士京將作丞余中軍器丞

勅具官某等匠事之不可廢與戎備之不可忘其職均耳以親爲嫌法所當避往祇新命率職無怠可

劉務誠三班奉職

勑具官某爾自宣猷改隸奉常歲月滋久勤亦至矣錫爾好爵勉於廉節以安寵祿可

王袞知兗州

勑具官某吏道以律令爲師然讀其書誦其數而不知所以行之未足與言治也爾明習三尺出守列郡臨長吏民知弛張之方有循良之譽急於親養來請鄉邦朕不爾違以勸能吏祇服休命益勉無怠可

馮宗道遙郡刺史

勑朕嚴內外之分飭左右之戒是以近習之臣雖才智敏强見於內廷而外無知者具官某蚤蒙器使荐經事任出入諸道靖而不煩比緣積勞之久擢參後省之祕而重慎祇肅有加於前宜因寄資之崇益以

閱月之效佩之郡印以寵貂冠勵爾在公清我禁闥可

胡田先以宮苑副使知誠州州改爲軍除爲知軍

勅某沅誠皆南邊新郡而誠之於沅地不能半官吏兵丁餽餉勞止比因有司之請易以軍壘之稱爾因領舊治以撫遠民均爲長吏毋以名號之殊爲輕重之意可

陳安石知襄州

勅襄陽古都會也山河雄勝居楚越之上游風俗剽悍兼雍洛之餘習在戰國爲用武之地方承平爲無事之國牧守之勝圖諜具在具官某起自世族華髮一心試之中外清節可紀比者解印西土持節南陽坐席未温捧詔入覲眷荆州之重地方守臣之闕人

匪爲爾私將適民望勉圖安靜之術思繼循良之風

可

孫懷用知寧化軍郝逢知岢嵐軍

勑具官某等嵐谷固軍皆樓煩之故地民事雖簡而邊政爲重守土之吏必慎所付爾等咸以選任習於疆埸之政惟恩與信可以附吾民而服隣國勉思訓言無怠於事可

王僉光祿丞

勑某政無大小以得人爲重雖復膳羞之末足效才否之實爾久試於外而來居此勉修厥職毋忝朕命

可

姚勔秘書丞

勑具官某爾以清節懿行聞於鄉黨公卿譽者交至

於前乃者擢丞宗正實刊玉牒顧惟東觀之重號爲衆材之委往服厥職益懋乃德以稱予待爾之意可

蒲宗閔知興元府史宗範知廬州

勅具官某等漢中蜀之大都而合肥楚之奧壤守臣之選不在有司以爾宗閔入治郎曹出將使指以爾宗範踐歷藩屛宜於吏民因其已試之效付以共理之柄往祗厥服俾二郡之民被豈弟之政以助予治可

林顏權知泉州

勅某祿廩之給官有常日爾奉使于外而取逾於法以致人言將何以率勵群吏責之廉節乎宜罷所領假守方州祗服寬憲修省無怠可

孔平仲太常博士

勑具官某刑政之得失衆人知之然其所興壞止於
其事而已禮樂之得失視之未必見也而治忽之端
或自是起故朕於奉常之官擇之必慎用之亦速爾
以儒術精博吏治通敏以在茲選其克爲朕别嫌明
微以詔爾長俾上下内外不愆于舊章則爾職舉矣
可

西蕃首領温溪心心牟欽氊二人並除化外
州團練

勑具官某等天之於人善惡必報朕上法天道以爵
命四方有能忠勤必保富貴爾等才雄諸部心奉本
朝審於禍福之原明於逆順之理團兵寵秩蓋旌守
節之堅絶等異恩當竢成功之報可

鄭份知單州

敕某公卿之世有列於朝不患不用而患不立爾名臣之後以詞藝自奮入佐卿寺出典藩服由河內領單父恩亦厚矣毋忝乃祖勉思所以報者可

孫之敏知雍丘楊瓌寶知咸平

敕某等畿邑大夫古所謂內諸侯也仰有朝廷俯有吏民善惡之効朝夕可見以爾之敏家世名臣才頴自著以爾瓌寶宦學歷歲志節不回試以鄉遂之民將觀政事之實在邦必達爾尚勉之可

許懋右司郎中

敕某萬幾出納萃於中臺詔敕稽停文案壅滯自唐貞觀之盛而患之矣矧今俗弊政煩實倍前世雖上有管轄而郎不得人罔與共濟以爾奮自周行亟更劇務強敏樂易所至有成是以召自南服還領右部

尚能體余不次之舉勉盡匪躬之節虛位以竢爾其欽哉可

陳軒主客郎中

勅某春官之屬皆郎之清選也爾昔以文藝發身名在甲乙中以靖退補外安於遐遜還朝已久素守不渝今典祠遂員而司藩虛位祗服朕命往勤厥官可

豐稷殿中侍御史

勅具官某孔子稱有德者必有言德之無素而言以爲責則言有失當而聽者惑矣爾昔爲御史不得其言而去出使諸道入居郎曹端良之聲予有聞焉其尚一乃心時以德言來告俾予一人獲聽德之助可

陳知晦蔡州簽判

勅具官某五世舊臣百年遺老求之於時蓋無幾矣

今其子弟官於四方左右莫與爲養大臣來告惻焉
疚懷以爾篤於孝弟服勤無斁雖從事汝南疑於左
遷而朝夕之奉實惟汝志可

向宗旦司農少卿

勅具官某司農掌倉庾委積舟楫苑囿之政令以時
行視吏卒因其勤惰而正其黜陟蓋亦勞矣異時二
卿共事猶或不給今萃于一安得不告勞乎爾以世
家之盛兼外戚之寵而仕由科舉官有風迹往爲之
少俾羣司競勸衆務咸舉以稱朕命可

侯利建京東漕井亮采河東漕

勅具官某等齊魯之富甲於四方而連歲水旱民艱
於食盜賊將起汾晉之貧甚於西邊而逮秋豐成粒
米狼戾收斂爲急朕思得良使者以濟二方之宜以

爾利建忠節强勁安靖不擾以爾亮采才力敏濟察舉有方卓然已試之效庶幾諸道之選往祗厥服使民食無匱而邊儲有繼此予所以命汝意也可

馬誠湖北憲

勑某爾轉漕汾晉之間以羨補不足歷年于茲亦既勞矣荆楚雖遠而庶獄之治方漕爲劇其克清心慎聽使江漢之間無寃愬之民以荅恩寵可

林積知福州

勑某長樂大藩七閩之冠衣冠之盛甲于東南工商之饒利盡山海然以地狹故民多不足俗巧故吏或不稱爾既生於其鄉長習爲政歷試列郡服勞諸卿今予命爾懷組而歸非獨觀榮於故鄉蓋將責實於來效可

朱服權發遣泉州

勑某爾昔嘗備左右史矣出涖京口于茲在朞朕比以常法遷爾長樂而有司言爾事親不謹爲吏不職朕方以恕臨物不忍究也清源大府往爲假守內飭孝弟之行外循律令之禁日夜不忘庶免來咎可

林顏知濠州

勑某汝奉使閩越不聞令譽而臨財弗愼以致煩言朕因其悔過待以寬憲而公議不置封章繼聞濠雖小邦有民與社服我恩貸勿忘省循可

令毳以率府率講書授通直郎

勑某先皇帝厚於宗室勉以爲善有能通於經術率常試以吏事爾誦習典謨明其義訓往服通籍之寵以爲維城之勸可

張宻古知登州

勑某文登濵海有邊防之責士出守其地非選不授爾服勤南宫以積勞而往勉自修飭無忝明命可

高遵易改知全州

勑某黔南雖遠而任寄爲重爾以親往憚於嶮艱改命清湘以安禄養孝治之篤豈惟爾私可

何琬工部郎中

勑某漢宣帝信賞必罰綜核名實至于技巧工匠器械元成之間鮮復能及汞維熙寧元豐之政其徵見於百工之事與漢宣比朕雖繼之以恭儉而至於練精之功其可忘之爾歷使諸道吏能有聞入贊冬官厲精庶務勉循舊章以毋失其故可

崔公度知潁州

勑某汝陰土沃民夥有魚稻之饒而訟訴之煩亦倍宅郡守得其人則湖山之勝足以爲樂茍非其人犴獄煩多日不遑給爾蚤以文詞備選更踐吏事亦云久矣勉勤政事毋爲頹俗所撓以稱朕命可

黃裯知賓州錢師孟知横州

勑具官某等嶺南諸郡土曠民稀而密邇夷落以疆埸之政爲重故守土之吏常選於右府以爾裯仕至通籍而帥臣任以軍政以爾師孟雖爲勇爵而習於文法之治安城寧浦有民有兵其先爲安靖以待外侮知予所以命爾之意可

石景略可宣德郎

勑具官某朝廷因唐之故以六曹寺監綱紀百執事之治凡祖宗法令之舊合散出入有司有不能知者

是以分命近臣條析爲書於茲歷年爾與有勞焉功雖未究而考應於格舉自縣令賓之通階毋郡邑之勞而被斯寵爾其勉之可

范純禮發運副使

勅具官某慶曆名臣莫如文正之賢者朕訪其後人賓之於朝如見遺老以爾慎靖而文肅恪而通能世其家是以擢於文昌之要付以禮樂之事而乃畏避權寵自嫌閥閱東南漕事國用之根本任人之重朝廷難之均通有無以實中都非特私請之便實亦當今之急也可

張汝賢右司郎中

勅某東南都漕出納財賦幾半天下左右都司綜執綱紀與聞治要雖有內外之異而用人之慎其選維

均爾比自文昌出總饋運治辦之稱朕用嘉之還爾舊司益勉毋怠以稱朕委寄之重可

韓宗道太府卿朱光庭太常少卿

敕某等西漢之治以九卿爲重隋唐以來政在中臺則寺監之事蓋無幾矣然至於奉常司府禮樂財賦之所在用人之愼初無閒焉宗道奮於世族之良練達政治之要光庭比自諫諍之列出佐綱轄之司而皆敦朴自守才力有聞擢居二寺之重益觀歷試之效深自勉勵以究成功可

李之純寶文閣直學士知成都府

敕蜀雖嶮遠而民習禮義易與爲善難與爲非一遇循良懷之沒齒少加虐政病不自申昔張詠出守方兵革之後撫之以義民欣戴之趙抃奉使方泰侈之

餘節之以禮民安樂之及其復來吏民驩呼唯恐其去得失之效昭然著明具官某性本靖深政實寬厚處東南苗役之際簡以易從當西南征伐之衝安而弗擾遺澤猶在父老知之是以改重職於西清付遺黎於右蜀勉因舊治追繼前人毋使張趙之賢獨專巴漢之譽可

廖正一祕書省正字

勅某朕登延雋良策之翰林爾推言往古以及當世挺然不回朕甚嘉之東觀圖書之府挾冊考義游於其間者皆士之選也爾往講習道藝長育才幹敦業以待舉吾於養士亦厚矣勉於問學思所以成之可

劉舜卿加遙郡團練馬軍都虞候

勅朕臨御華夷不求功伐本欲屈己以安衆故務柔

遠而息民蠢彼屬羌夙號逋寇誘陷思立得罪先朝置而不誅冀其改過乃敢結連西夏攻圍南川竊據邊城窺伺便利天奪其魄無復畏忌之心人嫉其姦思致殄殲之勇時予良帥集此虜公具官某學通詩書才任斧鉞靜而知變勇且有謀至則避其銳鋒去則攻其不備臨洮堅壘破不崇朝講珠長橋殘於一炬元惡授首種羌震驚折馘執俘恩既均於諸將發蹤指示賞不可以逾時宜錫州團之名仍遷軍候之職河湟遺種未忘反側之心帷幄深謀當審恩威之用勉思全勝以究前功可

游師雄改奉議郎陝西運判賜緋

勅某伐叛柔服朝廷之大義避實擊虛將帥之成筭爾出使西鄙灼知虜情能宣朝論之詳以助元戎之

决縛致首惡壞其密謀諸羌震驚邊吏增氣遂以文史之舊與有干戈之功增秩易章未足爲寵奉使將漕益觀厥成予欲戢兵固所望於爾者兵利乘隙豈可以爲常哉可

廖正古通判滄州

勅具官某景城負海帶河爲一都會養兵備邊任兼將帥當得才士往爲之佐爾昔爲小官疾姦除惡以能名聞祇服寵命勉思所以爲報可

龐元英鴻臚少卿

勅某朕嘉祖宗將相之臣有德于朝有勞于邊訪其後人長育成就以勸勵百辟矧爾風力强濟出入有聞贊導國容職高而事寡茲朕所以追寵先正之意爾往勉之可

張琬知秀州

勅某有司進退多士必以資考爲之銓次爾入官雖久而法當爲邑擢守嘉禾出於異恩其克臨民以寬勿爲苛亟馭吏以嚴勿爲姑息思所以答擬用之意可

曾孝序通判莫州

勅某河決而西北方並塞之地頻年水災民艱於食爾以才選往貳守事其思所以均通有無疏導堙塞使吾邊民免於流徙之患則吾爾嘉可

劉言可內殿崇班

勅某爾章獻外家子生於紈綺而能勉自飭勵以成淑均之行選與宗姻旣緣華族特增美秩玆有舊章益務自脩以永終譽可

張峋戸部員外郎改戸部郎中

勅具官某爾旣出使近部入贊民曹其爲屬任均矣然猶以資考之異别中外之名用人之愼國有常典益勉於事以觀成功可

韓緒等西賊攻圍鎭戎軍南川寨等處緒等戰守有勞或復傷中韓緒韓進轉二官楊吉沈評趙説減磨勘各轉一官

勅韓緒等夏戎背恩侵我疆埸犬羊之羣遍滿川谷諸將戮力淸野以須或斬馘酋豪折其凶氣或堅完壁壘保我烝徒雖矢刃夷傷而忠節彌壯遂使醜類奪氣引兵遁還得不償費無以復令其下論功行賞國有舊章酬其勞能增其爵秩朕旣無德不報爾尚勉於立功可

蕃官党令征攬哥趙令景覃恩改官

勅某等朕嗣守丕業凡在臣庶罔有內外咸欲先之以恩而後責其所報爾等守在蕃服世篤忠勤朕不以遠故遺爾增秩賜邑與朝臣比勉思自効以答恩寵可

顧臨再授給事中

勅朕歷觀多士惟有實者可以久用而不見其敗若夫無實之人朝爲端良而莫入於邪具官某質重而文不阿世俗比從將漕擢寘東臺封駮之風震竦朝聽旋以河漳之害出使趙魏之衝而直聲在人公議所惜因其入奏俾復舊司勿改平日之心審察未行之政朕有過舉不憚改爲茍無布於四方害及民物則朕爲有知人之哲爾亦有常德之譽矣可無勉哉可

孔文仲中書舍人

勑政令之出公卿爲朕行之而臺諫爲朕言之方其未行內史舍人得聞其議與其既行而後言孰與未行而議之哉具官某蚤以直言鋪陳治要流落雖久氣節不衰比自右史遷長諫列朕審聽其言未嘗吐剛茹柔慨然有仲山之節是以擢寘西掖試以代言夫文墨雍容既爾舊學論思密勿毋替前勞可

張頡待制河北都運

勑河決累年隄防未立西山諸水汗漫無歸屬此秋霖鞠爲汙澤朕北顧之念寤寐不忘雖振廩已行而宿麥未廣欲使斯民無艱食流亡之患要在使者有愛人惻怛之誠具官某蚤分刺舉之權旋委方州之重以勤勞久次之選居出納右部之繁趙魏之憂宜

任其責農桑之政勉盡所宜特加延閣之華以重外
臺之寄可

欒城集卷第三十

珍傲宋版邱

欒城集卷第三十一

西掖告詞五十一首

太皇太后三代

曾祖瓊魏王

勑朕祗事東朝朝夕咨焉以從政乃者躬見上帝升侑神考克以眇躬率行盛禮思所以仰報於慈訓謂莫如追寵其先人太皇太后曾祖某報蚤事章聖蔚爲名臣智勇冠時忠勤沒世決策澶淵之役卒致匈奴之和勳列鼎彝慶鍾任姒賦政帷幄澤被海隅家傳異姓之王誓堅帶礪恩加千里之國昭示子孫其尚有知服此休命可

曾祖母李氏燕國

勑朕嗣守鴻圖初見上帝推衍天澤丕冒海涯矧惟

文母之家尊爲外戚之冠恩自近始寵無與倫太皇
太后曾祖母某氏蘋藻之儀敬而不瀆珩璜之節動
必以時作嬪大家肇錫餘慶宜新湯沐之奉以追窀
穸之榮音徽永存尚克嘉此可

曾祖母李氏韓國

勅和熹之慶兆自高密外奮武功中篤淳行閨門之
風比隆儒者維我聖母鍾慶烈武積累之厚追配古
人宜其室家並受光寵太皇太后曾祖母某氏夙被
女訓有鵲巢之風能使君子成羔羊之行德配圖史
福流子孫肆予熙事之成宜錫大邦之寵服我新命
賁爾舊阡可

祖繼隆楚王

勅朕惟祖宗功臣能父子相繼勲業不墜者惟曹氏

高氏克顯於世而皆篤生聖女輔成二宗之內治今
予神毋實親庶政均覆內外是用寵其先人以慰慈
心太皇太后祖某武力自奮家聲益茂出擁旄節入
董環衛與漢辛氏武賢慶忌唐李氏西平大涼較長
挈大罔有慙德玆予大享于合宮思與懿戚共享其
福大邦名城爾實宜之肇封荆楚以福爾後可

祖母康氏魯國

勑古之命婦貴從其夫維克有後則以其子矧予天
下之母內極三世之尊可無追崇助我孝治太皇太
后祖母某氏育德名族作嬪大邦象服之盛配德於
山河彤管之嚴比絜於圭璧比列荆河之壤追賚九
泉徙封少昊之墟益彰異數追遠之厚予何吝焉可

祖母郭氏豫國

勑朕於舊勳之家無所不厚矧維坤德之重恩何以
加內殫孝敬之深心庶幾慈仁之一喜比緣大賚思
極追榮太皇太后祖母某氏保傅丕勤宗族稱善姑
章安其能養子孫法之不忘茲用推惠澤於總章易
隆名於大國漏泉之慶尚克享之可

祖母全氏秦國

勑朕篤於奉天禮極嚴父思其志意莫如念母之深
寵其祖先尚有追封之典太皇太后祖母某氏婦德
成於早歲母儀著於當年宜其室家施及宗黨鳲鳩
懷均一之性翬翟見委蛇之容沒而不忘易舊封於
西土傳之罔極告新命於宗祧可

父遵甫唐王

勑高密之仁其報在訓汾陽之功其報在曖雖其子

孫不能專有其福寔生聖女以母天下漢唐之盛曠
無與倫太皇太后父遵甫魏王之孫而楚王之子也
生而富貴動由禮義才甚高而不試德雖隱而自彰
命之不融中道而殞祚我神母實代天工厚德載於
三朝貴名高於十亂仁民愛物每以生靈而爲心克
己復禮深惡外家之太盛臨御朞歲遂安四方和熹
才有餘而德不充懿安福至厚而功不著欲報之德
不知所從玆予祀帝於總章大霈龐恩於海寓追崇
之典所不敢忘改封堯都增寵家廟可

母曹氏吳國

勅朕以四海之富爲二宮之養猶朝夕歉然以爲未
足推予此心以知聖母追遠之念罔有窮已謂將成
就其美莫如褒顯其先太皇太后母某氏生於功臣

之家綽有女士之德恭儉廉退孝友慈祥實生太任
作合英祖方其造舟以迎于渭教成而結其禖母育
四方二紀于是君臨百辟朞年有成推迹本源安可
忘報改封南國以賁九泉庶乎有知服我新命可
母李氏秦漢國
勑尊之而欲其貴愛之而欲其富聖人非私其親也
情之所厚禮有必然眷予外戚之小君蚤與唐國之
內治恩寵之異中外莫先太皇太后母某氏奕世簪
裳生知法度鵲巢無愧於居室麟趾自致於多賢愛
均七子之仁養及中宮之貴迨此臨軒之日方其授
几之辰化被族人貴震海內疏封二國蓋近世之罕
聞壽考百年均本朝之多福可
皇太后三代

曾祖敏中申王

勑昔我皇祖光宅天下求賢以自輔一時公相皆世之豪傑子孫顯榮歷世不墜篤生淑女作配皇極究觀本源蓋非一日之積也皇太后曾祖某光大篤實眞漢相之風富貴壽考有天人之福畫像原廟銘功太常方均慶於合宮宜易封於成國服我休命祚爾後昆可

曾祖母宋氏魏國

勑朕親祀合宮仰以陟配昭考追文王之典俛以大賚臣工侈上帝之福眷予母族之重實居戚里之崇豈無異恩以廣慈念皇太后曾祖母某氏靜而守禮存江漢之風動必有儀儼山河之象德洽宗黨慶流子孫疏封有唐于今歷歲肇新畢萬之國以寵向氏

之祧可

曾祖母張氏魯國

勅昔向氏之祖位列丞弼世方平寧在位正直有羔羊之風退食委蛇本鵲巢之致積是懿德逮其曾孫嬪于有虞遂母天下寵光所被中外莫加皇太后曾祖母某氏躬服孝慈動由禮義其歸以百兩之衆其貴有六珈之儀壽雖止於中身慶實鍾於來裔推予享帝之賚錫以保魯之封尚克有知服此休命可

曾祖母宋氏楚國

勅朕躬享昊天升侑神考外推嚴訓之教內懷將母之誠厚撫其家追王厥祖下迨閨幃之懿咸加封爵之崇躬孝帥民朕無所愧皇太后曾祖母某氏嚴於正家動必由禮采蘩以共公侯之事親桑以致袞冕

之華藹然令猷克光來葉肇新封於荆楚告休命於
烝嘗尚克有知膺此異數可
曾祖母王氏陳國
勑朕尊尊以教敬親親以教愛非予戚里之舊孰能
兼受斯禮皇太后曾祖母某氏毓德柔嘉執禮嚴靖
服膺保傅之教究知臣妾之勤內無怨言家有餘慶
循致坤元之福遂正母儀之尊方歲祀於總章旣大
賚於寰海易爾句踐之國錫以太昊之墟恩寵有加
永世無墜可
祖傅亮榮王
勑爵爲上公周制也王以異姓漢法也朕兼采周漢
之舊以寵親賢之家因大享之告成錫異恩而追遠
皇太后祖某故相之子生而顯榮躬蹈儒者之風行

無世祿之過積累之厚下迨子孫褒寵之優肇建邦
邑因其奄受北國之命寵以剏立南面之尊朕將以
慰毋心爾亦世享廟祀可

祖母吴氏越國

勑申王諸子皆列貴仕榮國不耀中正郎官潛德之
深其報在後及孫而顯母儀天下德澤流衍室家光
榮皇太后祖母某氏珪璋之行著於族人蘋藻之恭
宜于祖考貴始封邑恩錫有邦茲因總章之祀推廣
隆祐之孝裂會稽之奧壤增湯沐之舊封尚克有知
服我休命可

父經周王

勑申伯之德參於周召之間褚公之賢載於王謝之
列恩非專於戚里名自顯於搢紳今予外家庶幾前

烈皇太后父某絕出世冑交友儒林休聲藹然多福自至卧淮陽之近輔表東海之雄藩清淨不煩得承流之要忠悃深至有入告之常壽止中身慶在隆祐茲因嚴父之祭起予念母之心大啓周南之封以慰宮中之孝國有常典匪予所私可

母李氏豫國

勅先皇帝刑于室家以御于天下非獨外有輔佐而中宮之懿實與有勞煥乎四德之充豈惟一世之積皇太后母某氏敦閱圖史服勞組紃肅雍娣姒之間祇敬姑章之奉誕生淑女之淵穆不及君子之榮華初建長秋閟追榮之已遠繼開隆祐知餘慶之方遐乃者熙事告成龐恩廣被肇錫荆河之國以新脂澤之田賁于九原嘉此休命可

母張氏冀國

勑朕聞後庭以德進則外戚以福終周之任姒既克保其國而漢之薄竇亦能全其家至哉坤元實相內治宜爾外家之慶仰同帝室之休皇太后母某氏性稟淑均德推靖慎因豫國治家之遺迹追慈徽毓德於妙年命之不融乃止中壽比緣歲祀啓湯沐於堯都錫以命書賁烝嘗於家廟漏泉之澤奕世不忘可

皇伯世儁贈奉國軍節度觀察留後追封奉化郡公

勑唐之藩郡以留後爲重周之列國以諸公爲貴國朝兼用古制外以待將帥之功內以優宗室之懿非此二者未嘗授焉具官某貴而能降富而不盈孝弟之美著於親黨儼恪之容見於朝會沒身不試遺範

不忘寵加兩使之貳優以五等之貴寵而有知嘉此
休命可

越國賢惠長公主追封大長公主

勑王姬之貴而能執婦道以成肅雍之美朕嘗聞召
南唐棣之詩矣永惟皇祖之慶篤生淑女之賢賦命
不融中道而没哀榮之典兹何敢忘故越國賢惠長
公主襲寵宮庭生知禮義儀降王后有車服之崇德
配君子稱室家之懿逮兹享帝之澤推予尊祖之誠
大長之稱寵榮斯極追錫成命以賁九泉可

世繁贈安武軍留後追封信都郡公

勑留後之權均於元帥郡公之爵貴於諸侯國朝兼
采周唐之舊官以爲親賢之異數慎終追遠斯極哀
榮具官某生於富貴之中綽有縉紳之度行己以禮

好善不衰朕篤於合族之仁嘉爾終身之善錫之好爵胙以大邦仰增族黨之華俯爲窀穸之耀可

唐俛 蓬溪簿於瀘州隨軍部夫入界瘴死贈梓州錄參

勑具官某乃者師征瀘戎爾與在行瘴癘爲虐往而不返朝廷追錄勤勞不遺細大特加督郵之贈以易賻布之禮孝子之請予何忍違可

克賢贈奉國軍兩使留後封奉化郡公

勑生於富貴而成於禮義克自抑畏以沒其身不有寵榮何以爲勸具官某宗黨稱孝朝廷所賢肅雍右衛之華捍禦遙州之重賦命不淑中道云亡匍匐之恩情何極已哀榮之典國有故常可

士覯贈左領軍衛將軍

勑具官某宗室之良生而不試沒而無述則爲善者

何勸焉爾以孝弟忠信紀於族黨贈之諸衛之秩以表平生之賢寵而有知嘉此休命可

安肅三代妻

曾祖

勑朕方恭默思道垂拱責成乃者大享合宮陟配聖考躬執珪幣敬逆神休奉璋峨峨皆先朝之舊降福簡簡告純嘏之豐朕弗敢專用廣其施具官某曾祖某懷抱美志浮沉人間孝弟篤於父兄忠信驗於朋友天道不諂報在子孫人爵自高寵極師保朕命不替世世賴之可

曾祖母

勑朕嚴父配天以教天下之孝肆眚及物以廣上帝之仁顧予左右丞弼之良咸有肅雝顯相之助既寵

榮其祖禰復追賚其室家具官某曾祖母某氏蘋蘩
之儀敬而不瀆珩璜之節動必以時休聲藹然後世
追誦宜錫召公之社以寵安氏之祧尚克有知服我
休命可

祖

勑天之於人無德不報凡今卿士大夫有立於朝尊
寵於世者皆其先人積累之厚玆朕既奉神考以配
上帝尊親之極誠禮兼盡思與群公推廣斯義以致
其孝具官某祖某才甚長而不試德久晦而自彰身
雖屈於當年譽終表於來世三師極品焜耀縉紳之
間九原有知寵綏存沒之地可

祖母李氏

勑古之命婦貴從其夫惟克有後乃以其子矧予本

兵之地實總幾事之煩乃者大享合宮相予肆祀義無不答禮有追崇具官某祖母李氏性本柔嘉行稱純絜婦德成於雍穆母儀備於慈仁胙以少昊之墟易其叔鐸之土服我休命宜爾後人可

祖母齊氏

勑古之命婦貴從其夫惟克有後乃以其子矧予本兵之地實總機事之煩乃者大享合宮相予肆祀義無不答禮有追崇具官某祖母齊氏恭順以惠女師慈儉以奉君子閨門從而有禮子孫賴以多賢上蔡之封歷年於是大名之壤開國惟新寵以密章賁爾家廟可

父

勑士之修身行義不顯於國必顯於鄉黨故其乘時

得志不在其身必在其子孫謂天難忱於事可考具官某父某樂於潛晦不求聞知推頁心以與人抱長才而不試安輿就養遍歷於方州西府宴閑荐移於歲月錫之好爵以裕予心服我寵章益介眉壽可

母張氏

勑士大夫義隆於顯親恩深於念母追劬勞之罔極悼寵祿之無施茲予毖祀於總章大霈龐恩於海縣思廣吾孝以卽爾心具官某母張氏靖而有禮勤於治家空傳四德之名不待千鍾之養寵加異數以慰終天爵無異於生榮地莫加於韓樂服我休命子孫不忘可

母王氏

勑朕惟左右之臣家有父母之養自公退食朝夕侍

側以盡人子之願者方今一人而已總章之慶恩被遐遠封爵之厚予何愛焉具官某母王氏居不忘敬行必由禮手治蘋藻躬執組紃老而不衰足以爲法宜錫三秦之壤以爲一族之華壽考且寧祗服朕命可

妻

勅朕初見上帝嚴配文考公卿駿奔來相熙事工祝致告均錫純休朕不敢專思以迨下非獨身享其報亦使家被其榮具官某妻某氏少長名家輔佐吉士烝嘗之敬先祖是安膳服之宜宗族咸喜仁厚見於麟趾正直發於羔羊宜增湯沐之封益耀笄珈之寵服我新命宜爾家人可

李清臣三代妻

曾祖

勅朕方恭默思道垂拱責成乃者大享合宮陟配聖考躬執珪幣敬逆神休奉璋莪莪皆先朝之舊降福簡簡告純嘏之豐朕弗敢專用廣其施具官某曾祖某迹晦鄉黨德如珪璋力行於方寸之間責報於百年之後子孫之盛縉紳罕聞保傅之尊德義爲允服我休命宜爾後昆可

曾祖母尹氏

勅朕嚴父配天以教天下之孝肆眚及物以廣上帝之仁顧於左右丞弼之良咸有肅雝顯相之助既寵榮其祖禰復追賚其室家具官某曾祖母某氏及其良人咸有淳行孝敬稱於宗族福祿迨其子孫策名儁科與我近輔肇啓伯禽之邑以爲家廟之華其尚

有知服寵無斁可

曾祖母周氏

勑朕嚴父配天以教天下之孝肆眚及物以廣上帝之仁顧予左右丞弼之良咸有肅雝顯相之助既寵榮其祖禰復追賚其室家具官某曾祖母周氏珪璋之行著于族人蘋藻之恭竭于嘗禘貴始封邑恩錫有邦肇從申伯之封改食潞子之國服我休命以賁宗祧可

祖

勑天之於人無德不報凡今卿士大夫有立於朝尊寵於世者皆其先人積累之厚茲朕既奉神考以配上帝尊親之極誠禮兼盡思與群公推廣斯義以致其孝具官某祖某修身正家而聲被於鄉黨居約履

順而福流於子孫世有英才與聞大政寵列三師之貴祚隆十世之餘錫之閟章以賁幽隧可

祖母

勑古之命婦貴從其夫惟克有後乃以其子翊余中臺之轄實總萬機之煩乃者大享合宮相予肆祀義無不答禮有追崇具官某祖母某氏服勞組紃敦閱圖史祗敬姑章之奉肅雍娣姒之歡中饋之儀風猷未替東國之贈寵數有加賜之密章賁爾廟祏可

父

勑士之脩身行義不顯於國必顯於鄉黨故其乘時得志不在其身必在其子孫謂天難忱於事可攷具官某父某隱而不試久乃自彰孝弟隆於父兄忠信驗於朋友是亦爲政人無閒言由其教子之嚴爲我

得臣之助比推恩於秋享增峻秩於師垣追賁九原
尚克嘉此可

母

勑士大夫義隆於顯親恩深於念母追劬勞之罔極
悼寵祿之無施茲予歲祀於總章大霈龐恩於海縣
思廣吾孝以慰爾心具官某母某氏山河之容江漢
其行夙被女訓有鵲巢之風能使君子成羔羊之德
宜即鄉邦之奧壤以爲封國之美名服我寵章祚爾
後嗣可

妻

勑朕登用儁傑委任責成非獨厚以爵秩之華亦將
盡其室家之願乃者躬祀帝考大賚臣工封國追於
閨闈世祿通於子弟朕於卿士實無愛焉具官某妻

某氏生於名儒之家綽有女士之德愛均諸子比鳲鳩之仁貴以良人備翬翟之服肇錫山河之廣寵增湯沐之封宜其家人服我休命可

范純仁三代

曾祖

勑朕方恭默思道垂拱責成乃者大享合宮陟配聖考躬執珪幣敬逆神休奉璋峩峩皆先朝之舊降福簡簡告純嘏之豐朕弗敢專用廣其施具官某曾祖某潛德不耀餘慶自彰仁義之報不及其身功名之實灼見於後極三師之貴既錫於寵名慰九原之知肇建於成國可

曾祖母

勑朕嚴父配天以教天下之孝肆賚及物以廣上帝

之仁顧予左右丞弼之良咸有肅雝顯相之助既寵榮其祖禰復追賚其室家具官某曾祖母某氏幽閑之中率禮不越共儉之素御家有常報在子孫世篤功烈肇錫韓侯之邑以爲家廟之華其尚有加服寵無斁可

祖

勑天之於人無德不報凡今卿士大夫有立於朝尊寵於世者皆其先人積累之厚茲朕既奉神考以配上帝尊親之極誠禮兼盡思與群公推廣斯義以致其孝具官某祖某種德之深稼而不穡發源之遠流則愈長偉哉元子之賢繼以諸孫之盛廟食之久蓋未可量鄉國之封肇新其舊可

祖母

勅古之命婦貴從其夫惟克有後乃以其子矧予本兵之要實總機事之煩乃者大享合宮相予肆祀義無不答禮有追崇具官某祖母某氏徽柔靖恭信順慈孝天道不謟報在後昆人爵自高祚以封國易宛丘之故地錫全楚之大邦尚克有知服我新命可

祖母

勅古之命婦貴從其夫惟克有後乃以其子矧余本兵之要實總幾事之煩乃者大享合宮相予肆祀義無不答禮有追崇具官某祖母某氏服勞組紃敬治蘋藻祇率祖考之舊循致子孫之賢中饋之儀風猷未替西國之贈寵數有加賜之密章以嚴廟祀可

父

勅昔我皇祖仁宗博求多士以綏靖四方天惟眷祐

賚之正人既以克和羌戎又以燮治區夏出入中外
實兼文武之烈今予嗣守丕業選任大吏亦拔西帥
以臨中樞匪伊異人惟父惟子得人之盛朕無愧焉
具官某父某秉德不貳好謀而成始任諫諍知無不
言中爲將帥靖而能勇卒以功業股肱先聖茲予懷
想風烈用建爾仲予嘉其緇衣之德錫以召祖之命
爲師保之貴旣無以加故河漳之封益大其寵可

母

敕士大夫義隆於顯親恩深於念母追劬勞之罔極
悼寵祿之無施茲予歲祀於總章大霈龐恩於海縣
思廣吾孝以慰爾心具官某母某氏山河之容江漢
其行其君子正直有羔羊之德其後世信厚有麟趾
之風宜錫寵榮以慰存沒乃祖唐相實啓衞國之封

眷予樞臣顧爲密章之贈賁于幽壤尚克嘉之可

中丞劉摯父

勑朕臨照百官寄耳目於中執法乃者季秋大享駿奔在廷迄于熙事之成緊其正色之助方均行於惠澤宜特先於庶工具官某父某種德之深終身不顯教忠之篤沒世乃彰挺然司直之良美哉有子之慶不有錫命孰知其賢宜加四品之崇以爲九原之慰可

欒城集卷第三十一

西掖告詞四十九首

苗貴妃三代

曾祖

勑昔我仁祖刑于室家以御于邦國下迨嬪御化其德風罔不賢淑迄茲三世猶有耆舊儀于六宮故其祖考日益尊顯貴妃苗氏曾祖祚潛德不耀久而後彰至于曾孫寵託宮掖茲因大享祇率舊章命爲上公封以成國九原有知尚克嘉此可

曾祖母

勑天之報施昭然不誣世之顯榮皆有由始而況迨事皇祖流澤私親夫豈偶然而至於是貴妃苗氏曾祖母馮氏柔嘉之德見紀於族人慈儉之風有聞於

後世乃眷曾孫之貴親承大享之休易湯沐之舊封
爲窀穸之新寵服我成命世世不忘可

祖

勑朕嗣守鴻圖初見上帝推衍天澤丕冒海隅矧惟
先朝舊人外家通貴恩自近始宜無與先貴妃苗氏
祖仁恭隱約之中操修以禮被寵光於來裔知報施
之不誣官爲上公已極人臣之貴地分全楚復推列
國之雄錫是閟章以賁幽壤可

祖母

勑朝廷寵綏臣庶褒顯其先惟有四輔之崇乃錫三
世之命其於禁掖殆無幾人貴妃苗氏祖母袁氏容
德之修著於宗黨福祿之盛及其子孫方予熙事之
終胙以成國之賦賁爾廟祀世世保之可

父

勑於赫皇祖仁覆四方永懷弓劍之遙不忘簪履之舊而況逮事左右今爲老成宜其尊親特被休寵貴妃苗氏父某躬有懿行篤生淑人既壽且康允仁而信荐經元祀之慶每極追崇之榮肇錫大名以配隆爵密章之賜澤及九泉可

母

勑故舊不遺則民不偷矧吾三朝之人獨享百年之福眷爾近戚予何可忘貴妃苗氏母裴氏徽柔靖恭幽閑肅敬行應家人之美慶鍾女子之祥茲予大享之成肇易新封之寵漏泉之澤存沒兼榮可

文臣升朝封父母妻

父

勑具官某父某朕祡祀總章陟配神考子大夫奔走
厥服咸與有勞推予嚴父之心爲爾顯親之慶錫命
之寵壽考不忘可

母

勑具官某母某氏慈惠有以宜家肅敬可以教子乃
者大享之禮百執咸事朕寵綏忠孝之心推本源流
之自䟽爾爵邑以榮子孫可

妻

勑具官某妻某氏士大夫出仕于朝能以恭儉正直
成羔羊之美必有淑女以治其私用能退食委蛇無
內顧之慮朕方推帝澤於天下其何愛一邑不以寵
其家人可

文臣升朝追封父母妻

父

勑朕具官某父某合宮之享義存嚴父朕惟天下之士追養之誠上下無間是用推予錫命之寵旌爾教忠之勤九原有知尚服休命可

母

勑具官某母某氏生能正家沒有良子欲盡劬勞之報莫如爵命之隆方大賚於總章宜肇新其湯沐服我休命世世不忘可

妻

勑具官某妻某氏恭事君子宜其家人勤勞則同而寵榮莫及存沒之念終身惻焉方予慶賜之行肇加脂澤之奉賁于窀穸尚克嘉之可

范鎮父

勑士有歷事三世秉持一心志懷金石之堅言爲社稷之計耄期不亂清靜無求訪之古人殆亦無幾朕既復命以位思見其人旋觀德業之崇知有源流之自具官某父某隱居閭巷名出搢紳以孝弟爲傳家之資以詩書爲教子之實自修於方寸之內責報於百年之間子孫勃興冠冕相繼方予大享之慶錫以追崇之榮開府之儀比隆於三事漏泉之澤少慰於終天可

鮮于侁父母

父

勑朕既得直諒多聞之士而寘之禮樂之司擢之諫諍之列矣乃者總章大享來相于庭因予嚴父之心成爾顯親之願具官某父某懷抱美志博通古文上

自河圖洛書下及天文地理無有不綜庶幾古人卷懷而歸以遺後嗣金章紫綬雖不及其平生密印閔書示追榮於泉壤可

母

敕婦人之賢室家所賴上能使其君子有羔羊正直之行下能使其後世有麟趾信厚之風詩人所嘉於今猶信朕既得其子以知其親具官某母趙氏江漢之行山河其容手執詩書親教子弟雖負米而養自有孝弟之歡而列鼎以祠莫盡劬勞之報宜易脂田之奉仍加褕翟之榮追賁九原以慰存歿可

陳曼父閏 曼任登州錄事父閏年九十一以敕封承務郎

敕具官某父某總章之慶凡通籍之士皆獲爵命其親朕惟子大夫沉於下僚家有耄期之養而寵榮不

及念之惻焉錫爾一命以綏子孫之志可

錢勰父母

父

勑錢氏舉國內附俾吳越之人免兵革之亂子孫受
封帶河礪山藏在盟府矧其後世賢傑間出赫奕相
望其於追崇安可復後具官某父某貫穿墳史練達
典章博辯有文絶出倫輩父子兄弟進以直言謇喧
一時望以卿相中道而隕報在後昆儼然侍從之華
與我總章之祀寵之開府載是閟書九原有知服命
無斁可

母

勑婦人之貴當從其夫禮變古今義均存沒肆予大
享之慶俾極追封之榮具官某母某氏育德高門作

嬪大族生知圖史之榮不煩保傅之箴餘慶在其子孫清風播於宗黨肇封成國光有翟衣錫此密章寵爾廟祐可

李瑋三代

曾祖

勑昔我仁祖敦睦九族以和萬邦顧惟念母之深特厚外家之禮往事雖遠此恩未移具官李瑋曾祖某懷抱美志浮沉人閒孝弟篤於父兄忠信驗於朋友天道不謟報在子孫人爵自高寵極師保肆予大享之慶肇易三秦之封九泉有知服我休命可

祖

勑成王之母邑姜齊侯世受其祉宣王之母申后申伯亦賴其寵矧我皇祖之聖重以李氏之賢子孫相

承冠冕日盛追崇之典國有舊章具官李瑋祖某隱約之中操修以禮克有淑女篤生聖人寵雖不逮於平生澤尚可加於來裔比因秋享肇易國封錫是閔書以寵廟祀可

父

勑朕深惟仁祖之意寵綏元舅之家申錫婚姻以固恩禮乃眷奠邦之嗣來相合宮之祠熙事告成鴻恩先及具官李瑋父某貴而能降富而不驕諸子之賢迭爲將帥大邦之寵更王齊秦肇新錫命之書以慰終天之感可

王堅父

勑朕惟景德祥符之間治定功成庶幾三代時維丞相魏公左右厥辟同底于道於穆清廟卒配烝享至

於慶曆嘉祐之際克有賢子不墜厥家出入中外允文允武茲予季秋大享追念先正之後有能在朝相我熙事宜有褒寵以勸百官具官某父某始以諫諍名聞朝廷終以將帥威加戎狄父錫之慶子成厥功故雖富貴顯融赫奕再世而天下之議不以爲過生爲六官之長沒加三事之榮匪予爾私惟德之報可

曾布父

勑曾氏系出東魯淵源師友本於孔氏譜牒詳具雖遠而明子孫盛大繼顯於世具官某父某文學之美肖其先人議論之長信於來世仕而不遇志存於書沒而愈彰慶鍾厥子屬詞比事粲然有古人之風理財禦邊卓然有當世之具才智競爽爵秩同升其於搢紳殆無一二朕既任以事恩寵其先今茲大享告

成顯親沛澤追錫崇階之贈以慰九原之知可

蔡確父母

父

勑位極三師而爵封大國雖元勳盛德有不能至者矣而將相大臣欲顯其親者得之吾是以知積善之爲難而有子之爲貴也具官某父某潛於下僚不求聞達躬有懿行久乃發揚美哉中子之賢任予元宰之事久厭機務退守便藩深念教忠之勞求易苴茅之賜大名奧壤雖爲甸服之雄全楚新邦願卽故鄉之近九原未泯尚克嘉之可

母

勑貴以其子而爵從其夫此婦人之禮也時予舊相之寵告我念母之誠亦何愛於大邦不以成其純孝

具官某母某氏仁以逮下嚴於治家禮先中饋之勤
恩遍外姻之廣命之不淑沒有餘哀肇易脂田之封
永保荆人之國寵爾廟室以利後人可

秦晉國安仁保佑夫人張氏祖祖母父母

祖

勑具官某祖某朕追懷弓劍之遙不遺簪履之舊矧
功存於保護而寵極於平生宜因大享之恩成其尊
祖之念寵加列衛追賁九泉可

祖母

勑具官某祖母某氏朕祗祀合宮嚴配聖考思其志
意怳焉如存是以推廣舊恩施及幽遠肇易脂田之
奉以申追遠之誠可

父

勑具官某父某朕孝愛之深無德不報永惟保育之舊夙著劬勞之恩方大享之告成宜顯親之施及諸衛之貴存沒兼榮可

母

勑具官某母某氏爾蚤以息女之良功存藩邸之養報已隆於貴顯恩宜逮於存亡肇新湯沐之封以爲幽冥之慰可

世采母李氏安康郡太君世智母何氏永昌郡太君

勑嚴父配天國之大禮也以子貴母三代之舊章也玆予大賚之慶澤被含生之倫矧於近親志切追遠錫命之典其何可忘具官某母某氏承上克恭臨下以禮生著御家之法沒聞有子之賢賜湯沐於大邦

爲窀穸之餘寵九原未泯尚克嘉之可

李端愿父母

父

勑富而好禮貴而不驕勢憑戚里之榮躬被儒者之節昔聞其語未見其人具官某父某爵本傳家親聯築館進退以禮無世祿之非交友多賢盡當時之傑被遇前聖流芳後昆有子而賢久列東宮之貴開府以贈仍因西土之封錫是閟章賁爾幽隧可

母

勑帝乙歸妹而交泰之功著王姬之車而肅雝之禮成風化所由恩禮當異具官某母某氏淵源之盛當世莫倫禮義之隆至今傳誦儼若姑章之奉穆然閨壼之風車服下於王后而不以驕人子孫衆如螽斯

而要於守法故能奕世不墜休聲愈隆茲予大享之
成因爾故封之廣閔書密印寵數不渝可

張方平祖父

祖

勑朝廷優二府之臣列三世之贈眷我耆舊退處鄉
閭方大享之告成宜申錫於休命賁及祖廟進封大
邦具官某祖某修身正家而聲被於宗黨居約履順
而福流於子孫力行於方寸之間得報於百年之後
朝之大老惟爾元孫肇新淇奧之封增寵師臣之報
告于幽隧服此優恩可

父

勑士之懷抱志節老於山林不求聞知者何可勝數
永惟公卿之貴本由父祖之賢行義絶倫聲聞不著

特緣有子得列於朝追想風猷不忘嘉歎具官某父某性本靜重行極高明宴坐一室之間心遊萬物之表澹然自守寡笑與言遂以絶人之姿深積傳家之慶柱石之寄嘗叅二府之崇几杖之儀又已十年之久比緣昭配許以侍祠宜因均福之恩懋錫追崇之典地分全魏爵列上公九原有知服我休命可

富紹庭母

勑朕追懷先正之臣建功當年流澤後世時惟丞相臨淄公以甘盤之舊股肱太平丞相韓公以魏丙之賢翼亮數世風流未遠家事落然比因大享之成重興追遠之念具官某母某氏臨淄公之子而韓公之配也幼服圖史之訓晚同忠義之勤有德有年五福兼備奄從淪謝中外咨嗟兹用不忘舊勳寵加新命

因其封國之故以明有子之良賁爾宗祧世世無斁
可
蔡幪父挺贈開府儀同三司
勑昔我皇考分命守將鎮撫四夷時惟西羌弗克靖
順實賴良帥是震是服遂以顯績進登西樞命之不
融中道而殞聲蹟之美于今不忘具官某父某謀猷
靖深勳業崇茂治邊之略紀于一時經遠之功著于
來世比緣陟配之享永懷先正之良追錫崇階比儀
三事有子之慶奕世嘉之可
劉邠母
勑婦人之賢著於麟趾贈禮之盛極於翬衣朕親享
合宮加惠百辟矧復從官之列來告念母之誠可無
異恩以示追遠具官某母某氏篤生大族作配名儒

環佩之聲動必由禮蘋藻之薦舉不失時追懷令猷尚有諸子守道不倚則漢中壘尉博學不倦則唐居巢侯美哉有子之良爲我得臣之助祚之大郡慰爾九原可

奉議郎任斯年祖母黃氏以母封回授永壽君

勑朕親享合宮均慶多士以寵榮其親推而上之又及其祖其於親親尊祖之義備矣美名大邑介爾眉壽子孫不忘益勉忠孝可

張琬父昇追封韓公

勑朕追懷祖宗下逮先正聞嘉祐治平之盛宗臣大老相望於朝永思其人如見風采具官某父某始以直氣振於中司終以令德長於西府歷事二祖懇款一節歸老嵩少追迹松喬殂謝未幾風烈猶在比緣

合宮之祀嘉其有子之慶卽封鄉國以賁私祧九原
有知服此休命可

安肅知樞密院贈三代

曾祖

勑樞臣之長戎政出焉內則張皇六師以禦外侮外
則綏懷四夷以安中國久虛之位歷試以庸特推三
世之恩以示百官之勸具官安肅曾祖某處躬甚厚
與世無求人莫能知而天相其善身隱不仕而世承
其休逮爾曾孫之良冠予西府之列折衝之效偃革
可期斯用錫帝傳之隆名賁私祧之常祀九原未泯
百世不忘可

祖

勑古之賢君有師臣之義朕臨御百辟想見其人眷

予宥密之賢夙承祖考之烈積德之厚獲報甚隆寵之上公以見予意具官某祖某賦性端慤終身退藏孝弟發於自然忠信驗於來世松生於谷閱歲不衰泉發於山造平而大啓良心於嗣子胙多福於元孫歸乎家廟之隆數致閟書之賜賁于幽隧宜爾後昆可

父

勑子之能仕父教之忠率循孝弟之風施及邦家之廣朕既用其子不忘其親荐錫崇階之榮以寵退食之養具官某父某資性淳篤既慎靖以安貧操行堅强亦恭儉以居富一變簪裳之盛親見廊廟之崇循致承平既股肱之允賴報之寵祿宜命數之超升壽考且寧訓敕無怠可

王汝舟祖母胡氏封嘉興縣太君汝舟乞以妻敘封回受

勑某合宮之慶士得以其親及其室家之封封其大父母今汝舟願以妻之敘而加其祖母恩從其厚將以極尊祖貴老之義而已綏爾眉壽服寵無斁可

皇兄令擢等所生母贈縣太君

勑某母某氏合宮之慶澤被存沒爾篤生令人當以子貴肇錫湯沐之奉以慰怵惕之感魂而有知嘉此休命可

富弼贈太師

勑慶曆之盛朝多偉人維范與富才業名位實相先後海內稱誦見於聲詩比之夔契經涉險阻繼以存亡惟天所佑克享全福歷相三世配食清廟肆予大

享加寵先正亦克有子列于在廷具官某父某德及夷夏功載史冊出盟獯鬻復結二國之歡入秉陶鈞首開萬世之議性本直諒終身不回心樂虛閑超世自得音容未遠風烈可追錫以上公之章明我師臣之意告于幽隧慰爾後昆可

劉沆追封秦國公

敕生而秉鈞顯名於世沒而有子通籍于朝家存舊德之餘國有世臣之盛比緣大享之慶來告顯親之誠勳舊既隆恩寵亦異具官某父某奮身南國致位中台風蹟之優効見於民政勤勞之久聲載於圖書頃自告終奄更三世爵極師保之重國分吳會之雄宜錫社於秦亭示追崇於家廟九原未泯服此鴻恩可

盧政贈司空

勑祖宗懷柔四方兵革不試雖有貔虎之士擁旄鉞之寄皆老死侍衞之閒不見才武之效然其聲績未泯子孫在廷追遠之恩國有常典具官某父某弓劍之任推雄萬夫韜略之賢著稱當世卒能保寵以沒其身茲大享於合宮示追崇於列辟宜錫冬官之印以增家廟之榮魂而有知服寵無斁可

王存妻胡氏齊安郡夫人

勑朕敷求哲人咨以大政知其有孝恭祖考之義則爵其三世以禮其私祧知其有慈愛室家之心則封之大郡以助其內治凡所以深慰其情而優爲之禮者亦已至矣具官某妻某氏舉無失中言必由禮起於糟糠而善處窮約逮其富貴而不聞驕奢茲使君

子綽有成德遂登丞轄之位率由夙夜之佐是用望郡以爲湯沐翟茀以與會朝勉修令猷答此休命可

楊王第三女封安定郡主

勑朕有懷二宗思見文武之盛念我叔父亦配閒平之賢粵維禮命之優蓋有朝廷之舊女既及笄而字爵當裂土而封恩禮之隆孝敬斯在楊王第三女幼而好禮姆教不煩長而知方婦德已備茲擇良士亦爲外親將修纁鴈之儀肇錫湯沐之奉惟恭且儉可以保是美名惟孝與和可以安於二姓風化之首其尚勉之可

欒城集卷第三十二

欒城集卷第三十三

北門書詔五十四首

麻制十三首

除苗授保康軍節度知潞州制

門下上將之任本智略以爲先萬夫所望亦材武之兼尙惟擢拜之未幾亟辭疾以告勞言念悃誠式敷明命殿前副都指揮使武泰軍節度黔州管內觀察處置等使持節黔州諸軍事黔州刺史上柱國濟南郡開國公食邑二千八百戶食實封三百戶苗授蚤讀兵法有志事功久踐戎行自奮邊鄙入參環列既被遇於先朝累積歲勞適謀選於元帥遂分旄節之寄克諧卒乘之懽宿衞逾年勤勩爲請慰獨賢於煩使俾暫佚於近藩爵加貴名邑衍眞食潞子之舊俗

武而淳守土之臣事簡且暇於戲建纛而出知寵數之不移勿藥有瘳幸年歲之未暮臥理非壯士之節力疾有忠臣之風勉竢安平起就勳業可特授檢校司空持節房州諸軍事房州刺史充保康軍節度房州管內觀察處置等使知潞州軍州事兼管內勸農使兼提舉澤晉絳慈遼州威勝軍屯駐駐泊就糧本城兵馬巡檢公事替韓宗古加食邑五百戶食實封二百戶勳封如故主者施行

除劉昌祚武康軍節度殿前副都指揮使制

門下多畜衛兵莫如國朝之盛次補元帥蓋本祖宗之常顧惟萬騎之選師重以千廬之嚴徼欲衆心之素服非宿將而莫當誕告在廷咸聽朕命侍衛親軍步軍副都指揮使冀州管內觀察使持節冀州諸軍

事冀州刺史上柱國彭城郡開國侯食邑一千九百戸食實封一百戸劉昌祚奮由弓劍資以韜鈐整於治軍才出邊將之右勇於對敵聲著隴山之西乃者取其先朝指蹤之餘授以平涼總護之貴種羌久困旣款塞以來庭環尹適虛歸釋甲而御衆爰加旄節之重以壯轅門之觀旌旆不移什伍如故當使少加號令自益精明於戲仁足附衆則六師不擾威能克愛則萬夫可齊亦俾貔貅之徒咸知忠孝之節勉矣來效往其欽哉可特授持節洋州諸軍事洋州刺史充殿前副都指揮使武康軍節度洋州管內觀察處置等使勳封食實封如故主者施行

明堂呂大防加恩制

門下昔吾祖宗革五季之遺復三王之舊皇祐之盛

始寓總章於外朝元豐之隆載嚴上帝之定位物有成憲敷遺後人朕因而循之罔有失墜乃辛巳之吉躬被冕服祗帥羣工禮成不遺神貺昭答誕降多福均畀在廷太中大夫守尚書左僕射兼門下侍郎上柱國汲郡開國公食邑二千九百戶食實封六百戶呂大防篤實而文寬厚而栗在英祖時納忠不回爲名御史在神考時宣力不懈爲賢守臣逮茲纘承即與丞弼既全付之鈞軸遂能任我棟梁正顏色而誠意宣出詞氣而忠邪辨左右三載乂四方民無煩苛羌率舊職稼穡茂遂神人燕安俾我釐事告成舊章不墜雖荷帝祉時惟乃功宜因賜胙之恩遂行進律之典增大國邑衍食真封疇爾茂勳勸我多士於戲公爾忘私非獨得君亦以獲祐於帝寬而有制非

獨善始亦以克要厥終及茲休成同底至道可特授
依前官職加食邑一千戸食實封四百戸勳封如故
主者施行

皇伯祖宗暉加恩制

門下宗祀配天所以教諸侯之孝加地進律所以廣
上帝之恩矧維天屬之尊世奉濮園之享相予肆祀
綏我思成躬率父兄之和以致天人之應用敷大號
昭告治朝皇伯祖鎮南軍節度洪州管內觀察處置
等使檢校司徒開府儀同三司持節都督洪州諸軍
事洪州刺史上柱國嗣濮王食邑一萬二千一百戸
食實封三千七百戸宗暉爵封世王名冠屬籍貴而
能降富而不驕孝弟肅恭率本天姿之懿威儀問學
蚤承師訓之良同我絜齋獻於饋熟進退和於禮節

升降比於樂章逮此休成宜均多福益衍舊封之廣
仍加真食之優於戲承安懿之後思繼前人之令猷
兼將相之隆勉圖夾輔之休烈茲因受爵之寵益起
循牆之恭庶無閑然克有終譽可特授依前官職加
食邑一千戶食實封三百戶勳如故主者施行

皇叔祖宗祐加恩制

門下朕出款原廟之嚴入謁總章之祕師臣外帥多
士以靖吾國宗卿內帥諸父以正吾家親賢既和天
人咸若膺受多福施及四方矧惟族屬之尊宜有寵
光之異皇叔祖寧遠軍節度容州管內觀察處置等
使持節容州諸軍事容州刺史上柱國鞏國公食邑
五千八百戶食實封一千六百戶宗祐恥爲富貴之
習動由禮義之中祗順父兄親近師友肅若閨門之

治穆然朝謁之容秉旄鉞而四方之志行錫茅土而
諸侯之禮備遠鎮容管近殿洛師處之若無久而益
慎爰推大賚之澤益彰有德之榮增衍故封懋錫眞
食於戲考之晉人則安平之於武帝求之唐室則元
嘉之於高宗皆以德重屬高恩隆禮異往祗服於明
命思無愧於古人可特授依前官職加食邑七百戶
食實封二百戶勳如故主者施行

皇叔祖宗楚加恩制

門下漢封同姓之國勢遂疏於本朝唐任宗室之隆
用每雜於宅族祖宗酌古今之典篤兄弟之親雖極
茅土之封常居朝謁之地眷禮特異前世莫倫皇叔
祖建武軍節度邕州管內觀察處置等使持節邕州
諸軍事邕州刺史上柱國鄖國公食邑五千八百戶

食實封一千六百戶宗楚孝友根心文藝飾性居處
恭故不聞過行室家理故可以涖官師保不煩朋友
稱信乃者顯相原廟之祀齋宿總章之廷殿假無言
質明成禮顧惟大賚之澤宜處羣臣之先益衍故封
陪敦眞食於戲宗祀之典所以教孝於諸侯賜胙之
恩所以均福於上帝誠觀禮以知義尚修身而保終
祇服寵光永有燕譽可特授依前官職加食邑七百
戶食實封二百戶勳如故主者施行

皇弟徽宗御名加恩制

門下朕惟成王尚幼而紹文武任姒之業時其諸弟
之貴則有邘晉應韓之封皆克保邦以輔王室今予
仲叔之衆咸訓祖考之謀方宗祀于文人以陟配于
上帝禮成弗越孝思無窮爰因降福之多以均同氣

之盛皇弟鎮寧軍節度澶州管內觀察處置等使檢
校太尉開府儀同三司持節澶州諸軍事澶州刺史
上柱國遂寧郡王食邑六千戶食實封一千九百戶
佶得天之粹克孝于家典學之初弗煩于傅觀其率
禮之意既有成人之風受冊苴茅已賜盟於如礪備
儀出閤終有賴於維城朕方推神之休布澤于下豈
茲貴介而有忽遺宜增多戶之封并衍真食之賜於
戲富而知稼穡之事則富可保貴而知君臣之節則
貴可全受爵既先於四方修己豈後於羣辟祇服明
訓其永有詞可特授依前官職加食邑一千戶食實
封三百戶勳如故主者施行

皇弟似加恩制

門下朕明發而興有懷文武之烈孝愛之廣施及兄

弟之親茲擇季秋之辰躬展總章之祀升侑烈考昭
配昊天執幣以前懍然如在念遺意之所屬顧同氣
之當先皇弟集慶軍節度亳州管內觀察處置河堤
等使檢校太尉開府儀同三司持節亳州諸軍事亳
州刺史上柱國普寧郡王食邑五千戶食實封一千
七百戶似幼有岐嶷之姿長見肅雝之美克勤朝夕
既已無違於家日親詩書知其有志于學爵分茅土
之貴任兼將相之榮身能處之不驕人亦期之可久
宜益舊封之廣仍加真食之多於戲顯宗之於東平
下腰腹之詔明皇之於隆慶歎羽翼之詩朕既無間
於伯仲之間爾亦無忘於孝友之行外以事國內以
顯親可特授依前官職加食邑一千戶食實封三百
戶勳如故主者施行

皇弟偲加恩制

門下古者教成於家治定於國九族旣睦萬邦咸和今予季弟之親未遑就傅之禮追先帝眷懷之深意推東朝鞠育之異恩錫命之隆可後於衆皇弟武成軍節度滑州管內觀察處置河堤等使檢校太尉持節滑州諸軍事滑州刺史上柱國祁國公食邑三千七百戶食實封一千二百戶偲生而敦大長則惠和氣稟清明有室家君王之喜心懷徇達知師保教訓之方乃者擇季秋之艮修宗祀之禮事天所以報本嚴父所以顯親罄海宇之人孰非付託之重念天倫之戚永懷顧屬之隆宜因慶賜之行并衍封食之賜於戲父兄皆萬乘之富豈其患貧爵秩旣五等之尊貴於能降罔恃得之之易當念守之之艱滿而懼傾

高則不墜可特授依前官職加食邑七百戶食實封二百戶勳如故主者施行

馮京加恩制

門下世臣之於故國增望實之隆老成之於典刑有諮謀之益眷吾嘉祐侍從之列實惟朝廷心膂之臣迨今所存數人而已乃者合宮肆祀百辟駿奔顧瞻舊人方在外服懷想風聲之懿豈忘霈澤之加保寧軍節度婺州管內觀察處置等使持節婺州諸軍事婺州刺史上柱國始平郡開國公食邑六千六百戶食實封二千戶馮京敦大敏明肅恭和惠名冠多士偏居臺省之高華德合前人遂攬兵政之微密納之煩劇而不亂涅於渾濁而不緇心與善人望推前輩丙吉雖病以陰德而復全蕭傅出藩懷本朝之雅意

頃膺旄節之重以當趙魏之衝坐使中朝不勞北顧宜衍大邦之履仍加真食之封於戲身歷四朝履夷嶮而一致心通庶事閱義理者尤多豈以中外之殊而廢謀猷之告介爾眉壽左右皇家可特授依前官職加食邑五百戶食實封二百戶勳封如故主者施行

劉昌祚加恩制

門下朕因路寢之正舉合宮之祠禮樂法商周之隆車服兼漢唐之盛出款原廟還享上穹職貢充庭工師履位兵衛如植旌旆不煩實惟有人以克成禮殿前副都指揮使武康軍節度洋州管內觀察處置等使持節洋州諸軍事洋州刺史上柱國彭城郡開國侯食邑一千九百戶食實封一百戶劉昌祚天資鷙

勇性本忠良結髮征羌號馬上之飛將授鉞臨塞皆關中之要區方西鄙之須材會中軍之謀帥畀之旄節之重付之貔虎之師歸閱浹旬旋聞輯睦逮此熙成之慶賴其宿衞之勤既增封爵之崇仍加真食之厚於戲古之明主立賞以待有功古之賢將有功而恥自列服予霈澤之異勉爾勳名之思貴當益恭老當益壯可特授依前官職進封開國公加食邑七百戶食實封二百戶勳如故主者施行

除文彥博太師河東節度使致仕制

門下周公未嘗之魯老亦居豐留侯晚雖強飡終不任事蓋委寄之重初無間然而止足之風所不敢廢惟我耆舊歷事祖宗纘服之初復命以位雖師保之地優佚不煩而丘樊之心朝夕以請布告在位俾聞

高風太師平章軍國重事上柱國潞國公食邑二萬八千一百戶食實封一萬一千八百戶文彥博克孝而忠允文且武其在師旅有方召之勳其在朝廷有崇璟之業士民視其去就夷狄震其威名時更四朝躬蹈一節先皇帝愍勞以事旣許其歸越予訪落之年凜有涉淵之志起之旣老待以仰成出入五年終始全德進而論道日聞典訓之言倚以折衝卒靖邊防之警委成功而不處指蒐景以求安勤請屢聞誠心莫奪顧瞻閭井近在洛師郭氏有永巷之嚴裴公有緣野之勝豈以簪紱之累久致形氣之勞貴極上公旣無復加之爵秩分領全晉仍畀久還之節旄增廣舊封益衍真食殫盡人臣之寵歸從父老之游於戲音聲不遐尚有就問之禮几杖以俟復期親祀之

陪勿以進退之殊而廢謨猷之告式燕且譽俾壽而
康可特授太師開府儀同三司太原尹充河東節度
管內觀察處置等使致仕加食邑一千戶食實封四
百戶勳封如故仍令所司擇日備禮冊命主者施行

除馮京彰德軍節度使制

門下備河禦胡固天下之要地建都置守皆前世之
重臣雖中外之無虞實根本之所在非其人則視若
虛邑得所付則坐爲長城是用敷告外廷復任舊老
保寧軍節度婺州管內觀察處置等使持節婺州諸
軍事婺州刺史知大名府兼北京留守司公事畿內
勸農使充大名府路安撫使馬步軍都總管上柱國
始平郡開國公食邑七千一百戶食實封二千一百
戶馮京名冠多士望高累朝和而不同性有鹽梅之

德磨而不磷志懷金石之堅入則參領萬幾出則蕃
屏四國頃加旄鉞之寵俾臨趙魏之衝宜民宜人靖
重而不擾無怨無惡樂易而可親朕不忍奪民所安
故命易節而處升視冬卿之秩併加邑戶之封蓋官
宿其業則事無不知民習其上則信而易使方今河
流所出近在都城之西故道已堙而歲有衍溢之虞
北流既駛而方患隄防之缺介衆所利卿靡弗聞舊
德所臨朕亦何慮於戲兵民細故責之將佐而可爲
邦國大猷非吾耆老而誰聽勉盡白首之節以寬北
顧之憂可特授檢校司空持節相州諸軍事相州刺
史充彰德軍節度相州管內觀察處置等使再任知
大名府兼北京留守司公事畿內勸農使充大名府
路安撫使馬步軍都總管仍加食邑五百戶食實封

二百戶勳封如故主者施行

詔勅四十一首

尚書左丞韓忠彥免弟嘉彥尚主不許詔

勅忠彥覽所劄子奏伏聞聖恩宣詔臣弟嘉彥赴禁中引見欲令尚主伏望以長主之貴更加慎擇事具悉惟先正魏公光輔三世有勞宗祧雖沒元身其報在後先皇帝追懷忠厚之德許以婚媾之親逮茲奉行實出遺旨雖卿以惡盈爲戒深欲固辭而朝廷謂無德不酬莫回成命謙冲之意嘉歎不忘所請宜不許故茲詔示想宜知悉

不允詔 同上條

昔王導以輔政之業郭子儀以專征之功肆其後人皆聯戚里衣冠之盛晉唐所稱未聞其子孫以盈滿

爲言而朝廷聽辭避之請也今予先正實配前人築館之恩報功斯在蓋便蕃之寵屬於乃父而事不在卿選擇之命出於先朝而朕不敢易體茲至意罔或固辭所請宜不允

門下侍郎孫固乞致仕不允仍給寬假詔

勅孫固省所劄子奏春中以被病危重乞一致仕名目聖恩深厚未忍遽從今氣血益以羸耗在假已二十日坤成聖節不能勉强趨赴伏望聖慈察臣出於至誠曲成其志事具悉朕以篤老之臣於國有肝膽之親而命以位非責其趨走之勞也卿以垂白之年許朕以股肱之用而受其託非徒爲朝謁之勤也今者眷倚之厚朕方未怠聞望之隆人亦無間徒以壽日方迫疾勢未平不能造朝遽欲謝事既非朕所以

待卿之本意亦非卿所以事朕之素心人其謂何朕
實未諭既命賜告以自養卿其少安而勿違所請宜
不允仍給寬假將治故兹詔示想宜知悉

韓忠彥乞外任不許詔

勑忠彥覽所劄子奏兄爲執政弟爲駙馬未有似此
體例不若自求罷免伏望許解近司處之外任事具
悉魏公之功沒而不朽先帝之命久而不忘吾有懷
舊勳擢卿於六官之貴繼因遺旨屬嘉彥以副車之
姻推吾此心蓋非一日本將羿錄其子以寵其父豈
欲獨收其弟而棄其兄比因力辭嘗已臨諭有唐故
事非獨一家本朝巳行亦存近比尚兹勤請殊失眷
懷吾欲伯仲相望於朝以示國家不替舊德起視乃
職罔復煩言所請宜不許故兹詔示想宜知悉

不允詔同上條

勑忠彥省所劄子奏兄爲執政弟爲駙馬未有似此體例不若自求罷免伏望許解近司處之外任事具悉君臣之間以誠意相遇則事無不可以形迹爲務則理或難通朕惟魏公歷事三朝咸有一德功存社稷澤及子孫追懷茂勳述行先志以卿性資忠良久更事任可以寄股肱之託以嘉彥業履純潔方及冠歲可以與姻親之選各隨材分以答勳勞由義而言略無嫌疑之可避顧卿何慮特假形迹以爲辭況考之古今亦有成例祇服朕訓何卹人言其罔復辭以安厥位所請宜不允故茲詔示想宜知悉

孫固乞致仕不允詔

勑孫固省所三上劄子奏乞致仕事具悉卿以疾辭

位義也而朕以事留卿亦義也既皆爲義則卿之所執雖未爲過而朕之所設亦豈遽非乎尚何力辭以廢成命今者四方無虞廟堂之上非有艱難之慮緩急之政也卿疾雖未復而勢已有間日雖稍久而事則無損誠能得告以養疾疾愈而造朝宜若於體無害也治疾以安身身强而圖報宜若於國有補也尚何所疑而辭之不已乎勉循前命無復煩請所請宜不允故茲詔示想宜知悉

趙君錫免刑部侍郎不允詔

勑君錫省所奏辭免恩命事具悉朕以卿仁恕不苟必能哀矜有罪寬平盡下可以詳究微文矧在東臺逮茲累歲觀封駮之無避知廉直之有餘衆言既孚朕志亦定往祗成命罔復固辭所請宜不允故茲詔

示想宜知悉

呂公孺免戶部尙書不允詔

勅公孺省所奏辭免恩命事具悉方今賦有常供無暴斂之入用循故事有不給之虞朕眷求長材委以足用虛位以竢累月于茲卿家本世臣早更事任頃涖京邑亦旣久勞辭而不居誰使任事所請宜不允故茲詔示想宜知悉

太皇太后明堂禮成罷賀賜門下手詔

勅門下皇帝臨御海內晏安五經季秋再講宗祀克有君德以享天心顧吾何功獲被斯福今有司因天聖之故事修會慶之盛禮將俾文武稱慶于廷吾自臨决萬機日懷祗畏豈以菲薄之德自比章獻之明矧復皇帝致賀于禁中羣臣奉表于闔左禮文旣具

夫又何求前朝舊儀吾不敢受將來明堂禮畢更不受賀百官並內東門拜表故茲詔示想宜知悉

太師文彥博乞致仕不許詔

勅彥博覽所劄子奏陳乞致仕事具悉吾之用卿本以公義卿之事人亦非私意起於既謝凡以爲民矧於陟降之閒未覺筋力之憊苟誠在愛民則愈老而民不厭誠在許國則愈久而君益親卿既以道深結於朝而欲以私自便而去義有未可非吾所知所請宜不許故茲詔示想宜知悉

不允詔 同上條

勅彥博省所劄子奏陳乞致仕事具悉絜去就之分厲廉恥之風此新進之士立名於世者之所爲也以朝廷爲家以社稷爲悅此老成之臣竭忠於國者之

所志也卿昔以八十之年不卹小廉出循朝命旣得之矣歲月未幾體力猶康遽欲告歸朕所未喻豈以老成之望而蹈新進之爲謂宜少安卒輔予治所請宜不允故茲詔示想宜知悉

文彥博致仕再免兩鎭不許詔

勅彥博覽所再上劄子奏辭免恩命乞只以河東一鎭致仕貼麻處分事具悉朝廷數以兩鎭命卿而卿率以固辭獲免抑有由也或特恩之橫被或謝事而得休歷考前後所加猶是公相常禮今者老而復起起而復歸率自帝師之隆未見前人之比兼持旄節夫豈過哉已却封章姑止可也所請宜不許故茲詔示想宜知悉

不允詔同上條

勅彥博省所再上劄子奏辭免恩命乞只以河東一鎮致仕貼麻處分事具悉命由君出禮以義起豈必皆有故事然後得以奉行卿有德有年在朝不見其比或出或處自昔未聞其人矧復兩鎮之異恩旣有先朝之成命蓋昔日之勳未若今日之盛則今日之受豈必前日之非勉聽朕言祗受冊禮所請宜不允故茲詔示想宜知悉

文彥博三免兩鎮不許詔

勅彥博覽所三上劄子奏辭免兩鎮恩命止授河東一鎮致仕事具悉卿股肱四朝而爲二帝師求之古今未見倫儗得謝而去在禮宜殊佩相印持將鉞以爲未足故弁付以蒲中漢中之衆所以華國非特以爲卿寵也今辭之不已深所未喻吾志先定卿其勿

辭所請宜不許故茲詔示想宜知悉

不允詔 同上條

勅彥博省所三上劄子奏辭免兩鎭恩命止授河東一鎭致仕事具悉朝廷之命審而後發非力辭之所得免也卿親對便坐繼三上章詞已竭矣而朕之素心終不可易且卿兩以師臣歸第前無其比而後無其繼雖兼擁二節孰以爲非者哉所請宜不允故茲詔示想宜知悉

文彥博免兩鎭許詔

勅彥博覽所累上劄子奏辭免兩鎭恩命乞祇帶河東一鎭致仕事具悉恩之不勝義舊矣卿既告老而吾以至恩授卿二鎭朝有成命而卿以大義執節固辭雖欲不聽其如義何況卿所陳關國之體以謂宗

室之故不當施於羣臣而非法所加亦難行於治世
辭之以禮衆實謂宜吾豈以一時之恩而廢天下之
義哉勉從所請還卿舊節再惟誠悃不忘嘉歎特依
所請換授依舊領河東節度使致仕故玆詔示想宜
知悉

允詔同上條

勅彥博省所累上劄子奏辭免兩鎭恩命乞祇帶河
東一鎭致仕事具悉朕惟先朝嘗以兩鎭寵綏大臣
者惟魏國忠獻韓公與卿爲二忠獻旣已一辭於前
而卿亦嘗再辭於後先帝亮其至意爲改冊書天下
旣頌先帝之明復嘉二臣之義今朕嗣守成憲率而
行之以卿累章稽之故事實無違者古之君子愛人
以德朕豈忘斯義而廢卿言特依所請換授依舊領

河東節度使致仕故茲詔示想宜知悉

河東官吏軍民示諭勑書

勑河東官吏軍人僧道百姓等朕以文彥博四朝舊臣一時耆德起於旣老之後輔予纘服之初奏章屢陳歸意莫奪師臣之貴爵無復加將鉞之崇恩俾還舊矧爾故鄉之父老安於前尹之威懷比聞冊書想多懽慰今特授文彥博太師開府儀同三司太原尹充河東節度管內觀察處置等使致仕加食邑一千戶食實封四百戶勳封如故故茲示諭想宜知悉將士等各得平安好參佐官吏僧道耆壽百姓等並存問之遺書指不多及

孫固乞致仕不允詔

勑孫固省所劄子奏自去年正月未涉夏兩次重病

蒙聖恩寬假得遂生全然臣一年飲食減少氣力羸
乏仰干天聽以祈矜憫許臣休致事具悉朕屬任耆
老本非旅力之求卿被遇股肱豈可一朝而去雖自
以羸瘠爲苦朝謁多艱然而遇事不廢思慮之明進
對每有諮謀之益何損於政遽當告歸矧今邊防無
異域之虞而密府有同寮之助勉親藥餌仰循邦家
神之聽之介以壽考所請宜不允故茲詔示想宜知
悉

韓忠彥免同知樞密院不允詔

勅忠彥省所劄子奏伏覩除同知樞密院伏望追改
新命事具悉朕以西樞總領兵要綏御邊防事有失
於須臾患或貽於久遠是用輟卿左轄之要付卿右
武之權分職雖殊柄用則一易地而已力辭謂何矧

復親黨之微嫌豈爲腹心之深累勉起視事尚體眷懷所請宜不允故茲詔示想宜知悉

蘇頌免尚書左丞不許詔

勅蘇頌覽所劄子奏辭免恩命事具悉卿家世名臣少小篤學在昔圖史包括無遺本朝典章指陳可數中以直道廢於一時終守金石之姿不爲燥溼所變白首在列丹心甚明進轄中臺斷自吾意勉服休命勿爲固辭所請宜不許故茲詔示想宜知悉

不允詔同上條

勅蘇頌省所劄子奏辭免恩命事具悉卿日奉寶訓進讀金華詞氣裕然進退以禮朕既已熟聞講解之益抑又究觀業履之詳臺中紀綱責在丞轄卿其以平昔舊聞施於政事朕亦以所參庶政驗卿前言毋

爲固辭當取成效所請宜不允故茲詔示想宜知悉

蘇頌再免左丞不許詔

勅蘇頌覽所再上劄子奏辭免恩命事具悉卿昔在仁祖之朝已預石渠之選一時同列于今幾人結髮翰墨之場白首忠信之節議論如故志意不衰擢任柄臣蓋旌耆德辭至于再殊匪吾懷所請宜不許故茲詔示想宜知悉

不允詔 同上條

勅蘇頌省所再上劄子奏辭免恩命事具悉二轄之司萬幾所萃不明故事政或失於紛更不達當今用或病於膠固朕以卿誦習典章而不厭更閱義禮者尤多擢寘左右之聯實求咨訪之益雖力辭之不已顧成命之難回所請宜不允故茲詔示想宜知悉

知樞密院孫固乞避親不允詔

勑孫固省所劄子奏伏覩除韓忠彥同知樞密院事緣臣有女嫁忠彥之弟純彥有此親嫌理合迴避伏望罷臣知樞密院事獲遂休退事具悉朕惟先朝同秉樞機之臣有以近親不許避免之比是以並建長貳之懿不取形迹之嫌今卿以謂無他同寮請循著令雖祖宗舊法不可遂忘而君臣同德姑爾無害豈以纖芥之故遽爲退老之謀再閱謙詞徒用嘉歎所請宜不允故茲詔示想宜知悉

周尹進興龍節無量壽佛勑書

勑周尹省所進奉興龍節無量壽佛一軸事具悉佛心無爲佛壽無量有能繪其眞相俾來獻於誕辰勉我以清淨之風祝我以期頤之福忠勤深至嘉歎不

忘故茲示諭想宜知悉夏熱汝比好否遣書指不多及

范百祿免侍讀不允詔

勑百祿省所上表蒙恩除兼侍讀伏望特寢誤恩事具悉卿秉心直諒臨事莊栗頃貳憲部持法寛平不屈於權要及領選曹馭吏詳察不撓於煩劇其達於吏治朕既知之矣至於通經博古慨然正論昔由此進今以是老朕簃寐格言而獨未聞焉挾策進讀其勿復避所請宜不允故茲詔示想宜知悉

趙君錫免吏部侍郎不允詔

勑君錫省所奏辭免恩命事具悉卿孝友慈祥可以施於有政寛栗柔立可以命之有家適從議讞之勞遷領銓綜之重葢因已試之効非有躐等之嫌選劇

務繁不可久曠勉力思報賢於固辭所請宜不允故
茲詔示想宜知悉

文彥博免孫男康世章服不允詔

勑彥博省所劄子奏辭免孫男康世章服事具悉卿
以耆老給扶子孫以進見授服前後既異豈以重復
爲疑奏牘上聞何其畏慎之過已頒成命罔復重辭
所請宜不允故茲詔示想宜知悉

孫固乞致仕不允詔

勑孫固省所劄子奏以老病情迫累乞休致未賜開
可緣年齒晚暮疾病侵陵今日筋骸困憊至此無復
安全之理伏望哀憐早降俞旨事具悉卿逮事聖考
於潛宮與聞先朝之大政貴老求舊屬任之意方隆
引疾告歸退避之言已甚君臣同德夫豈當然體力

雖衰姑復自勉所請宜不允故茲詔示想宜知悉

宰相呂大防等爲旱乞退不允詔

勅大防等省所劄子奏時雨不足乞罷免職任事具悉歷時告旱歲事可虞精禱未孚神貺猶嗇朕側身思咎終夕靡遑卿等躬任燮和志同憂患雖引義自責大臣之體則然而釋位求安有國之計何賴尚講救荒之政以助憂民之誠茍能使旱不爲災則朕復何咎所請宜不允故茲詔示想宜知悉

太皇太后以旱賜門下詔

勅門下吾毋臨四方親決萬務清心克己凡以爲民而天意弗咸歷時災旱宿麥幾盡秋稼未立饑饉既至疫癘將起齋祠雖切漠然弗應吾則不德民實何罪中自循省寢食皆廢豈政治失當事之害物者尚

多上下否塞情之不通者非一刑或不稱其罪用或不當其人有一于斯皆足以上怫天心下擾民聽循致斯旱咎實在吾皇帝遇災恐懼不敢自佚旣命有司降食避殿罷五月朔朝吾亦自今月二十三日後減常膳側身念咎固無吝於改爲協德濟民尚有求於列位故茲詔示想宜知悉

皇帝以旱賜門下詔

勅門下朕奉承統業于今五年臨御崇高未達庶政夙夜祗懼若涉淵冰常恐德之弗類無以下慰民望上當天心今者冬雪不效春雨弗若逮此孟夏旱災如焚麥不充食禾未出土歲事凜凜民且狼顧雖禱祠備至而神莫之答惟循省自克則災或可消意者政令寬弛吏或爲害而莫懲歟賦役失當民病於事

而莫察歟忠言有壅而未達賢才有抑而未用歟念之雖勤行則未至昭明恐懼之誠意庶幾陰陽之不違可自今月二十三日後減常膳不御前殿及將來五月一日罷文德殿視朝朕上奉東朝深愧常珍之日缺下臨庶尹猶冀嘉言之上聞苟利於人其無不可故茲詔示想宜知悉

鄧溫伯免翰林承旨不許詔

勑溫伯覽所奏辭免恩命事具悉卿以文史足用久在禁林慎靖寡尤首承密旨雖云新命率皆前官尚此盤桓固求引避既違朝廷號令之信徒有道路進退之嫌其尚亟前勿爲煩請所請宜不許故茲詔示想宜知悉夏熱卿比平安好遣書指不多及

不允詔 同上條

勅溫伯省所奏辭免恩命事具悉翰林以議論爲官而承旨以年德爲選兹所以歷求多士復用舊人卿既久在朝廷當識朕意遷延退託雖多長者之風號令文詞宜得宿儒之用成命不反固辭實難所請宜不允故兹詔示想宜知悉夏熱卿比平安好遣書指不多及

呂大防等再爲旱乞退不允詔

勅大防等省所再上劄子奏近以旱暵爲沴乞罷職任伏蒙詔命不從所請伏望早賜施行事具悉常暘爲災民瘠已甚朕爲之父母而卿等爲朕股肱相與憂之固其任也然至於求罷職事則匪朕心朕既自以失德爲疑卿等姑復以粃政爲念因民情而圖救脩旱備以防微既能夙夜在公豈必遂巡去位朕志

如是卿其少安所請宜不允故玆詔示想宜知悉

彰德軍官吏軍民示諭勑書

勑彰德軍官吏軍人僧道百姓等朕以魏都要地守難其人馮京名臣姑易其節假爾鄴城之重壯我留鑰之聲矧旄鉞之得賢抑吏民之增氣已頒大號想慰輿情今特授馮京檢校司空持節相州諸軍事相州刺史充彰德軍節度相州管內觀察處置等使再任知大名府兼北京留守司公事畿內勸農使充大名府路安撫使馬步軍都總管仍加食邑五百戶食實封二百戶勳封如故故玆示諭悉宜知悉將士等各得平安好參佐官吏僧道耆壽百姓等並存問之遣書指不多及

馮京免彰德軍節鉞不許詔

勅馮京覽所上表辭免恩命事具悉老臣所在衆志自安邊鄙震其威名吏民習於條教事可坐定政無更張是用因魏都之舊疆換鄴城之新節孚號既布僉謀畢同方慶得人之難遽覽飛章之請吾命惟允卿其勿違所請宜不許故茲詔示想宜知悉夏熱卿比平安好遣書指不多及

不允詔 同上條

勅馮京省所上表辭免恩命事具悉魏博重鎮舊用老臣旄節寵章制存易地朕以卿著稱多士既歷三朝臥治此邦於今再歲復欲借君以爲重蓋亦因民之所安豈其固辭而可得免祗服成命永綏北郊所請宜不允故茲詔示想宜知悉夏熱卿比平安好遣書指不多及

文彥博免致仕合得五人恩澤詔

勑彥博省所劄子奏今來致仕依條合得五人恩澤乞賜寢罷事具悉朝廷以恩遇老臣無所不厚而卿以禮自克辭不敢居卿既能見得思義以律貪夫朕豈不能成人之美以明晚節蓋知損之爲益是以高而不危所請宜允故茲詔示想宜知悉夏熱卿比平安好遣書指不多及

范百祿免翰林學士不允詔

勑百祿省所上表辭免恩命事具悉卿蚤以直言預英祖之選中以直道干神考之知侃然立朝老而益劭朕欲訪經籍討論之助求文章潤色之工既已寘卿金華之中茲又擢卿玉堂之上矧復班六曹之首無躐等之嫌繼仲父之賢有傳家之慶朝有成命勢

不可違時方須才義亦難奪所請宜不允故兹詔示
想宜知悉

欒城集卷第三十三

西元二〇二二年一月一日重製一版

欒城集　冊二（宋蘇轍撰）

平裝四冊基本定價參仟元正
（郵運匯費另加）

發行人　張　敏　君

發行處　中　華　書　局

臺北市內湖區舊宗路二段一八一巷八號五樓（5FL., No. 8, Lane 181, JIOU-TZUNG Rd., Sec 2, NEI HU, TAIPEI, 11494, TAIWAN）

客服電話：886-8797-8396

公司傳真：886-8797-8909

匯款帳戶：華南商業銀行西湖分行 179100026931

印　刷：維中科技有限公司
海瑞印刷品有限公司

No. N3078-2

國家圖書館出版品預行編目(CIP)資料

欒城集/(宋)蘇轍撰. -- 重製一版. -- 臺北市 : 中華書局,
2022.01
冊 ;　公分
ISBN 978-986-5512-72-9(全套 : 平裝)

845.16　　110021466